BUR
Biblioteca Universale Rizzoli

Matilde Serao

L'anima semplice
Suor Giovanna della Croce

con un saggio di Henry James
a cura di Rosa Casapullo

BUR

SCRITTORI CONTEMPORANEI

Proprietà letteraria riservata
© 2006 RCS Libri S.p.A., Milano

ISBN 88-17-01247-5

Prima edizione BUR Scrittori Contemporanei: settembre 2006

Per conoscere il mondo BUR visita il sito **www.bur.rcslibri.it** e iscriviti
alla nostra newsletter (per ulteriori informazioni: **infopoint@rcs.it**).

MATILDE SERAO
di Henry James*

Pochi lettori attenti potrebbero negare che il tipico romanziere inglese – dal quale l'americano si distingue, in tal senso, anche meno del solito – sia testimone nel proprio stile della rigidezza della convenzione più di qualunque collega straniero. Il tipico scrittore inglese parla il meno possibile di interi aspetti della vita e su di essi osserva in genere un silenzio che i colleghi di altre nazioni hanno finito per considerare la caratteristica principale della sua arte. È come se, con un'arrendevolezza mal interpretata, avesse acconsentito una volta per tutte a lasciarsi dettare ciò che dovrà o non dovrà narrare, e soprattutto a lasciarselo dettare da un'autorità non meglio definita. Il romanziere inglese sottoscrive, quando arriva il suo turno, un accordo alla cui stesura non ha preso parte e attende al proprio compito sulla base di un criterio preconcetto di ciò

* Edito per la prima volta sulla «North American Review» e in seguito raccolto in *Notes on Novelists, with some other notes*, J.M. Dent & Sons, London 1914, il saggio di James è stato tradotto per la prima volta in Italia da M. Ascari («Paragone-Letteratura», XLIV, n.s., ottobre-dicembre 1993, pp. 3-19). Si pubblica di seguito una nuova traduzione condotta sul testo apparso in *Notes on Novelists*.

che è appropriato. Naturalmente la critica lo accusa di non essere mai riuscito a mettere in discussione, e men che meno ad analizzare, questa concezione; di non essersi mai posto, riguardo alla maggior parte delle questioni di cui fa mistero, la semplice domanda: «Appropriato a che cosa?». Come può una qualsiasi autorità, anche la più pacificamente accettata – chiede il sostenitore di altri punti di vista –, decidere per noi in anticipo che cosa sia appropriato, e di conseguenza non appropriato, al nostro soggetto?

Il romanziere inglese potrebbe anche scoprire di aver dovuto subire un esame, ulteriore, tacita ammissione, ma rivelatrice dell'imbarazzo causatogli dall'intera questione, dal momento che, com'è noto, principi e formule in genere non sono affar suo. Non avrebbe rischiato, se avesse abbassato la guardia, di scivolare nella dottrina – a pensarci bene suicida – secondo cui ci potrebbe anche essere una norma *a priori*, un «non si deve», o un «si deve», nel trattare i soggetti? Allora davvero il suo avversario straniero potrebbe rallegrarsi di averlo messo con le spalle al muro, sorridendo perfidamente nel sentirlo sostenere che è proprio il soggetto da trattare a fargli sentire l'esigenza di una norma a cui conformarsi. Cosa deve fare, dunque, quando ha un'idea cui dar corpo – abbiamo il sospetto che possa sconsideratamente domandare lo scrittore – se non chiedersi francamente se prima di tutto essa è appropriata? Non che accolga spesso e consciamente – accettiamo la riserva – idee che non rispondono a tale requisito. Ma, in ogni caso, questa giustificazione porta solo il suo interlocutore a ripetere la domanda iniziale: «Appropriato a che cosa?». C'è un'unica proprietà che il pittore della vita può richiedere al proprio frammento di materia: è o non è l'essenza della vita? Mi sembra di udirlo così, seppure in termini semplificati, lo scambio di battute; non ho bisogno di ascoltarlo più a lungo per trarne una parola a sostegno della mia posizione. Devo rimandare a un'altra occasione la questione di una possibile replica da parte nostra allo scherno di società in altri modi artificiose. Il punto – se posso aspettarmi un appoggio nel definirlo tale – è che, nonostante il grande Dickens e, in misura minore, il grande George Eliot, tutti sono convinti che i limiti dei nostri scrittori ci abbiano esclusi dal gioco. Inoltre, quel che meno ci viene riconosciuto – se mai abbiamo avanzato una tale pretesa – è che trattiamo tutto con franchezza, persino la materia dei nostri soggetti, ovvero, in altre parole, la nostra stessa vita. «Voi stessi è tutto ciò che vogliamo da voi, tutto ciò che vogliamo vedere. Ma che il vostro sistema vi tocchi veramente, questo non lo si può proprio dire. Mai e poi mai!» La verità è che in pratica noi, tra tutti i popoli del mondo, siamo accusati di aver creato un sistema. Chiamate questo sistema congiura del silenzio ed ecco formulata l'accusa a nostro carico.

La sola questione del silenzio, a prescindere da quella del sistema, è ciò che, per fortuna, al momento ci riguarda. Diversamente, suppongo che potrebbe essere molto più interessante approfondire certi aspetti dell'argomento, e affrontare alcune sorprendenti e – mi affretto ad aggiungere – sconcertanti verità sul nostro conto. Abbiamo letto un bel po', in questi ultimi tempi, riguardo a *l'âme Française* e *l'âme Russe*, con il risultato che, probabilmente, il nostro desiderio di emulare l'anima inglese o quella americana, piuttosto che crescere è diminuito. Sembrerebbe che queste due squisite nature rappresentino ciò di cui siamo più consapevoli, ma meno ansiosi di ridurre a mere parole o di consegnare al pubblico, complice l'attuale prosa giornalistica; eppure è innegabile che in alcuni momenti abbiamo la sensazione di essere sulle loro tracce, a breve distanza, grazie a quello stesso intuito che nel folto della foresta guida verso le prede il cacciatore. Questi potrebbe anche non essere a stretto contatto con l'ambita presenza, ma intuisce che gli è vicina. Così in qualche modo intuiamo che l'anima «anglosassone», perlomeno quella moderna, non è molto lontana quando esaminiamo senza preconcetti la nostra abitudine – invero relativamente recente – di dare per scontata l'«innocenza» della letteratura.

Il modo, forse un po' ingenuo, in cui esprimiamo le nostre idee e i nostri desideri riguardo a questa innocenza consiste, tipicamente, nel trovare rifugio in un'altra vaghezza e nell'invocare i riconoscimenti che i «giovani» tributano alle opere dell'immaginazione e della critica. Non so se qualcuno abbia mai dichiarato ufficialmente a nome nostro che, dati i giovani, data la letteratura e data la necessità di sacrificare gli uni o l'altra, la nostra scelta non sarebbe determinata dal nostro senso dello «stile»: non occorre alcuna straordinaria capacità divinatoria per prevedere quale sarebbe il nostro impulso in tale situazione. Questo impulso, tuttavia, è fatto di troppe e profonde componenti per venir liquidato in modo sbrigativo e superficiale, e non ci sarebbe errore più grande che farne un semplicistico resoconto. Il resoconto più probabile di un critico obiettivo direbbe che siamo una razza meglio equipaggiata per l'azione che per il pensiero, e che abbandonare l'arte dell'espressione equivale a limitare ciò che in genere abbiamo da esprimere. Se accetteremo questa reputazione, lo faremo, penso, perché siamo fortemente consapevoli di quanto si può ricavare da essa; ma mi volgo a queste cose solo come a oggetti inondati di luce, e torno dunque, dopo la mia parentesi, a ciò che mi riguarda più da vicino: la semplice riflessione che, se l'elemento del compromesso – un compromesso con molti «fatti della vita» – è la caratteristica del romanzo di lingua inglese, tale caratteristica è da imputarsi soprattutto al sesso meno dotato di senso logico.

Nulla è *a priori* più naturale del rintracciare una connessione tra la nostra diffusa delicatezza, come potremmo opportunamente definirla, e il fatto che allo stesso modo siamo così diffusamente femminili. Il romanzo inglese è «appropriato» perché è così spesso scritto da donne o è così spesso scritto da donne solo perché le sue regole sono rigidamente stabilite? Ci interessa l'intima relazione tra questi aspetti, indipendentemente dal rapporto di causa ed effetto. Ci interessa poi che, a un attento esame, la relazione non sia costante; intendo dire che, sebbene le scrittrici siano costantemente produttive, il fascino della delicatezza non lo è parimenti. La convenzione, in breve, ha i suoi alti e bassi e le sue fautrici sono state spesso viste negli ultimi anni in balia delle onde o innalzate sulla cresta dei flutti. Anzi, si può affermare che alcune di esse si sono distinte – dietro la maschera dell'anonimato o meno – soprattutto in occasione dell'onda discendente, cosicché ci chiediamo se il loro numero non potrebbe essere in aumento in una situazione di maggior tranquillità. Ogni genere di dubbio nasce, in verità, dinanzi a questa visione. Le «emancipazioni» sono nell'aria, dunque non potremmo assistere al verificarsi di due delle più straordinarie? Se la convenzione – per continuare sullo stesso tono al quale ho prestato orecchio – ha inaridito la nostra narrativa, cosa dovremmo dire dell'effetto palese, da più parti deprecato e deplorato, che essa ha avuto sulla massa delle scrittrici, la cui «produzione» non ha per questo cessato di divenire incomparabilmente copiosa? Se è ormai appurato che la generale inettitudine delle donne sia ritenuta un assunto del tutto infondato e sempre più privo di credito, perché la nuova forza ora liberatasi non dovrebbe dimostrare, nel senso che ho indicato, il proprio valore?

In ogni caso non trovo fuori luogo affermare che l'indipendenza acquisita dalle donne non renderà il romanzo meno libero. È più o meno per rispetto alla loro costante sollecitudine verso di esso che lo abbiamo visto muoversi tra noi con tanta cautela; ma ci sono indizi che il futuro potrebbe riservarci la sorpresa di dover ringraziare la classe delle scrittrici e la loro supposta e opprimente suscettibilità per aver insegnato al romanzo ad avere non solo un'andatura più lesta, ma anche una salutare indifferenza a occasionali spruzzi di fango. Solo in tempi piuttosto recenti, per esempio, il tipo di romanzo comunemente definito «d'amore» ha raggiunto – stando ai riferimenti fatti e ammettendo che le recensioni dei giornali valgano come tali – un'importanza variamente stimata. Anche se è presto per affermare che tutti i «prodotti dell'immaginario» femminile appartengono alla categoria descritta, è certo che quelli che vi rientrano a pieno titolo *non* sono frutto dell'immaginario maschile. La mente femminile ha infatti mantenuto il primato nel familiare gioco, noto a tutti sin dall'infanzia, di «fare i grandi», e, con molta acutezza, si è creata uno spazio grazie alla sempre più marcata tendenza della mente dell'altro sesso a regredire, nel serio e nel faceto, a ingenuità che si potrebbero definire puerili. Sono le scrittrici, in breve, che di recente hanno più contribuito a ricordarci i rapporti dell'uomo con se stesso, e cioè con la donna. I rapporti dell'uomo con le pistole, i pirati, la polizia, gli animali selvatici e quelli domestici: non è soprattutto di questo che hanno scritto gli uomini? E tale differenza non avvalora a sufficienza la mia tesi?

Non vorrei, comunque, essermi dilungato troppo nel presentarla; le mie riflessioni – forse eccessivamente generiche – sono strettamente correlate a un argomento al quale è ora che esse lascino il campo. Negli ultimi tempi ho ampliato la mia conoscenza, risalente agli anni Ottanta, della grande scrittrice romantica Matilde Serao, che, a parte gli altri successi, ha il raro merito e la forza di far sì che, agli occhi del lettore, la fine dei suoi romanzi non coincida con la fine delle storie che essi raccontano. Nel mio recente ritorno al suo lavoro, ho trovato nel suo stile qualcosa di molto più significativo per la mia tesi che non una mera parvenza di potenza e naturalezza. Se le sue caratteristiche più interessanti sono, alla luce del libero e straordinario temperamento napoletano, la vivida pennellata e il ricco registro di sensazioni e impressioni, ancor più interessante è il suo *caso*, eccezionalmente coerente e suggestivo, un caso scevro di interferenze e caratterizzato da un'affascinante incoscienza. La Serao ha avuto la felice sorte – ammesso che non si tratti, dopo tutto, di cattiva – di maturare in un ambiente in cui la convenzione, nell'odiosa accezione del termine, l'ha influenzata ben poco e rappresenta pertanto un prezioso esempio delle potenzialità insite nella libera pratica della scrittura. La questione di ciò che è appropriato o di ciò che è inappropriato le è del tutto estranea e, sebbene avrebbe potuto essere soggetta alle prescrizioni formali più delle consorelle di lingua inglese – un onere del quale in verità si disinteressa a tal punto da rasentare l'impertinenza –, si muove in un ambito pressoché esente da tutti i pregiudizi riguardo a soggetto e materia. Senza dubbio consapevole di infrangere una norma letteraria, e di fatto preoccupandosi ben poco, lo ripeto – poiché qui sta la sua debolezza –, di quanto possa risentirne, non ha neppure il piacevole incentivo di saper valutare l'impatto «morale» che potrebbe avere il suo lavoro.

Altri due fattori sostanziali rendono Matilde Serao ulteriormente fortunata e contribuiscono alla sua disinvoltura di scrittrice: è una figlia dell'autentico sud e un prodotto del giornalismo contemporaneo. Napoletana per nascita e giornalista per un caso del destino, per matrimonio e senza dubbio anche per una certa predisposizione naturale, ci colpisce subito per il suo tono spigliato e spontaneo, il tono di chi è pratico nella sua professione. Impegnata, tramite il marito, nella direzione di un quotidiano napoletano di ampia diffusione e di idee radicali, ha lavorato, deduco, ai suoi romanzi e racconti soprattutto nei ritagli di tempo e di ispirazione che la frenetica attività giornalistica le ha concesso. Essi rivelano chiaramente, dal primo all'ultimo, le condizioni della loro nascita, tanto il senso letterario fatica a trovarvi maturità e agio. Quanto allo stile di un autore straniero, è necessario avere molti pareri per essere certi del proprio; tuttavia mi sento sicuro nell'affermare che questa scrittrice, piena di sensazioni e vibrazioni, non solo non sia una purista, ma aspiri, nonostante la sua esplosiva eloquenza, a non distinguersi nella forma: situazione ancor più imbarazzante per un autore italiano che non per uno dei nostri informi scribacchini. Potrebbe tuttavia sembrare un'accusa di poco conto nei confronti di una narratrice o, piuttosto, di un'affabulatrice e – aspetto da sottolineare più di ogni altro – una *sensitiva* della straordinaria spontaneità di Matilde Serao. La sua natura napoletana è di per sé una dote, qualsiasi lacuna letteraria possa comportare. Una torcia accesa a quella fiamma non può che essere agitata liberamente e il braccio della nostra autrice ha una bella ampiezza di movimento. Fragorosa, loquace, copiosa, spontanea, felice, con lussuriose e insistite descrizioni di ciò che è bello, costoso e carnale, delle figure e dei bei vestiti dei suoi personaggi, dei satin e dei velluti, dei bracciali, degli anelli, dei panciotti bianchi, dei corredi e degli arredi delle stanze da letto, con tali e tante ripetizioni e un narrare talmente inarrestabile da rivaleggiare con quello della nutrice di Giulietta, Matilde Serao riflette senza posa il mondo variopinto che la circonda: la bellezza, la miseria, la storia, la luce, il rumore e la polvere, il prolungato paganesimo e le rinnovate reazioni ad esso, la grandiosità del passato e la meschinità del presente. Questi temi erano in embrione già nei primi romanzi della scrittrice, che in seguito li ha sviluppati con sguardo più ampio e mano più sicura. Ricordo bene quale impressione mi fecero, quando il libro era appena uscito (la mia copia, risalente, sembra, alla prima edizione, reca la data 1885), la rara energia e l'immensa *disinvoltura*** de *La conquista di Roma*. Fu questo il mio primo contatto con l'autrice, e subito dopo lessi *Fantasia*, *Vita e avventure di Riccardo Joanna* e alcune pubblicazioni più brevi; poi non seppi più nulla di lei – ma si trattò di una pausa, non di un distacco – finché non ripresi a frequentarla grazie a *Il paese di Cuccagna*, all'epoca, tuttavia, non più fresco di stampa. Questo romanzo mi spinse a leggere subito tutto ciò su cui potei mettere le mani, e credo quindi che, eccetto *Il ventre di Napoli* e due o tre produzioni piuttosto recenti, non vi sia opera dell'autrice che io non abbia approfondito. Nel complesso, Matilde Serao resta soprattutto un «caso» esemplare.

Se, tuttavia, ella sembra non aver mantenuto del tutto la promessa della sua giovanile energia, è perché ha trovato meno congeniale muoversi nella direzione tanto feconda di *Riccardo Joanna* e de *La conquista* che in quella, nel complesso meno felice e sintomatica, di *Fantasia*. *Fantasia* è, prima di tutto, uno studio sulla «passione» o, piuttosto, su quella forma più intensa e misteriosa di *passione** meglio espressa dal termine italiano; e mi affretto a confessare che, se Matilde Serao non si fosse distinta come esponente di tale specialità, probabilmente non avrei scritto

* In italiano nel testo.

Matilde Serao

queste pagine. Immagino che ciò nondimeno ella avrebbe potuto assecondare in misura maggiore quel lato del suo grande talento di cui il potente *Paese di Cuccagna* costituisce l'esempio più significativo. In questo ampio e composito quadro di vita napoletana non vi è per fortuna altra *passione* all'infuori di quella dell'osservatore curioso e attento, dell'artista deciso a ogni costo a comprendere e ricreare. Il romanzo, di un'oggettività ammirevole, fluida, convincente, è una vasta panoramica, una cronaca di costume che trova la propria unità in una nota ricorrente: la divorante febbre del lotto, che, secondo Matilde Serao, rappresenta la gioia, la maledizione, l'ossessione e la rovina dei suoi concittadini. Le opere della scrittrice sono perciò divise da un confine piuttosto irregolare, che la espone all'accusa da parte della critica di non aver saggiamente sacrificato una parte della produzione a vantaggio dell'altra. Quando la Serao invoca la passione a spiegazione del destino umano, come fa nella maggior parte dei casi, è per seguire quella traccia serpeggiante nei sentieri più alti della vita, per frequentare l'aristocrazia, per abbracciare il mondo della moda, per traboccare di abiti, gioielli e relazioni promiscue, tutto per offuscare la sua vitale e ricca visione della volgarità più banale. *La conquista* è la storia di un giovane deputato della Basilicata, che giunge alla Camera con un'ambizione d'un candore toccante e una pericolosa ignoranza delle insidie della capitale. Il suo sogno è conquistare Roma, ma è da Roma naturalmente che viene conquistato. Egli si posa con un battito d'ali su un ramoscello della politica, ma non ha tenuto conto nella sua innocenza della diffusa passione per la caccia; ed è con una

15

scarica di fucile in petto e con le ali strascicate che fa ritorno alla mediocrità, all'oscurità e al nido dei genitori. Sono le donne a decidere il suo destino, come del resto c'era da aspettarsi sin dall'inizio dalla Serao; la *passione* in queste pagine già bussa alla porta e ben presto irrompe; la *passione* cancella con un colpo di spugna tutto ciò che la circonda.

In *Cuore infermo*, in *Addio amore!*, in *Il castigo*, nei due volumi de *Gli amanti*, e in diverse altre opere, questo colpo di spugna è così radicale che i personaggi sono coinvolti in quell'unico ambito, mentre le circostanze concomitanti – professione, averi, occupazioni, conoscenze, interessi, svaghi, parentele – passano completamente in secondo piano. All'infuori dei tre o quattro libri che ho citato come eccezioni, i personaggi evocati sono letteralmente amanti di professione, «disponibili», come si dice, per la sola *passione*: questo è segno, come spiegherò tra breve, dell'eccesso al quale stranamente l'autrice è stata spinta dal godimento della libertà che così spesso le invidiamo. *Riccardo Joanna* che, come *La conquista*, è ricco di vigore, umorismo e fascino, poiché riproduce con freschezza la musica di tutti gli aspetti della vita, è un dipinto delle umilianti condizioni in cui versa il giornalismo italiano, e, se posso fidarmi della memoria senza averlo riletto, si impone per la sua profondità di analisi e per il suo registro commovente. D'altro canto, ricordo che *Fantasia* è un concentrato di *passione* e di erotismo praticato, come in *Addio amore!*, con estrema crudeltà nei confronti dell'eroina «buona», l'innocente vittima sacrificale; eppure anche questa opera contribuisce all'esame retrospettivo di quella marcata filiazione che fu una delle mie prime fonti di interesse. Nulla, a quell'epoca, avrebbe potuto catturare il mio interesse verso tali questioni più del fenomeno inconsueto di una scrittrice così influenzata per sua stessa ammissione da Émile Zola. Questi, passando tra di noi come un cupo ammonimento persino per gli autori del suo stesso sesso, acquisì una nuova grazia dal candido omaggio – implicito e indiretto ma, se ripenso alla mia impressione, inconfondibile – di quella metà del genere umano che nemmeno si supponeva ne aprisse i libri, e men che meno aspirasse a seguirne le orme. Vi è un episodio in *Fantasia* – una scena in cui i rapporti dell'eroe e dell'eroina «cattiva» curiosamente si consolidano durante una visita a una mostra di bestiame – ove il coraggio dell'allieva ha ben poco da invidiare all'afflato del maestro. La giornata afosa e l'ora calda, l'aria pesante e i penetranti odori, le bestie grandi e piccole, l'influsso della ricca vita animale sulla sensibilità della donna e dell'uomo, lo svenimento della donna proprio in presenza del toro vincitore, sono tutti tocchi per cui la nostra autrice merita la legittimazione di un nome più grande. E infatti la distinta eco dei numerosi modelli francesi in *Fantasia* non nuoce mai al quadro generale della mostra agricola a Caserta. L'autrice vi avrebbe colto un'opportunità così feconda senza un vivo ricordo degli immortali *comices* di *Madame Bovary*?

Si tratta, comunque, di questioni secondarie e pertinenti solo in quanto legate al lato più serio del suo talento. Ne abbiamo un riuscito esempio nei purtroppo brevi episodi de *Il romanzo della fanciulla*. La palpabile autenticità di questi racconti, che descrivono soprattutto le umili miserie di un umile popolo, è straordinaria, ed è curioso, per semplificare la questione, che madame Serao dia il meglio di sé quanto più sono poveri i personaggi a cui si interessa. Per poveri intendo letteralmente il contrario di ricchi; poiché, non appena *sono* ricchi e incominciano, come si suol dire, a mantenere un certo tenore di vita, lo slancio dell'autrice vacilla e si perde e il suo stile si avvicina a tratti quello delle signore che curano la rubrica di moda o la corrispondenza dai luoghi di soggiorno per le riviste mondane. La sua profondità di scrittrice si manifesta nella resa di vite ottenebrate, di preoccupazioni sordide e spicciole, di giovani infelici – perlomeno quelle del suo sesso – e di un popolo consapevole e più o meno affamato. È questa una delle maggiori virtù de *Il paese di Cuccagna*, anche se la morale di quel sinistro dipinto fosse soltanto che non vi è a Napoli classe sociale, alta o bassa che sia, che non sia distrutta dalla passione per il gioco, dalla follia dei «numeri». Belle, ne *Il romanzo della fanciulla*, sono le descrizioni della vita opprimente che le ragazze conducono nel grande ufficio telegrafico e nella scuola di Stato. La gemma de *Gli amanti* è la minuta storia di *Vincenzella*, un capolavoro di venti paginette, la visione di quanto tre o quattro ore pomeridiane potrebbero riservare a una filiforme creatura del litorale napoletano, una povera ragazza che si guadagna da vivere cucinando e vendendo, al margine di un parapetto, dei puzzolenti polipi smembrati del mare del sud e che si vede di volta in volta defraudata degli spiccioli che pazientemente intasca dai piccoli emissari del suo astuto, assente amante, costantemente infedele, occupato, non lontano da lì, ad accordare a una signora la sua temporanea preferenza, e bramoso di nuovi guadagni. Il momento colto non è che un frammento, ma è come una vita intera.

Canituccia, in *Piccole anime*, potrebbe far coppia con *Vincenzella*, dal momento che Canituccia – poco più che una bimba – è soltanto l'umile, ingenua guardiana, nei campi e nei boschi, dell'ancor più tenero Ciccotto; e Ciccotto è un bel porcellino bianco e rosa, un animale con delle doti che, dopo aver fatto innamorare la piccola amica, sino ad allora solitaria e triste, gli assicurano una prematura conversione in pancetta. Di notte, alla luce di una lampada, Canituccia assiste da un angolo del cortile, in un silenzio impotente, con gli occhi sbarrati, come instupidita, tra coltelli scintillanti, caldaie bollenti e tinozze sanguinolente, al sacrificio che la priva del suo compagno; nulla può eguagliare la semplice verità del tocco che chiude la scena e per il quale devo rinviare alla lettura del volume. Mi sia concesso inoltre di esprimere la mia ammirazione per il curioso grappolo di scene in *Il romanzo*, intitolate *Nella lava*. Francamente ritengo che qui cogliamo il genuino principio del «naturalismo», una coerente presentazione del famoso «spaccato di vita». Gli scorci che ci vengono offerti – scorci di fanciulle logore e affamate in squallide periferie popolari – sono legati solo implicitamente alla catastrofe vulcanica che si prepara e rumoreggia come un elemento occulto in tutto il clamore di Napoli; ma il loro autentico valore artistico risiede nella capacità di dimostrare che, quando l'oggetto e l'atmosfera evocati ricreano l'impressione della realtà, è necessaria ben poca «storia» per avvincerci. Qualsiasi cosa – interessante

Henry James

inferenza – non ha che da *essere* reale per costituire in sé
una storia. Senza tutto ciò, non c'è storia, o ci sono una
serie di frottole; in caso contrario, invece, anche il più ari-
do deserto fiorisce.

Temo che quest'ultimo fenomeno, anche se in misura
minore, sia ravvisabile in opere dell'autrice quali *Cuore
infermo*, *Addio amore!*, *Il castigo* e la doppia serie de *Gli
amanti*; e per una ragione che non solo spiega la relativa
inefficacia di questi quadri, ma ripaga la nostra indagine.
La primissima riflessione suggerita dai romanzi di «passione» della Serao è che essi dimostrano perfettamente la
fondatezza dei miei dubbi circa cosa potrebbe accadere
alla nostra narrativa se venisse ignorata la particolare convenzione su cui essa si basa. Siamo così sicuri della direzione in cui la narrativa si sta evolvendo, e siamo così sazi
di questa visione, che saremo ristorati solo da un breve
esame dell'altra latente possibilità. Scopriamo allora che
l'effetto del tentativo di riservare alla *passione* tutto lo spazio è che essa sembra ben presto, per una strana legge,
non lasciare campo a nient'altro; tale effetto modifica
profondamente la verità delle cose e, poco dopo, la bellezza che ancora serbano. Ci ritroviamo a meditare se un
mondo travisato dalla nostra abituale percezione non sia
in fondo più vero di quello delle esuberanti vittime di Venere di madame Serao. Non solo l'altare di Venere è spesso ben lungi dall'essere augusto quanto notoriamente è la
dea della bellezza, ma a lungo andare traiamo scarso
conforto dalla virtuale soppressione, da parte di qualsiasi
pittore, di ogni talento – e il talento di questa pittrice in
particolare non è così elevato –, di ogni relazione nella vi-

ta che non sia presieduta da Venere. In *Fior di passione*, e nelle tante opere analoghe che ho menzionato, tale soppressione è davvero assoluta; i tratti umani e sociali più comuni sono completamente assenti dal quadro.

L'insieme viene, così, alterato completamente e un episodio particolare – il rapporto amoroso del momento, per breve che sia tale momento – è come se avesse luogo in una prospettiva strana e falsata, in uno spoglio deserto ove nessuno ha mai avuto il desiderio di vivere e il cui influsso sulla capacità di osservazione del pittore è tutt'altro che benefico. La discriminazione e l'ironia, l'umorismo e il pathos, nel loro effetto producibile e prodotto, vengono falciati alla radice. La nostra autrice obietterebbe senza dubbio che le opere citate sono ricche se non altro di pathos – la particolare amarezza, l'inevitabile sapore della disperazione che il calice della *passione* lascia in bocca. La scrittrice potrebbe insistere – e lo farebbe certo in modo eloquente – che se aneliamo pavidamente a una morale, nessuna morale può realmente avere la potenza della sua inveterata evocazione dei danni operati da Venere, dell'arida desolazione che in nove casi su dieci Venere lascia al suo passaggio. Tutto ciò, in ogni caso, confuta solo in parte il nostro ragionamento che non si limita alla semplice desolazione del dopo ma interessa quella del prima, del mentre, e in generale del contesto. In breve, non è affatto la morale, ma la stessa vicenda, a indebolirsi e a venir meno, se illuminata solo dalla luce del sesso. L'amore, a Napoli e a Roma, come lo presenta madame Serao, non ha semplicemente alcuna interazione con le nostre usuali condizioni, con l'affetto, la durata, le circostanze o le conseguenze, con gli amici, i nemici, i mariti, le mogli, i figli, i genitori, gli interessi, le occupazioni, le manifestazioni del gusto. Chi sono queste persone – ci domandiamo ora – che amano con incondizionato trasporto – anche se quasi sempre con sorprendente brevità – ma alla cui posizione nella vita non viene fatto il minimo cenno, al punto che sembrano amare senza scopo e nel vuoto, senza fare alcuna esperienza né risentire dell'ambiente in cui vivono o dell'aria che respirano. Di loro non conosciamo che le convulsioni e gli spasimi, e sentiamo ancora una volta che non è, e non sarà mai, la passione dell'eroe e dell'eroina a conferire loro interesse, ma che sono l'eroe e l'eroina stessi, col terreno su cui poggiano e gli oggetti che li circondano, a conferire interesse alla passione. La passione ci commuove solo nella misura in cui la vediamo unita ad altre cose, a tutto ciò con cui essa deve fare i conti e combattere. Un'altra riflessione va fatta a proposito del registro patetico dello stile della Serao, anche se nel complesso l'effetto tragico dei tumulti della *passione* ne risulta molto indebolito. Siamo certi – parlando spietatamente – che il pubblico ritenga più consono alla verità l'effetto tragico? Non si dovrebbe cercare la morale in un ambito ben diverso, dove semmai la musa della commedia dovrebbe avere l'ultima parola? Ho l'impressione che tali ambiguità e difficoltà siano d'origine recente, e nascano dal perverso desiderio di una parte dei romanzieri erotici di attribuire alle avventure che descrivono una dignità non indispensabile. Per costruire questa dignità, essi devono rincorrere le altezze e battere la grancassa, ma così facendo infondono all'insieme un tono e un'enfasi sproporzionati. Perché trattare tutto – chiediamo loro – con un eccesso di solennità e di artificiosità? Perché fare di un *simile* erotismo una questione di lacrime e imprecazioni, e rendere un così sterile servizio tanto al piacere quanto al dolore? Dal momento che voi stessi avete mostrato liberamente che è più di tutto una questione di follia, lasciateci almeno la follia con i suoi campanelli, o se questi devono – poiché devono – suonare rintocchi e canti funebri, lasciateli almeno alle dita lievi del poeta lirico, che al peggio li volge in musica. Matilde Serao, in questo senso, è costantemente lugubre; anche dai cosiddetti piccoli pastelli de *Gli amanti* riesce a cancellare la nota dell'allegria con un'abilità che meriterebbe impieghi migliori.

Questo deprimente *parti pris*, temo, sarà la condizione inevitabile delle scrittrici, quando la loro emancipazione si sarà totalmente compiuta? Comunque vadano le cose, poco importa il tono, in presenza del fondamentale errore che l'autrice in questione ci ammonisce a non ripetere. L'errore, si capisce, sarebbe incoraggiare un considerevole calo di livello nel nostro prezioso fondo di riserva. A un'attenta analisi ci accorgiamo di quanto ci costa, come appassionati del romanzo, la condizione privilegiata a cui ho gettato una rapida occhiata; e scopriamo che il prezzo consiste nell'esporci a una nuova forma di volgarità, se non altro quando interviene un temperamento letterario come quello che abbiamo dinanzi. Esistono fin troppe forme di volgarità. L'assenza della convenzione affida gli scrittori al loro tatto, al gusto, alla delicatezza, alla discrezione, sottoponendo queste virtù a uno sforzo alleviato in buona misura dalla sua presenza; il che è ancor più opportuno se le doti dell'interprete sono mediocri. Quando non si abbia un'altissima consapevolezza, la convenzione sembra in certo modo sopperire a tale carenza. E quanti tra i confratelli e le consorelle che compongono il frettoloso gregge della penna *hanno* un'alta consapevolezza di *qualsivoglia* aspetto della loro arte? Non sfioriamo la verità supponendo che si possa dar credito solo a qualche individuo di rara eminenza? Ebbene, a questa florida e magnifica Serao – il cui caso serve proprio di lezione – non si può proprio dar credito. La fioca luce sacrale con cui circondiamo il santuario della *passione* non si addice alla sua poesia più dell'abbagliante fiamma che si sprigiona dalle pagine al tocco della scrittrice? Non è l'argomento stesso a sottrarsi a identificazioni così precise, a discussioni così semplicistiche e all'impietosa riduzione a consuetudine? Essa esce dalla dura prova con l'aria di chi fugge da un chiassoso raduno di famiglia o scende da un omnibus affollato. È con la consuetudine che ha inizio la volgarità. Anche l'«arte», dunque, può avere una tacita virtù, anche la verità può operare una sensibile distinzione: la grazia di esitare e la scelta di allontanarsi con quella forma di superficialità che si giustifica per il fatto stesso di venire usata solo quando è necessario. Sentiamo infine ravvivarsi, dopo un'opportuna pausa, una sensazione alla quale non riusciamo subito a dare un nome, ma che, affiorando gradualmente, si rivela ben presto una sorta di nostalgia. Ci volgiamo per seguirla, inequivocabilmente ci voltiamo ancora una volta dalla parte opposta e, prima di rendercene conto, le nostre mani stringono la cara, vecchia Jane Austen.

INTRODUZIONE

1. Suor Giovanna *fra cronaca, storia e romanzo*

Il 3 ottobre 1890 il prefetto di Napoli e alcuni pubblici funzionari si presentarono in forma ufficiale alle porte di un noto monastero napoletano di clausura, il romitorio del Suor Orsola Benincasa, situato a mezza costa sulla collina di San Martino, chiedendo di verificare le condizioni di vita delle monache che vi risiedevano.[1] I rappresentanti dello Stato erano accompagnati dal superiore dei Teatini, l'ordine da cui dipendevano le suore, dal loro confessore e da uno dei governatori laici del Suor Orsola.[2]

[1] Il prefetto era il siciliano Achille Basile; gli altri funzionari erano il procuratore generale Giuseppe Borgnini, il procuratore del re Domenico De Rosa e il questore Sangiorgi. Sull'irruzione al Suor Orsola vedi L. Trama, *Un'Opera Pia nell'Italia unita. Il Suor Orsola Benincasa dall'Unità alla nascita del Magistero*, Editoriale Scientifica, Napoli 2000, pp. 113-118.

[2] Nel 1890 governatori del Suor Orsola erano due noti esponenti del clericalismo napoletano, Antonio Capecelatro, fratello del cardinale Alfonso, e Luigi Ferraro (o Ferrara, come si legge nella stampa dell'epoca); quest'ultimo presenziò alla visita delle autorità. Sul Capecelatro e sul Ferraro, che si dimisero il giorno dopo l'ispezione, vedi L. Trama, *Un'Opera Pia*, cit., pp. 106-107 e nota 236 a p. 115. Il superiore dei Teatini e il confessore erano, rispettivamente, il padre Belli e il padre Masci.

Il Suor Orsola era stato uno dei più grandi complessi conventuali di Napoli, una vera e propria cittadella monastica, che ospitava due comunità religiose femminili, le oblate, congregazione a carattere laicale fondata da Orsola Benincasa negli ultimi decenni del Cinquecento, e le romite, un ordine contemplativo di strettissima clausura, pure voluto dalla Benincasa, ma sorto molto anni dopo la sua morte.[3] Le «sepolte vive» o «romite», come furono chiamate le suore di clausura, s'insediarono dal 1669 in un edificio costruito perché vi ospitasse trentatré religiose, tante quanti gli anni della vita di Cristo.[4] Con l'Unità d'Italia le leggi sulle corporazioni ecclesiastiche colpirono anche i conventi del Suor Orsola. Nonostante il decreto di soppressione, tuttavia, le due comunità che vi avevano sede, il conservatorio delle oblate e l'eremo delle «sepolte vive», sopravvissero grazie al nuovo statuto di cui si dotò la fondazione del Suor Orsola, che modificò l'ordinamento della scuola femminile retta tradizionalmente dalle oblate facendone un'istituzione gratuita per fanciulle bisognose. Le suore di clausura, nonostante lo scioglimento

[3] V. Fiorelli, *Una santa della città. Suor Orsola Benincasa e la devozione napoletana tra Cinquecento e Seicento*, Editoriale Scientifica, Napoli 2001; inoltre, ead., *La vita di Orsola Benincasa*, in *L'Istituto Suor Orsola Benincasa. Un secolo di cultura a Napoli, 1895-1995*, Fausto Fiorentino, Napoli s.d., pp. 41-52; U. Dovere, *La "voluntaria congregatione di donne vergini" di Suor Orsola Benincasa tra chiostro e laicità. Per la storia di una cittadella monastica nella Napoli moderna*, in *L'Istituto Suor Orsola Benincasa*, cit., pp. 55-96.

[4] V. Fiorelli, *Una santa della città*, cit., p. 82. Cfr. anche il *Dizionario degli Istituti di perfezione*, diretto da G. Pelliccia e da G. Rocca, Edizioni Paoline, 10 voll., Roma 1974-2003, s.vv. *Benincasa, Orsola, Romite Teatine dell'Immacolata Concezione* e *Santissima Concezione di Maria, Nostra Signora*.

Introduzione

formale, continuarono a risiedere nel romitorio.[5] Alla fine del 1890, in seguito alla legge che regolamentava l'amministrazione dei beni delle Opere pie, voluta da Francesco Crispi e promulgata il 17 luglio di quello stesso anno,[6] le romite videro nuovamente minacciato il diritto a risiedere nei locali del convento. Le autorità cittadine, infatti, decisero di acquisire definitivamente gli spazi occupati dalle monache per destinarli a opere di pubblica utilità.

Ai primi di ottobre, dunque, il prefetto di Napoli avviò l'ispezione dell'Istituto col pretesto di verificarne le condizioni igieniche e di controllarne l'amministrazione ma, di fatto, con la ferma intenzione di procedere alla chiusura definitiva del romitorio. La visita si svolse senza difficoltà nei locali in cui vivevano le oblate, ma allorché i rappresentanti del Governo chiesero di entrare nella clausura dell'eremo, le suore opposero un netto rifiuto. Alla minaccia di forzare la porta, però, le claustrali furono costrette ad accondiscendere e a presentarsi agli astanti. Qualche giorno dopo la stessa scena si ripeté con toni assai meno dram-

[5] Al Pio luogo di Suor Orsola Benincasa (poi Ritiro di Suor Orsola Benincasa), soppresso con la legge eversiva dell'asse ecclesiastico del 17 febbraio 1861 (perfezionata dalla legge Rattazzi del 3 agosto 1862 sulle Opere pie), fu riconosciuto lo statuto di istituzione laicale alla fine di una lunga controversia giuridica conclusasi nel 1869. In conseguenza di ciò, i beni dell'eremo furono dichiarati legittima proprietà del Ritiro di Suor Orsola: L. Trama, *Un'Opera Pia*, cit., pp. 11-13; inoltre, U. Dovere, *La voluntaria congregatione*, cit., p. 69.

[6] Si tratta della legge n. 6972 sulle *Opere pie di pubblica beneficenza*, che ha regolamentato fino a non molto tempo fa l'amministrazione delle istituzioni caritative: C. Duggan, *Creare la nazione. Vita di Francesco Crispi*, traduzione dall'inglese di G. Ferrara degli Uberti, Laterza, Roma-Bari 2000, pp. 702-704; A.C. Jemolo, *Chiesa e Stato in Italia negli ultimi cento anni*, Einaudi, Torino 1963, pp. 341-351.

matici in un altro convento napoletano di clausura, quello delle «Cappuccinelle» degli Incurabili, note in città anche col nome di «Trentatré».[7] Le notizie della duplice ispezione cominciarono a comparire sui giornali napoletani a partire dal 4 ottobre, cioè un giorno dopo l'ispezione governativa al monastero delle sepolte vive. Il tenore degli articoli variava a seconda dell'orientamento delle testate, da quello encomiastico dei giornali governativi o radicali, che auspicavano la fine di una barbara usanza medievale quale la clausura, fino ai toni scandalizzati della stampa conservatrice e cattolica, promotrice di un movimento d'opinione violentemente antigovernativo.[8] Meno accesi, in un senso e nell'altro, invece, i toni del «Corriere di Napoli», il quotidiano fondato nel 1888 da Matilde Serao e da Edoardo Scarfoglio, che si limitò a dare per qualche tempo poche, secche notizie sugli avvenimenti.[9]

[7] Il monastero delle clarisse, chiamate «cappuccinelle» perché erano affidate alle cure spirituali dei Cappuccini, fu fondato da Maria Longo nel 1535; la Longo fondò nel 1522 l'ospedale degli Incurabili: G. Boccadamo, *Maria Longo, l'Ospedale degli Incurabili e la sua insula*, «Campania sacra», 30 (1999), pp. 37-170. Cfr. inoltre il *Dizionario degli Istituti di perfezione*, cit., s.v. *Cappuccine, monache*. Agli Incurabili lavorò a lungo san Giuseppe Moscati.

[8] *Il prefetto e la magistratura al monastero delle sepolte vive*, «Roma», 3-4 ottobre 1890; *La visita del Prefetto alle suore dette delle 33*, ivi, 7 ottobre 1890; *La visita delle autorità alle suore delle Trentatré*, ivi, 8 ottobre 1890; *Le oblate e le sepolte vive*, «Il Pungolo», 3-4 ottobre 1890; *Il Prefetto al Monastero delle Trentatré*, ivi, 7-8 ottobre 1890; *Misteri claustrali*, «La Tribuna», 5 ottobre 1890; *Ancora le sepolte vive*, ivi, 6 ottobre 1890. Per la stampa cattolica vedi *Profanazione*, «La Discussione», 4 ottobre 1890, *Profanazioni*, ivi, 8 ottobre 1890, e inoltre, sempre nella «Discussione», gli articoli del 9, 11, 14, 17, 21, 27 ottobre, e del 29 novembre 1890.

[9] *Le Sepolte Vive*, «Il Corriere di Napoli», 4-5 ottobre 1890; *I governatori di «Suor Orsola»*, ivi, 5-6 ottobre 1890 e 6-7 ottobre 1890; *Le «tren-*

Introduzione

Nove anni dopo la Serao, ormai narratrice e giornalista di successo, tornò a quel lontano avvenimento per raccontare la storia di una monaca di clausura, suor Giovanna della Croce, scacciata dal convento in cui aveva trascorso tutta la sua esistenza, il romitorio del Suor Orsola, e costretta, come le consorelle, a ritornare nel mondo dal quale si era allontanata tanti anni prima. I fatti dovevano essere perfettamente noti alla scrittrice, sia indirettamente, attraverso la campagna stampa dell'epoca, sia grazie a una diretta conoscenza dei luoghi e delle persone che ruotavano intorno al Suor Orsola. La Serao, infatti, era amica della principessa di Strongoli, dal 1891 «ispettrice onoraria» e alcuni anni dopo governatrice del Suor Orsola, ed era in contatto con Maria Antonietta Pagliara, nominata nel 1891 direttrice delle scuole e del convitto del Suor Orsola.[10] In particolare, in una lunga lettera indirizzata alla Pagliara, datata 18 ottobre 1890 (quindi poche settimane dopo l'irruzione nel romitorio delle sepolte vive) la Serao la rassicurava del suo interessamento presso il ministro della Pubblica Istruzione Paolo Boselli circa la nomina di alcune ispettrici froebeliane e, riferendo testualmente le

tatre», ivi, 8-9 ottobre 1890; *Il cardinale e il prefetto* e *Le «sepolte vive»*, ivi, 12-13 ottobre 1890; *Per le «sepolte vive»*, ivi, 16-17 ottobre 1890.

[10] Lettere e biglietti inviati dalla Serao alla Strongoli e alla Pagliara si conservano nell'Archivio del Suor Orsola Benincasa (ringrazio la signora Silvia Croce, presidente dell'ente morale Suor Orsola Benincasa, per avermene consentito la consultazione, e l'amica e collega Vittoria Fiorelli, direttrice dell'Archivio, per l'indicazione fornitami). Sul ruolo di Adelaide Pignatelli del Balzo, principessa di Strongoli (e dama di compagnia della regina Margherita di Savoia) e di Maria Antonietta Pagliara nella rifondazione delle scuole del Suor Orsola vedi L. Trama, *Un'Opera Pia*, cit., rispettivamente alle pp. 107, 179-190 e 147-149.

parole del ministro (*la manderò a riorganizzare l'insegnamento froebeliano a Suor Orsola*),[11] aggiungeva: «Però, questa cosa di Suor Orsola, se vi fa piacere, voi la dovete alla principessa di Strongoli, era già fatta, quando sono giunta io».[12] Nessun dubbio, pertanto, che la scrittrice utilizzasse liberamente gli accadimenti e le loro implicazioni, anche politiche, allo scopo di conferire spessore storico a una vicenda cittadina la cui conclusione fu, nella realtà dei fatti, assai meno drammatica.

Molti particolari riferiti dai giornali dell'epoca trovano un preciso riscontro nel romanzo: per esempio, la campagna stampa inscenata dai quotidiani cattolici in appoggio alle suore, i commenti del popolino contro l'operato del prefetto, l'intervento del cardinale Guglielmo Sanfelice presso il papa a difesa delle religiose. Altri, invece, sono stati modificati. È il risultato di una consapevole alterazione degli avvenimenti proprio il motore principale della narrazione, cioè la cacciata delle suore dal monastero e l'obbligo di ritornare presso le rispettive famiglie. Le autorità, in effetti, non avevano alcuna intenzione di forzare le suore a rientrare nel mondo; più semplicemente, una volta che fossero stati acquisiti i locali del romitorio, le religiose sarebbero state ospitate «in altro conservatorio», come si legge nel «Roma».[13] Alle suore, in effetti, fu consentito di ritirarsi nei locali ancora occupati dalle oblate

[11] Sostituisco col corsivo il sottolineato dell'originale.
[12] Suor Orsola Benincasa. Fondo Pignatelli. Corrispondenza non ufficiale; serie I, fascicolo 15; carte sciolte.
[13] «Roma», *Il prefetto e la magistratura al monastero delle sepolte vive*, cit.; vedi anche *Per «Suor Orsola Benincasa»*, «Corriere di Napoli», 18-19 febbraio 1891.

Introduzione

oppure, se lo avessero desiderato, di lasciare definitivamente l'ex monastero. Non contravviene alla verità storica ma alla realtà della cronaca anche il particolare della piccola somma, e poi dell'esigua pensione, percepita da suor Giovanna della Croce a parziale risarcimento della dote versata al momento della monacazione. Alle sepolte vive del Suor Orsola che continuarono a risiedere nei locali della fondazione, infatti, fu garantito un vitalizio di cinquantasei lire complessive, che sarebbe stato ridotto della metà in caso di abbandono definitivo del luogo.[14]

Alla cronaca la scrittrice attinse liberamente, contaminando fatti e personaggi e, prima di tutto, fondendo gli accadimenti relativi a entrambi i conventi oggetto dell'ispezione governativa, cioè le romite del Suor Orsola e le «Cappuccinelle» degli Incurabili. Nel romanzo, per esempio, le suore sono chiamate, indistintamente, sepolte vive o trentatré, ma le trentatré erano in realtà le suore degli Incurabili, mentre le monache del Suor Orsola erano note in città col nome di romite o sepolte vive.[15] In *Suor Giovanna* le sepolte vive hanno un'età media assai avanzata; la più giovane, che è proprio la protagonista, suor Gio-

---

[14] L. Trama, *Un'Opera Pia*, cit., pp. 152-154 (la storia del definitivo mutamento del Suor Orsola in ente morale avente per fine l'istruzione si concluse con un decreto del 15 maggio 1898, ivi, p. 185). Peraltro le disposizioni amministrative relative alla soppressione degli enti religiosi e all'incameramento dei beni ecclesiastici prevedevano che ai religiosi degli enti soppressi fossero corrisposte delle pensioni: A.C. Jemolo, *Chiesa e Stato*, cit., pp. 176-182 (in particolare a p. 180).

[15] Come si è detto, anche le monache del romitorio di Suor Orsola dovevano essere in numero di trentatré, secondo lo statuto della fondatrice. Ciò che conta, però, è il fatto che, all'epoca, l'una e l'altra denominazione indicassero due diverse comunità religiose.

vanna della Croce, è, infatti, quasi sessantenne. Anche in questo caso la Serao attribuisce alle sepolte vive un particolare che si leggeva nelle cronache giornalistiche coeve a proposito delle trentatré, le quali erano tutte anziane (la più giovane aveva sessantadue anni; la più anziana, cioè la badessa, ne aveva ottantadue),[16] mentre si apprende dal «Roma» che la più giovane delle sedici sepolte vive che ancora risiedevano nel Suor Orsola aveva ventotto anni (la più anziana ne aveva ottantuno).

Ricorrendo ai più triti luoghi comuni, gli articoli di cronaca conferirono ampio risalto a particolari piccanti, curiosi o patetici.[17] Della più giovane fra le sepolte vive, per esempio, il «Roma» racconta che era «avvenente», aggiungendo: «È ricoverata ivi da due anni, e si ritiene che vi si sia rinchiusa per un amore contrastato».[18] Sempre il

[16] «Roma», *La visita del Prefetto alle suore dette delle 33*, cit.

[17] Come ha giustamente osservato F. Bruni, *Appendice. La scrittura della città*, in Id., *Prosa e narrativa dell'Ottocento. Sette studi*, Cesati, Firenze 1999, pp. 224-231, a p. 226: «Sarebbe sbagliato applicare lo stereotipo secondo il quale il giornalismo equivale alla presa diretta sulla realtà, e la letteratura a un esercizio della fantasia, eventualmente applicato sui materiali raccolti dalla cronaca». Sul complesso rapporto fra giornalismo e letteratura nella Serao, oltre alle considerazioni contenute ivi, cfr. *Matilde Serao tra giornalismo e letteratura*, a cura di G. Infusino, Guida, Napoli 1981; sulla Serao giornalista: W. De Nunzio Schilardi, *Matilde Serao giornalista (con antologia di scritti rari)*, Milella, Lecce 1986.

[18] «Roma», *Il prefetto e la magistratura al monastero delle sepolte vive*, cit. Il particolare della monacazione causata da un amore tradito viene riferito alla storia pregressa della protagonista, suor Giovanna della Croce, nella lunga digressione, posta all'inizio del romanzo, che precede la cacciata dal convento. Il motivo della monacazione a seguito di una delusione amorosa ricorre, si ricorderà, nella novella *Per monaca* (1885), in cui è la madre, e non la sorella, a tradire la figlia e a causarne la monacazione (la novella si legge in M. Serao, *Il romanzo della fanciulla. La virtù di Checchina*, a cura di F. Bruni, Liguori, Napoli 1985, pp. 49-92).

«Roma» (5 ottobre 1890) informa di una diceria raccolta «dalla voce del popolo» circa una giovane di nome Maria, ovviamente bella («Avea capelli neri, occhi di fata!»), del quartiere Mercato. Maria era innamorata di un giovane pittore senza beni. Il padre di lei impedì l'unione. Si vociferava, secondo il giornale, che Maria fosse stata ritrovata tra le sepolte vive «ebete, stecchita come la morte». La prosa giornalistica, peraltro linguisticamente assai più fiorita del romanzo, offriva dunque facili esche alla curiosità dei lettori, mentre nel romanzo non c'è traccia di questo dettaglio né di altri che ne avrebbero incrementato la componente patetica e sentimentale. Uno dei quadri narrativi più suggestivi, in cui si descrive l'irruzione dei rappresentanti del Governo nei locali in cui vivevano le monache, rielabora completamente una scena realmente accaduta, riportata dal «Roma» con enfasi da romanzo d'appendice. Nell'articolo l'anonimo cronista, abbandonando il tono informativo, passa senz'altro a una drammatizzazione a effetto:[19]

Il prefetto ed il procurator generale chiesero al Padre Belli di vedere tutte le altre suore.

Qui altre opposizioni energiche, ma in fine fu fatto sapere al confessore delle monache che la pazienza avea pure i suoi limiti e che si doveva veder tutto e tutte le suore.

Ed allora si potettero vedere le altre suore, ma sempre col velo sul volto.

Il Procuratore del Re, vedendo che si ostinavano a tener na-

[19] «Roma», *Il prefetto e la magistratura al monastero delle Sepolte vive*, cit.

scosto [sic] i loro volti sotto i veli fu costretto a toglierlo ad una di esse.

L'impressione che se n'ebbe fu tristissima. Tolti i fitti veli si videro volti scarni e macilenti simili a volti cadaverici.

Il sudore bagnava quei volti sofferenti.

Il Procuratore generale ed il comm. Basile rivolsero parole acri ai preposti a quella tomba di *sepolte vive*.

– Ecco come si rispetta la religione. Così la si fa invece odiare – disse il Procurator generale.

Ed il prefetto commosso soggiunse: – In questa città, ed in tempi di civiltà non possono permettersi di simili barbarie!

La clausura cui le romite si votavano era sancita, quindi, da un fitto velo nero che ne celava le fattezze. Le monache avevano l'obbligo assoluto d'indossarlo dinanzi a estranei. Per questo motivo l'episodio del velo sollevato con la forza dovette far scalpore, in città, tanto che la Serao, tanti anni dopo, ne fece una delle scene memorabili della sua narrazione. Nel romanzo la suora a cui viene scoperto il viso è la badessa delle sepolte vive; il gesto del prefetto segue un rapido scambio di battute con la superiora:

Con un passo da esperto ballerino di quadriglia d'onore, il prefetto si avanzò verso la badessa delle Trentatré, suor Teresa di Gesù: mise in una mano il cappello lucidissimo e il bel bastone dal pomo di oro e con l'altra, dopo aver fatto un inchino, con l'altra mano, guantata di un guanto inglese di Lean, toccò il lungo velo della monaca e lo sollevò, con un leggiadro sorriso di galanteria.

Introduzione

Suor Teresa di Gesù, mentre un lungo gemito di pudore offeso, di orrore religioso partiva da tutte le monache, non oppose nessuna resistenza. E un antichissimo viso di donna consumato nelle contemplazioni e nelle preghiere comparve: un viso dove alla nobiltà delle linee venute dalla razza, si era unita la nobiltà di una vita spesa a servire il Signore, in ogni atto pietoso: un viso di donna già prossimo alla morte, con qualche cosa di già libero e di augusto, in questa liberazione: un viso dove era sparso non solo il pallore della vecchiaia, della esistenza passata nell'ombra, ma il pallore di un dolore sconfinato, subìto nella più profonda rassegnazione.

Veramente, il prefetto si arrestò interdetto: forse, in quel momento, la sua missione gli sembrò meno attraente, meno curiosa, meno divertente di quello che aveva pensato prima. Guardò il suo consigliere di prefettura, un po' turbato: anche costui aveva l'aria imbarazzata. In quanto all'ispettore di questura, egli conservava il suo aspetto volgare, tronfio, di poliziotto che è onorato di un incarico di fiducia (pp. 106-107).

Le informazioni sono press'a poco le stesse offerte ai lettori napoletani nel 1890, ma qui tutta la scena ruota intorno alla vecchia suora: il suo silenzio esprime non la miseria di un'umanità mortificata ma il pudore oltraggiato da una grossolana invasione; il pallore mortale del volto non è l'espressione di una vita miserabile, ma traccia visibile di un'esistenza consumatasi nella preghiera.

Alla luce degli avvenimenti napoletani del 1890 e della loro raffigurazione cronistica, si potrebbero elencare numerosi altri dettagli alterati, volutamente contaminati o appena variati. Conta di più, tuttavia, sottolineare il modo in cui la scrittrice ricompose i singoli frammenti in un quadro complessivo di grande suggestione, rendendo la grezza materia informativa circolante sulla stampa un oggetto di narrazione letteraria mediante un drastico rovesciamento del punto di vista. Nei quotidiani del 1890 era, infatti, la pubblica opinione che descriveva, attraverso i suoi giornali, la miserevole condizione delle claustrali e ne lamentava le condizioni di vita men che umane, l'avvilimento dell'identità, la scandalosa privazione della libertà; nel romanzo, viceversa, sono le suore, coralmente prima, attraverso gli occhi di suor Giovanna della Croce poi, che raccontano, con le loro parole e i loro gesti, la spoliazione progressiva della propria identità più profonda, la brutale proiezione in un mondo che esse, per convinzione o delusione, avevano creduto di abbandonare per sempre, la nostalgia accorata per la vita claustrale che, in fondo, aveva offerto loro dignità e libertà.

2. *I motivi narrativi*

L'oblio e il degrado che contrassegnano la vicenda di suor Giovanna si sostanziano in un linguaggio tendente a una medietà scolorita e, per questo, tanto più efficace. Il romanzo rappresenta un'inesorabile discesa agli inferi, che si compie sotto gli occhi del lettore attraverso una filigrana di emblemi (oggetti della vita materiale come correlativo a un oggetto spirituale mai dichiarato), disseminati nelle pagine del romanzo con la cadenza ossessiva di una melodia di sottofondo. La dedica a Paul Bourget, in

Introduzione

questo senso, occulta la verità di *Suor Giovanna*.[20] Niente di più lontano dai suoi personaggi interiormente tormentati, nessuna descrizione psicologica di temperamenti macerati da un'intima lotta fra il bene e il male. Suor Giovanna non è un'anima bella, ferita dalla vita ma inalteratamente fedele, nell'intimo, alla sua spiritualità, ma un'*anima semplice*, appunto, e forse il più acuto interprete, *malgré soi*, del romanzo, è stato uno dei suoi più severi detrattori, Georges Hérelle, che in una lettera scritta a Ferdinand Brunetière l'undici gennaio 1900 per informarlo della traduzione di *Suor Giovanna*, si esprimeva in questi termini:

So bene che l'espressa intenzione di Matilde Serao è quella di dipingere una vita umile, discreta: ma qui la modestia somiglia un po' troppo alla banalità. Che suor Giovanna biascichi delle preghiere lavando le stoviglie va molto bene; ma mi piacerebbe che in mezzo a queste occupazioni volgari desse qualche segno di un pensiero forte e di un animo elevato. L'altro giorno, all'Accademia, voi avete ammirevolmente parlato delle virtù umili; ma c'è una differenza immensa tra queste virtù umili, che tuttavia hanno il carattere dell'eroismo, e la rassegnazione passiva e bigotta di questa suor Giovanna che, in fondo, sembra rimpiangere soprattutto la calma devozione e il benessere pio del suo convento.[21]

[20] Come hanno visto A. Banti, *Matilde Serao*, Utet, Torino 1965, p. 242 e M.G. Martin-Gistucci, *L'Œuvre romanesque de Matilde Serao*, Presses Universitaires, Grenoble 1973, pp. 463-464.
[21] M.G. Martin-Gistucci, *Matilde Serao et Ferdinand Brunetière*, «Revue des études italiennes», XXIII (1977), pp. 101-126, alle pp. 110-111 (in francese nella fonte).

Rosa Casapullo

Semplicemente capovolgendo il giudizio di valore, suor Giovanna della Croce è proprio tal quale la descrive Hérelle: una povera donna paziente, dalla spiritualità anche un po' angusta, che rimpiange la pace del chiostro perduto per sempre e si vede decadere poco alla volta dall'antica dignità faticosamente acquistata a un'esistenza misera che ruota unicamente intorno alle necessità materiali, una donna indifesa, la cui innocenza si sporca irrimediabilmente nel contatto col mondo esterno, e tutto ciò entro la cornice di uno spazio urbano che si fa nel romanzo viva «funzione narrativa».[22] La topografia napoletana, storicamente descritta, anche, nei dieci, quindici anni in cui si distende la storia raccontata dalla Serao, non è esibita nei suoi consueti cliché oleografici, ma assume una forte valenza emblematica, giacché la discesa della suora dalla collina di San Martino, su cui sorge il Suor Orsola Benincasa, ai Quartieri Spagnoli e infine alla fatiscente via Porto, colta, alla fine del romanzo, nel corso

[22] E. Giammattei, *La letteratura 1860-1970: il «grande romanzo di Napoli»*, in G. Galasso, *Napoli*, Laterza, Roma-Bari 1987, pp. 383-412, alle pp. 388-389. Sull'immagine di Napoli nella letteratura postunitaria vedi A. Palermo, *Dopo il '60*, in *Napoli dopo un secolo*, Edizioni Scientifiche Italiane, Napoli 1961, pp. 361-397 (sulla Serao vedi le pp. 373-386; maggiori riserve su *Suor Giovanna* in Id., *Da Mastriani a Viviani. Per una storia della letteratura a Napoli fra Otto e Novecento*, Liguori, Napoli 1974 [1972], pp. 55-56); F. Bruni, *Appendice. La scrittura della città*, in Id., *Prosa e narrativa*, cit., pp. 224-231. Per una descrizione più dettagliata di quanto esposto in questo paragrafo mi sia consentito rinviare a R. Casapullo, *Aspetti linguistici nel romanzo Suor Giovanna della Croce*, in *Matilde Serao. Le opere e i giorni. Atti del convegno di studi (Napoli, 1-4 dicembre 2004)*, a cura di A.R. Pupino, Liguori, Napoli (in corso di stampa), pp. 89-111.

Introduzione

dello sventramento, ne accompagnano la progressiva disfatta esistenziale.

Il romanzo, come si diceva, ha inizio nel convento del Suor Orsola Benincasa.[23] Isolato su un'altura, il luogo, per la sua forma e per il sito sul quale sorge, si prestava senza alcuna forzatura a un'interpretazione in chiave simbolica. I due quadri successivi hanno luogo nel quartiere di Montecalvario, non lontano, in linea d'aria, dalla collina sulla quale sorge il Suor Orsola, ma alquanto più in basso. Il primo ha come centro la via Magnocavallo, corrispondente all'attuale via Francesco Girardi, dove per qualche tempo la suora è ospite di sua sorella Grazia Bevilacqua. Via Magnocavallo è nota per essere stata la strada in cui ha abitato per qualche tempo la giovane Matilde Serao, al primo piano del civico 92.[24] Le stradine e i vicoli nominati in questa parte del romanzo compongono

[23] Ripercorre la lunga storia della fabbrica C. De Seta, *La cittadella di Suor Orsola Benincasa* (con un'*Appendice documentaria* a cura di D. Stroffolino), in *L'Istituto Suor Orsola Benincasa*, cit., pp. 13-28. Una descrizione ottocentesca della cittadella monastica è in G.A. Galante, *Guida sacra della città di Napoli (1872)*, a cura di N. Spinosa, Napoli 1985, pp. 238 e 248. Inoltre, *La città di Napoli tra vedutismo e cartografia. Piante e vedute dal XV al XIX secolo*, a cura di G. Pane e V. Valerio, Grimaldi, Napoli 1987. Pure utile la pianta Schiavoni, nota anche come *Pianta del Comune di Napoli 1872-80* (per i riferimenti relativi alla topografia cittadina ho fatto ricorso alla competente disponibilità dell'amico e collega Pasquale Rossi).

[24] Su questa circostanza, e sul significato che essa assume in relazione alla tecnica narrativa dell'autrice, ha richiamato l'attenzione F. Bruni, *Prosa e narrativa*, cit., p. 230. Cfr. inoltre A. Banti, *Matilde Serao*, cit., p. 293; R. Melis, «*Ci ho lavorato col cuore*». *24 lettere di Matilde Serao a Vittorio Bersezio (1878-1885)*, «Studi Piemontesi», XXIX (2000), pp. 363-389, alle pp. 375-388.

39

i confini della Napoli piccolo borghese e popolare che vivono fianco a fianco, condividendo, in parte, gli spazi. La stanza che suor Giovanna ha abitato in casa di Grazia Bevilacqua, nella via Magnocavallo, viene definita, infatti, «quella camera di casa borghese, a quel primo piano basso» (p. 159), espressione che descrive efficacemente lo stadio iniziale della china percorsa da suor Giovanna. Questa condivisione degli spazi si fa evidente allorché la scena si sposta nel vico Rosario a Portamedina, dove la suora subaffitta una camera nella casa di una vedova salernitana di origine contadina. Nello stabile del vicolo convivono, dislocati su piani diversi (anche qui il simbolismo insito nella dimensione spaziale è concreto e per così dire *in rebus*):

Il giudice Camillo Notargiacomo, colui che occupava il quarto piano, nel palazzotto di Vico Rosario a Portamedina, proprio in alto, mentre al primo piano vi era donna Costanza de Dominicis e suor Giovanna della Croce, al secondo Concetta Guadagno e al terzo Maria e Gaetano Laterza (p. 187).

La seconda tappa della progressiva discesa sociale di suor Giovanna è segnalata anche dalla sua nuova condizione di lavoratrice, prima artigianale e poi servile, mentre in precedenza aveva vissuto delle mille lire avute a parziale risarcimento della dote di monaca.

Il quadro successivo si svolge nel quartiere del Porto, fra via Porto e via Sedile di Porto. Questo romanzo è assai legato a certi modi, ambienti e descrizioni del *Ventre di Napoli*. La vicenda narrata si situa, in effetti, fra la prima

Introduzione

(1884) e la seconda edizione (1906) dell'opera forse più famosa della Serao.[25] In *Suor Giovanna*, infatti, i lavori dello sventramento sono descritti dinamicamente attraverso il lento incedere della vecchia suora mentre percorre il selciato dissestato e oltrepassa i calcinacci che ingombrano l'antica via Porto (pp. 210-211).[26] Il Porto è l'ultima tappa del degrado della protagonista, che passa dallo stato misero, ma pur dignitoso, di serva, all'indigenza estrema della mendicità. L'ultimo quadro, descritto coi toni caricati di una corte dei miracoli in cui, come altrove nell'opera della scrittrice, i segni del degrado fisico sono, contemporaneamente, causa ed effetto di un profondo degrado morale, si chiude con la scena del pranzo offerto dal comune di Napoli a trecento poveri, officiato da signori e signore della borghesia e dell'aristocrazia napoletana. Anche in questo caso il luogo è emblematico, perché dal palazzo di Tarsia, dove la scena ha luogo, si scorge, in

[25] La via Porto scomparve in seguito ai lavori dello sventramento. La breve descrizione che ne dà la Serao in *Suor Giovanna* è integrabile col dettagliato resoconto del *Ventre di Napoli*: M. Serao, *Il Ventre di Napoli*, edizione integrale a cura di P. Bianchi, con uno scritto di G. Montesano, Avagliano, Cava de' Tirreni 2002, pp. 101-110. *Il Ventre di Napoli* fu pubblicato in volume per la prima volta nel 1884, e successivamente nel 1906, in un'edizione accresciuta di alcuni capitoli scritti fra il 1903 e il 1905 (cfr. la *Nota al testo* di P. Bianchi nell'edizione cit., pp. 21-23).

[26] I lavori di sventramento, chiesti con urgenza dal ministro napoletano Pasquale Stanislao Mancini (era allora Primo Ministro Agostino Depretis), furono approvati con la legge del 15 gennaio 1885, cominciarono nel 1889, e non erano ancora conclusi, ben oltre i dieci anni preventivati dall'amministrazione locale, ai primi del Novecento (A. Gambardella, *Il disegno della città*, in G. Galasso, *Napoli*, cit., pp. 3-37, alle pp. 17-20). Negli anni Novanta, quando si svolge la storia di suor Giovanna, la risistemazione del quartiere Porto è, quindi, ancora in corso.

41

Rosa Casapullo

alto, la collina di San Martino, quella, appunto, sulla quale sorge il monastero.[27]

I luoghi descritti forniscono, così, le coordinate spaziali, e nello stesso tempo psicologiche e morali, entro cui vanno inseriti e interpretati i segnali linguistici sparsi nel romanzo. La progressiva decadenza della suora, che culmina nell'oblio della propria identità, appena rimosso nella scena finale, viene monitorata, infatti, attraverso la puntigliosa registrazione della sua sempre più precaria situazione economica. I sostantivi e i verbi che ruotano attorno al denaro contrassegnano, in maniera ogni volta mutata, gli ambienti successivamente messi a fuoco. Il danaro «cavato» di tasca e i verbi correlati a questo gesto, assieme ai riferimenti precisi alle somme sborsate, costituiscono la nota dominante delle pagine che ruotano attorno alla via Magnocavallo. Il ragguaglio sulla situazione economica della monaca prosegue con precisione ragioneristica attraverso la minuta elencazione dei compensi percepiti per il lavoro artigianale di ricamatrice, prima, e poi di serva in casa del giudice Notargiacomo. Nel quadro che si svolge a via Porto, coerentemente con la mutata situazione finanziaria della donna, le «lire» spariscono e sono sostituite dai «soldi». I soldi, emblema finale della china percorsa dalla monaca, ricorrono ossessivamente, minutamente calcolati. Ancora una volta,

---

[27] La collina di San Martino è il luogo che suor Orsola Benincasa scelse per divina ispirazione, come recitano i documenti relativi alla fondazione, per insediarvi la sua prima comunità monastica; il sito è strettamente connesso, quindi, alla storia originaria del Suor Orsola: V. Fiorelli, *Una santa della città*, cit., pp. 65-67; U. Dovere, *La voluntaria congregatione*, cit., p. 64.

Introduzione

Suor Giovanna appare l'inveramento narrativo della denuncia sociale del *Ventre di Napoli*, dove la scrittrice fornisce uno spaccato della microeconomia cittadina, adoperando come indici i costi di alcuni generi di prima necessità.[28]

Accanto al denaro la fisicità irrompe prepotentemente nella preoccupazione del cibo, fin dal quadro ambientato in via Magnocavallo, quando suor Giovanna e suor Francesca discorrono fra loro. Mediante un accumulo di frasi marcate da reiterazioni anaforiche, giusta una facile strategia retorica frequentemente esperita dalla scrittrice,[29] si crea come un'anticlimax al cui vertice non è la perduta pace spirituale ma il «cibo del corpo che era stato loro rubato» (p. 134). Le espressioni legate al corpo rendono senza patetismi, ma con grande efficacia, l'irreversibile distacco di suor Giovanna dalla vita spirituale. Quando, ridotta alla condizione di umile artigiana domestica, vende i propri merletti alla giovane Concetta Guadagno, nelle parole con le quali la ragazza riassume la propria condizione sembra di leggere i confini, non più spirituali, bensì materiali e corporei, entro i quali si muove, ormai, l'esistenza della ex sepolta viva: «mangio, bevo, dormo, sono

---

[28] Cfr. M. Serao, *Il Ventre di Napoli*, cit., pp. 47-52 e 123-126 (e cfr., a p. 125: «il popolo nostro vive di soldi e non vive di lire»). Altri utili termini di confronto possono essere ricavati da qualche dato sui costi di alcuni generi e sull'entità dei salari. Negli anni 1872 e 1873, per esempio, il salario giornaliero di un operaio meccanico ammontava a 5 lire, quello di un fonditore a 4 lire; inoltre, il prezzo medio del pane corrispondeva a 53 centesimi circa, il prezzo del vitello a 2,22 lire, quello della pasta a 64 centesimi, quello del vino a 47 centesimi al litro: G. Brancaccio, *Una economia, una società*, in G. Galasso, *Napoli*, cit., pp. 38-141, a p. 57.

[29] V. Pascale, *Sulla prosa narrativa di Matilde Serao. Con un contributo bibliografico (1877-1890)*, Liguori, Napoli 1989, p. 90.

43

Rosa Casapullo

servita» (p. 173). Finanche le rare operazioni spirituali che la suora riesce a compiere sono espresse, in un caso, con un verbo che rientra nell'area semantica del cibo, laddove suor Giovanna balbetta sfinita le sue preghiere «digerendo, nelle orazioni, le amarezze fisiche e morali di cui era stata piena la sua giornata» (p. 195).

L'aggettivazione, meno ricercata e versatile che in altri scritti della Serao, trova qui un comune denominatore nei sostantivi e negli aggettivi che indicano colori: il nero della tonaca, del cappuccio e del mantello, il bianco del «goletto», che si riflette nella «coscienza candida» delle suore, il bianco pallido delle mani.[30] Bianco e nero, o tutt'al più bruno, sono i toni smorzati coi quali sono raffigurate le due vecchie monache, suor Giovanna e suor Francesca, poco prima del commiato. Una maggiore varietà cromatica contrassegna, di tanto in tanto, gli uomini e soprattutto le donne immersi nel mondo, prima di tutto Grazia Fanelli e sua figlia Clementina, la sorella e la nipote di suor Giovanna, e poi la prostituta che si affaccia al balcone della casa di vico Lungo Teatro Nuovo, ritratta attraverso notazioni vivacemente coloristiche. Ma sono il bianco e il nero di suor Giovanna i colori dominanti, che esprimono intensamente, nel loro deteriorarsi, il cammino verso un disfacimento irredimibile.[31] Così

[30] Tratto costitutivo nella prosa della Serao: F. Bruni, *Sondaggi su lingua e tecnica narrativa del verismo*, in id., *Prosa e narrativa*, cit., pp. 137-192, a p. 147; V. Pascale, *Sulla prosa narrativa di Matilde Serao*, cit., pp. 71 e 95.
[31] È vero che bianco e nero sono i tipici colori dell'abbigliamento monastico, ma non sarà inutile precisare che l'abito delle sepolte vive del Suor Orsola era bianco e azzurro (cfr. *Dizionario degli Istituti di perfezione*, cit., s.v. *Romite Teatine dell'Immacolata Concezione*).

Introduzione

nella via Rosario a Portamedina compaiono i primi segni del degrado nelle «palpebre bluastre», nelle «vene violacee» delle mani, e soprattutto negli emblemi (il termine «emblema» è della Serao) «della sua dignità di Sepolta viva»: la «tonaca nera» dai «riflessi verdastri», le «candide bende» e il «candido goletto» che hanno perso il loro «candore immacolato» e virano al giallastro, il «cappuccio nero» ormai «sciupato» (pp. 167-168). Nella scena finale, dove la scrittrice si esibisce in un pezzo di bravura dai toni di un acceso naturalismo, appaiono le gonne «stinte» delle donne, le facce «scialbe» o «gialle», i bambini «pallidi», le bocche «violette» o «livide» (p. 234 e segg.). Le poche notazioni di colore più vivaci riguardano particolari anatomici (i polsi «rossi» delle donne che fuoriescono dalle maniche lacere, i pomelli «chiazzati di rosso» dei giovani tubercolotici) o, appena variando un modo di dire popolare, la miseria che è nera («venute dalla più nera miseria»), mentre sono «bianchi» i guanti dei signori eleganti che servono il pranzo ai poveri. Perfino i «maccheroni», in questo contesto, non sono rossi ma «rossastri» (p. 245). Alla fine del romanzo ancora i colori rivelano la condizione di estrema indigenza dell'antica sepolta viva, che ha perduto, insieme al nitore delle sue vesti, anche l'antica rispettabilità. La «pelle del volto, fra giallastra e brunastra», lo «straccio incolore di veste nera», il «cencio di scialletto di lana bianca», il «fazzoletto di cotone nero», le «mani scarne, gialle, cadaveriche, dalle vene gonfie e violacee» fanno maggiormente risaltare il «rossore estremo» che «le bruciava i pomelli» (pp. 251-255).

Rosa Casapullo

3. Un difficile equilibrio linguistico

Nella lettera ricordata sopra, Georges Hérelle deplorò vivacemente le ripetizioni e lo stile sciatto del romanzo. Dalla corrispondenza coeva con la Serao, inoltre, si evince che egli aveva tentato, come già, con successo, per *La ballerina*, di far accettare alla scrittrice alcune drastiche riduzioni, sulle quali anche Brunetière, messo sull'avviso dalle sue malevole insinuazioni, si era dichiarato d'accordo.[32] La scrittrice, però, si mostrò in questo caso assai poco incline a veder completamente stravolto il proprio lavoro, e reagì con decisione affermando la consapevolezza delle proprie scelte in una lettera indirizzatagli il 25 gennaio 1901, solo un mese prima che il romanzo comparisse sulla «Revue des deux Mondes»:

Vi confesso che tengo a questa *Suor Giovanna* enormemente, e che ogni frase, ogni parola, l'ho usata *con un'idea*. Ci sono anche delle ripetizioni *volute*, delle parole che hanno un valore speciale.[33]

[32] M.G. Martin-Gistucci, *Matilde Serao et Ferdinand Brunetière*, cit., pp. 110-112; Ead., *Lo specchio ribelle (Georges Hérelle traduttore e traditore di Matilde Serao)*, in *Matilde Serao tra giornalismo e letteratura*, cit., pp. 45-60. Sulle relazioni della Serao con la Francia cfr. E. Momigliano, *La Serao in Francia*, «Nuova Antologia», 91 (1956), pp. 73-80; M.G. Martin-Gistucci, *L'œuvre romanesque de Matilde Serao*, cit., pp. 455-489; R. Giglio, *Per la storia di un'amicizia. D'Annunzio – Hérelle – Scarfoglio – Serao. Documenti inediti*, Loffredo, Napoli 1977, pp. 135-239; A.R. Pupino, "*Chi piange acconsente". Ragguagli di Matilde Serao con alcune congetture sopra il suo successo*, in *Notizie del Reame. Accetto, Capuana, Serao, d'Annunzio, Croce, Pirandello*, Liguori, Napoli 2004, pp. 41-78.

[33] R. Giglio, *Per la storia di un'amicizia*, cit., p. 176; M.G. Martin-Gistucci, *Matilde Serao et Ferdinand Brunetière*, cit., p. 113 (in francese nella fonte).

Introduzione

Ancora il 9 aprile 1901, poco prima che il romanzo fosse pubblicato, in Francia, nel volume *Vie en détresse*, essa ribadì orgogliosamente le ragioni del proprio stile con espressioni inequivocabili:

Mi è impossibile aprire con i miei critici e con voi una polemica sui miei difetti letterari, cioè il *disordine*, la *confusione*, le *ripetizioni*. Preferisco accettarli come un dato di fatto. Ho dunque questi difetti. Ma nel racconto *Suor Giovanna della Croce* tengo ai miei difetti, dall'inizio fino alla fine.[34]

Il fatto è che in questo romanzo la contenuta variazione lessicale è uno strumento espressivo funzionale a una calibrata uniformità stilistica, atta a esprimere efficacemente una quotidianità miserabile e impoetica, stilizzata, con sincera adesione emotiva, attraverso un linguaggio scabro, in cui si manifesta un netto decremento del tasso di letterarietà. Vi trovano uno spazio limitato, infatti, le componenti dialettali dal tono vagamente pittoresco, generalmente segnalate dal corsivo, oppure la terminologia della moda, veicolata dai prestiti linguistici, cui la scrittrice fa ricorso soprattutto nelle raffigurazioni del bel mondo. Alcuni napoletanismi sono usati, naturalmente, nelle descrizioni degli ambienti popolari. Troviamo così *spagari* e *rampa* (p. 109), *basso* (p. 121), e, nelle parole dei personaggi, le espressioni *far(e) credenza* «far credito» (p. 214),

---

[34] R. Giglio, *Per la storia di un'amicizia*, cit., p. 180 (di tenore analogo le lettere riportate alle pp. 178-179) e M.G. Martin-Gistucci, *Matilde Serao et Ferdinand Brunetière*, cit., pp. 113-114 (in francese nella fonte).

47

pianelli «pantofole» (p. 234). Appartiene al gergo malavitoso, più che al dialetto, la sineddoche *cancello* per «prigione» (p. 117). Sobri regionalismi fonetici compaiono nelle parole dei personaggi: «Con questa tosse, io me ne moro» (p. 220). Nel dialogato, in particolare, più che la frequenza di espressioni francamente dialettali è interessante l'uso di un registro medio, con tratti di italiano popolare e colloquiale:[35]

– Mi piaceva meglio la cucina del convento (p. 137);
– Buona donna, – disse la signora, – tu fossi impazzita? (p. 197);
– E statevi tranquilla, allora (p. 220);
– Io sono una miserabile, che campo di nascosto dalla sua volontà! (p. 221).

Altri termini e costrutti saranno almeno in parte preterintenzionali. È un tratto di italiano popolare, ricorrente qua e là nella narrazione, per esempio, l'accumulo delle preposizioni e, viceversa, la mancata reggenza preposizionale in alcuni verbi: «non muoversi da vicino al cancello» (p. 240); «tentasse camminare» (p. 217). Un dialettismo non segnalato è l'appellativo riferito a Grazia Bevilacqua, la sorella di suor Giovanna prediletta dai genitori, chiamata appunto *la carita* (p. 92).[36] Termini come *capellatura*

[35] Negli esempi che seguono si nota, nell'ordine, l'uso improprio di un avverbio di grado alterato, l'impiego, tipicamente regionale, dell'imperfetto congiuntivo in una domanda che esprime eventualità, la costruzione pronominale del verbo *stare* e infine l'accordo del verbo col soggetto logico e non con quello grammaticale.
[36] Cfr. C. Battisti e G. Alessio, *Dizionario etimologico italiano*, Barbera, Firenze 1950-1957, s.vv. *carire* e *carito*; G.L. Beccaria, *Spagnolo e spa-*

Introduzione

(p. 178), *cerei* «ceri» (p. 88 ecc.), *goletto* (p. 120 ecc.) «striscia di stoffa bianca che cinge il colletto», *novella* «nuova» (p. 84 ecc.), *novellamente* (p. 115 ecc.), *oblio* (p. 234), *origliere* «guanciale» (p. 177 ecc.) fanno parte di quel serbatoio di aulicismi comuni veicolati dalla lingua letteraria ottocentesca, inclusa quella popolare e divulgativa dei quotidiani e, sul versante poetico, dei libretti d'opera.[37] Un modulo letterario usurato si rinviene nel *tremavano a verga* (p. 108) riferito alle suore. Tutti questi elementi, però, passano in secondo piano rispetto all'uniformità, al voluto grigiore espressivo del romanzo, il cui equilibrio, prodotto di «spinte eterogenee» non di rado asistematiche né sempre controllate, risulta uniformemente distante sia da uno stile eccessivamente ricercato, sia da una soverchia compromissione col parlato locale.[38]

Non è escluso che i rimproveri di Hérelle siano all'ori-

gnoli in Italia. Riflessi ispanici sulla lingua italiana del Cinque e del Seicento, Giappichelli, Torino 1968, p. 72; M. Cortelazzo e C. Marcato, *I dialetti italiani. Dizionario etimologico*, Utet, Torino 1998, s.v. *carìtu*.

[37] Per tutto ciò si veda M. Bricchi, *La roca trombazza*, Edizioni dell'Orso, Alessandria 2000.

[38] L'obiettivo sembra quella lingua «borghese» di cui la Serao parla in un'intervista a Ojetti del 1894 (U. Ojetti, *Alla scoperta dei letterati*, a cura di P. Pancrazi, Le Monnier, Firenze 1967 [1946], pp. 272-283, alle pp. 275-276). Cfr. a questo proposito F. Bruni, *Nota introduttiva* a M. Serao, *Il romanzo della fanciulla*, cit., p. XXI; vedi anche Id., *Sondaggi*, cit., alle pp. 137-139. Naturalmente la scelta consapevole di un registro non elimina gli impacci lessicali e sintattici, ma anzi deve continuamente fare i conti con essi, un problema cui dovettero far fronte scrittori letterariamente più dotati, e linguisticamente assai più attrezzati della Serao; cfr. le considerazioni di A. Stussi, *Da «Rosso Malpelo» a «Ciàula scopre la luna»* e *Plurilinguismo passivo nei narratori siciliani tra Otto e Novecento*, entrambi in Id., *Storia linguistica e storia letteraria*, Il Mulino, Bologna 2005, rispettivamente alle pp. 187-231 e 289-314.

49

Rosa Casapullo

gine di alcune delle modifiche apportate alla redazione pubblicata su «Flegrea» e a quella edita sul «Mattino».[39] Molte correzioni, infatti, tendono proprio a eliminare ripetizioni a distanza ravvicinata. In altri casi verbi generici come *fare, avere, portare, gittare, stare, mettere* sono sostituiti con espressioni più precise e circostanziate. Anche l'eliminazione di espressioni oscure e mal congegnate o di veri e propri errori potrebbe doversi attribuire, magari indirettamente, all'arcigna lettura di Hérelle. Nell'ultima redazione, infatti, scompaiono sostantivi francamente scorretti, aggettivi di senso ambiguo o inadeguati al contesto, frasi incongrue. La revisione, però, mira principalmente, come si diceva, a smussare i poli opposti dell'espressione regionale o popolare e di quella artificiosamente elevata, conferendo alla lingua, nel contempo, un aspetto dignitosamente letterario.[40] Anche le correzioni apportate all'ordine delle parole e alla punteggiatura vanno nella direzione di un periodare meno franto e di una lingua più sciolta e naturale. Nel complesso decrescono gli arcaismi fonetici e morfologici, comuni soprattutto nella lingua della tradizione poetica, una tendenza, anche in questo caso, manifestatasi già nel passaggio dalla redazione di «Flegrea» a

[39] L'edizione Treves 1901 è citata secondo l'impaginazione della presente edizione. Le note linguistiche che seguono intendono solo indicare le principali direzioni secondo cui si svolge il lavorio correttorio, esemplificandole con pochi casi significativi. Per un esame più dettagliato della storia redazionale del romanzo rinvio a un articolo di prossima pubblicazione.

[40] Molti dei fenomeni registrati di seguito trovano riscontro in altre opere della Serao: cfr. F. Bruni, *Introduzione* a *Il romanzo della fanciulla*, cit., pp. XXI-XXX e Id., *Sondaggi*, cit., pp. 140-147.

Introduzione

quella del «Mattino».[41] Sostantivi e aggettivi sono ricondotti generalmente alla forma letterariamente meno connotata; *formola*, per esempio, è sostituito da *formula* (p. 104) e *feminile* da *femminile* (p. 191), l'indefinito *niuno* decresce, complessivamente, rispetto a *nessuno*.[42] Quanto, poi, alla morfologia verbale, le desinenze dell'imperfetto indicativo in *-ea*, *-eano*, già complessivamente inferiori per numero a quelle in *-eva*, *-evano*, diminuiscono ulteriormente.[43]

Non è meno radicale, sull'altro versante, l'espunzione dei dialettismi e delle espressioni di registro popolare e colloquiale, una tendenza già avvertibile nei non numerosi ritocchi alla prima stesura. Il dialogato, in particolare, perde le tracce più evidenti del parlato locale. Viene corretto, per esempio, un caratteristico napoletanismo come il verbo *tenere* per *avere*: «Non hanno (<tengono) padre» (p. 227). *Tenere*, costruito pronominalmente, nel significato di «sopportare», è sostituito con *accettare*: «Io accetto (<mi tengo)

[41] Il tipo *nepote*, per esempio, è sostituito quasi sempre da *nipote*; d'altronde sono del tutto occasionali, o non sistematiche, correzioni come *Crocifisso > Crocefisso* (*Crocifisso* p. 113 ecc.), *divozioni > devozioni* (*divozioni* pp. 121 ecc.); *secura > sicura* (*securo* p. 96 ecc.). La forma *nepote* restò vitale nella lingua poetica fino ai primi del Novecento; *securo* circolò anche nella prosa ottocentesca e primonovecentesca: L. Serianni, *Introduzione alla lingua poetica italiana*, Carocci, Roma 2001, pp. 62-63.

[42] Cfr. L. Serianni, *Vicende di "niuno" e "nessuno" nella lingua letteraria*, «Studi linguistici italiani», VIII (1982), pp. 27-40 e Id., *Introduzione*, cit., pp. 166-167.

[43] Il tipo *-ea*, *-eano* ebbe ampio corso nella lingua della poesia colta e popolare ben oltre l'Ottocento, ma già a partire dalla seconda metà del secolo era in regresso nella lingua della prosa: L. Serianni, *Il secondo Ottocento*, Il Mulino, Bologna 1990, pp. 208, 230 e Id., *Introduzione*, cit., pp. 184-186.

Rosa Casapullo

tutto» (p. 173). Scompare, inoltre, un altro tipico regionalismo, *stare* per *essere*: «io sono (<sto) malata» (p. 220). *Cercare* per *chiedere* è sostituito con una perifrasi: «voglio sapere (<cerco) i nomi» (p. 229).[44] Sono modificate alcune locuzioni troppo vicine al parlato: «Una giornata di queste» > «Un giorno o l'altro» (p. 192); «Una notte di queste» > «Una notte o l'altra» (p. 192); «domani mattina avrete una tazza di caffè, che vi consolerà» (< «consolate») (p. 216). Viene inoltre soppressa, in un unico caso, un'interiezione di stampo prettamente dialettale: «Gué, forse» > «Forse» (p. 170).

Il fatto che la Serao tentasse di arginare la sua sovrabbondante esuberanza retorica appare evidente quando si confrontano le aggiunte e i tagli operati dalla prima all'ultima stesura. L'unica soppressione di rilievo avviene nel passaggio da «Flegrea» al «Mattino», in cui scompare un lungo brano che dovette sembrare alla scrittrice una ripetizione inutile. Altri tagli di minor consistenza nell'edizione in volume insistono in direzioni precise; per esempio, l'eliminazione occasionale di qualche esclamazione reiterata, nel dialogato: «molta economia, molta economia» > «molta economia» (p. 167). Le aggiunte, al contrario, servono generalmente a chiarire espressioni vaghe o ambigue. Talvolta tagli e aggiunte a breve distanza modificano sensibilmente l'equilibrio complessivo di un brano. Proprio il finale, nell'ultima stesura, viene completamente riscritto, acquistando una più profonda suggestione emotiva nella

[44] Ma ritorna nell'espressione, anche letteraria: «Cercare l'elemosina, è vero?» (p. 255).

Introduzione

progressione lenta e circolare che apre e chiude il periodo col nome della vecchia suora:

Adesso, ella aveva curvato il viso scarno, incavato: dagli occhi le scendevano alcune rade lacrime che cadevano nel piatto della carne ed ella non mangiava più > E col suo antico nome, uscito quasi per forza dalle sue labbra, dagli occhi velati della vecchiaia, sul volto consunto, due lacrime lente scesero, caddero nel piatto della carne. Col capo sul petto, invece di mangiare, la vecchia lasciava scorrere le più amare lacrime della sua vita, col suo nome (pp. 256-257).

4. Un'«osservazione mossa da sentimento»[45]

Segnalata per la prima volta su «Flegrea» dal direttore, Riccardo Forster,[46] l'edizione in rivista di *Suor Giovanna* fu entusiasticamente recensita sul «Fanfulla della Domenica»,[47] mentre la «Nuova Antologia» pubblicò un lungo articolo di Gemma Ferruggia, saggista e romanziera, in cui si dava conto, tra l'altro, anche del romanzo.[48] Sulla ri-

[45] B. Croce, *Matilde Serao, La letteratura della nuova Italia. Saggi critici,* quarta edizione riveduta dall'autore, vol. III, Laterza, Bari 1943, pp. 33-73, a p. 34.

[46] «Flegrea», III (1901), vol. I, fasc. VI, p. 568; Forster rimarcò la profonda italianità di un'opera collocabile nel solco di una poetica degli umili che va dal Manzoni al Verga.

[47] «Fanfulla della Domenica», XXII, n. 17 del 29 aprile 1900 (rec. di G. Barini). Qualche tempo dopo venne brevemente segnalata la nuova edizione in volume per Treves: XXIII, n. 12 del 24 marzo 1901.

[48] G. Ferruggia, *Matilde Serao. Studi e ricordi,* «Nuova Antologia», IV serie, CLXXIII, 89 (1900), pp. 615-648.

vista «La Cultura», invece, *Suor Giovanna*, ormai uscito in volume, fu presentato senza mezzi termini come un prodotto farraginoso e un po' stanco, assai inferiore alle opere meglio riuscite della scrittrice.[49] A parte questo giudizio negativo, però, al romanzo arrise un discreto successo, di cui fanno fede le ristampe italiane e le due traduzioni, una francese, già ricordata, e un'altra spagnola.[50]

Con questo romanzo, in effetti, la Serao ritornava alla sua più spontanea vocazione letteraria, quel maturo realismo descrittivo di cui fu consapevole interprete fin dalle opere giovanili.[51] I bisogni materiali, denaro, cibo, vesti, riparo per la notte sono, infatti, i confini entro cui si realizza la vicenda narrata in *Suor Giovanna della Croce*, che non è, naturalmente, un romanzo spirituale o mistico solo perché la protagonista è una monaca. Ciò era già evidente a Benedetto Croce, che in un noto saggio del 1903 dichiarò che con *Suor Giovanna* e *La ballerina* la Serao abbandonava finalmente «psicologismo e misticismo» per tornare «alla vita vissuta».[52] Alcuni anni più tardi, in un breve scritto in cui ad alcuni acuti giudizi critici si accompagna a tratti una lettura un po' convenzionale dell'opera della Serao, Leo Spitzer indicò nella scrittrice il corrispettivo italiano di Zola (così come Verga lo era di Maupassant), uno Zola spogliato, però, di ogni determinismo

[49] «La Cultura», XX (1901), pp. 292-293 (rec. di Eugenio Cecchi).

[50] Vedi la *Nota al testo*.

[51] Essa si definì «più osservatrice che creatrice», infatti, in una lettera a Vittorio Bersezio del 4 febbraio 1880: R. Melis, *«Ci ho lavorato col cuore»*, cit., p. 380.

[52] B. Croce, *Matilde Serao*, cit., p. 71.

Introduzione

scientista e, semmai, venato di un tardo romanticismo popolare e vagamente melodrammatico.[53] Il saggio di Croce, quello di Spitzer e l'importante scritto di Henry James del 1901, che qui si pubblica per la prima volta in volume,[54] sono gli interventi di critica militante più prestigiosi dedicati alla scrittrice napoletana negli anni della sua maturità artistica. Il giudizio di Croce, in particolare, stabilisce le coordinate entro cui si collocherà la gran parte dei contributi critici posteriori: assieme alla *Ballerina*, *Suor Giovanna* è il lavoro sicuramente meglio riuscito di quegli anni, solo in parte compromesso da qualche occasionale cedimento al patetismo e dal fatto di essere stato esplicitamente concepito per «richiamare attenzione e suscitare pietà sulla sorte delle monache degli aboliti monasteri».[55]

Se il senso riposto della narrazione non è da ricercarsi nel sentimento religioso né nello scavo psicologico, il suo più intimo significato risiede, probabilmente, nella storia, come intuì Croce. La Serao intese rappresentare eventi lontani non solo, o non necessariamente, napoletani, del-

[53] Peraltro il critico accomunò *Suor Giovanna* agli scritti d'ispirazione religiosa posteriori al 1897, ma solo per smentire la possibilità di una reale conversione della scrittrice, nella cui prosa egli riconosceva la costante di una religiosità vagamente pagana e tipicamente meridionale: L. Spitzer, *Matilde Serao (Eine Charakteristik)*, «Germanisch-Romanische Monatsschrift», VI (1914), pp. 573-584.

[54] Il saggio, qui riprodotto alle pp. 5-24, non parla di *Suor Giovanna*, ma propone un profilo complessivo della scrittrice, essenziale per valutare il suo impatto sul mondo culturale internazionale. La «Nuova Antologia» ne segnalò tempestivamente l'uscita (CLXXVII, 93 [1901], p. 350). James conobbe la Serao a Roma, in casa del conte Primoli, nel 1894 (W. De Nunzio Schilardi, *L'invenzione del reale. Studi su Matilde Serao*, Palomar, Bari 2004, p. 211, nota 19).

[55] B. Croce, *Matilde Serao*, cit., p. 72.

55

Rosa Casapullo

l'Italia postunitaria, e ricordarne le vittime ignorate e talora inutilmente sacrificate a un ideale astratto di giustizia, spesso disatteso proprio a danno di quegli umili in nome dei quali era manifestamente dichiarato.[56] È ancora *Il Ventre di Napoli* che illumina, indirettamente, il senso riposto del romanzo, là dove la scrittrice denunciava:

E nei conventi che il Municipio, oramai, possiede, in gran numero, *da cui sono state discacciate tante sventurate monache*, perché albergano solo dei grandi elettori o dei servitori di consiglieri comunali? Perché, *poiché le povere monacelle ne furono gittate fuori, alla strada, alla miseria e alla morte*, non si fa una spesa, una santa spesa, per pulire, per restaurare, questi numerosi monasteri e non si affittano, quelle stanze, diventate nette e salubri, al popolo napoletano?[57]

In conclusione, *Suor Giovanna della Croce* merita di essere accostato alle prove migliori della Serao quale interessante esperimento di romanzo sociale e, in un certo senso, come la traslazione in chiave narrativa, e quindi la rappresentazione, dell'importante campagna di denuncia sperimentata col *Ventre di Napoli*.

---

[56] F. Bruni, *Appendice. La scrittura della città*, cit., pp. 229-230.
[57] M. Serao, *Il Ventre di Napoli*, cit., pp. 132-133; il corsivo è mio. Il brano è in un articolo del 1904.

Nota al testo

Se lo spunto iniziale di *Suor Giovanna della Croce* risale verosimilmente al 1890, la realizzazione del progetto non dovette incominciare che diversi anni più tardi. La prime notizie sul romanzo rimontano al mese di giugno 1899, all'epoca del soggiorno parigino della Serao. La scrittrice in quell'occasione incontrò Ferdinand Brunetière,[1] direttore della «Revue des deux Mondes» (dove era in corso la pubblicazione del romanzo *La ballerina*)[2] e gli propose una storia, simile per ispirazione alla *Ballerina*, che avrebbe avuto come protagonista una suora di clausura. Il 16-17 giugno «Il Mattino» di Napoli pubblicò in anteprima la notizia che la Serao aveva stipulato un contratto con la «Revue» per la pubblicazione di un lungo racconto intitolato *Perpetua clausura*.[3]

[1] M.G. Martin-Gistucci, *Matilde Serao et Ferdinand Brunetière*, cit. Sulla Serao a Parigi si veda A. Banti, *Matilde Serao*, cit., pp. 233-237. In quell'occasione la scrittrice ebbe modo d'intervistare Émile Zola: W. De Nunzio Schilardi, *Matilde Serao-Émile Zola: una testimonianza*, in *L'invenzione del reale. Studi su Matilde Serao*, cit., pp. 95-108.

[2] *La danseuse*, «Revue des deux Mondes», 15 giugno-1 luglio 1899. Quasi contemporaneamente *La ballerina* usciva in Italia nella «Nuova Antologia» (16 maggio-1 luglio 1899); fu poi edito in volume presso Treves nel 1901.

[3] In realtà a questa data dovette concludersi fra i due un accordo soltanto verbale (M.G. Martin-Gistucci, *Matilde Serao et Ferdinand Brunetiè-*

Rosa Casapullo

Qualche mese dopo, il giorno 8 ottobre, la Serao scrisse a Brunetière che, approfittando degli intervalli di tempo occorsi fra la composizione e la correzione delle bozze del *Paese di Gesù*, aveva portato a termine il racconto gemello della *Ballerina*, intitolato *Suor Giovanna della Croce*, la cui traduzione avrebbe voluto che fosse affidata a Georges Hérelle. Quello stesso giorno la Serao annunciò a Hérelle di aver fornito a Brunetière il titolo e il soggetto del suo nuovo romanzo.[4] È probabile che la Serao, ansiosa di accordarsi con Brunetière per la pubblicazione dell'opera sulla prestigiosa rivista francese, abbia dato per concluso un testo che sarà stato, in quel periodo, solo abbozzato nelle sue linee generali. In una lettera al conte Primoli inviata da Napoli il 12 ottobre 1899, infatti, la scrittrice gli comunicò l'intenzione di dedicarsi finalmente alla stesura di *Suor Giovanna* (del cui progetto, dunque, il Primoli era già a conoscenza da qualche tempo). Vale la pena di riportare uno stralcio della missiva:[5]

re, cit., pp. 109-110). Il titolo indicato dall'anonimo corrispondente del «Mattino» (la stessa Serao?) compare solo in questa circostanza (si tratta, peraltro, di un'espressione del romanzo; cfr. le pp. 86 e 105). La Serao si riferirà al racconto sempre col titolo definitivo di *Suor Giovanna della Croce*. Brunetière in una lettera del 10 novembre 1899 lo chiama *La Religieuse* (R. Giglio, *Per la storia di un'amicizia*, cit., p. 165; M.G. Martin-Gistucci, *Matilde Serao et Ferdinand Brunetière*, cit., p. 111).

[4] R. Giglio, *Per la storia di un'amicizia*, cit., pp. 161-162; M.G. Martin-Gistucci, *Matilde Serao et Ferdinand Brunetière*, cit., pp. 110 e 122.

[5] M. Spaziani, *Con Gégé Primoli nella Roma bizantina*, Edizioni di Storia e Letteratura, Roma 1962, pp. 159-160. Giuseppe Napoleone Primoli (1851-1927), francese per parte di madre e imparentato coi Bonaparte, fu uno degli animatori del mondo intellettuale romano nei decenni a cavallo fra Ottocento e Novecento (A. Pietromarchi, *Un occhio di riguardo. Il conte Primoli e l'immagine della Belle-époque*, Ponte alle Grazie, Firenze 1990). A Roma conobbe la Serao, che gli rimase sempre amica (si veda A. Banti, *Matilde Serao*, cit., pp. 45-51 e M.G. Martin-Gistucci, *L'œuvre romanesque de Matilde Serao*, cit., pp. 456-459).

Nota al testo

Adesso, *doucement*, *doucement*, posso scrivere questo *Suor Giovanna della Croce*. Quanto è *giusta*, quanto è bella l'epigrafe che voi mi avete ritrovata![6] Bisogna dire che Dante Alighieri ha scritto tutto: ma bisogna anche saperlo leggere, Dante. Ogni volta che io rileggo quei versi, tutta la novella si esalta, nella mia mente. Mi avete fatto una grande scoperta: è il segreto di Suor Giovanna, quello. La novella non potrà esser finita che fra un mese, un mese e mezzo: ma la *Flegrea*, a cui siete abbonato, la comincia subito a pubblicare.

In Francia, come sapete, io l'ho promessa a Brunetière: l'uomo è stato affettuoso, con me, io non gli debbo mancare di parola.

Plausibilmente, dunque, la composizione, o forse la sistematica revisione degli appunti che avrebbero formato *Suor Giovanna della Croce* cominciò prima della metà di ottobre 1899. Come anticipa la lettera al Primoli, la rivista quindicinale «Flegrea» (= F) avviò non molto tempo più tardi la pubblicazione del romanzo, edito in dieci puntate dal 20 ottobre 1899 al 5 aprile 1900.[7]

È credibile che il proposito manifestato al Primoli di con-

[6] Si tratta dei vv. 106-108 e 112-117 del III canto del *Paradiso* dantesco, relativi all'episodio di Piccarda Donati. Ancora un anno dopo, in una lettera del 17 marzo 1901, in occasione dell'invio dell'edizione Treves, uscita ai primi dell'anno, la scrittrice ringraziò il Primoli per l'epigrafe (M. Spaziani, *Con Gégé Primoli*, cit., p. 161).

[7] La successione è la seguente: I, III, VI (20 ottobre 1899), pp. 481-498; I, IV, I (5 novembre 1899), pp. 1-19; I, IV, IV (5 dicembre 1899), pp. 281-301; I, IV, V-VI (20 dicembre 1899), pp. 385-403; II, I, II (20 gennaio 1900), pp. 97-114; II, I, III (5 febbraio 1900), pp. 193-201; II, I, IV (20 febbraio 1900), pp. 289-298; II, I, V (5 marzo 1900), pp. 385-401; II, I, VI (20 marzo 1900), pp. 481-488; II, II, I (5 aprile 1900), pp. 1-14. Sulla rivista napoletana si veda: *Flegrea (1899-1901)*. Saggio introduttivo, indici e appendice a cura di A. D'Ascenzo, Campus, Pescara 2001.

cludere velocemente il lavoro si realizzasse effettivamente nei tempi previsti. Verso la fine di ottobre 1899 un'ampia parte del lungo racconto doveva essere già stata portata a termine; la Serao, infatti, il 26 ottobre comunicò a Brunetière di averne già spedito una «grande partie» a Hérelle e di essere in procinto di mandargli quello stesso giorno la seconda parte, mentre per la metà di novembre l'intero testo sarebbe stato pronto. Anche stavolta la Serao scrisse contestualmente a Hérelle, per chiedergli che le fosse comunicato l'arrivo della porzione di romanzo già spedita e per avvisarlo del prossimo arrivo della seconda parte.[8] Per la metà di novembre, o poco oltre, dunque, il romanzo doveva essere stato pressoché completato.

A partire dal 10 dicembre «Il Mattino» di Napoli (= M) cominciò a pubblicare, con cadenza quasi sempre quotidiana, le parti frattanto già edite su «Flegrea»; complessivamente, quarantatré puntate che uscirono fra il 10 dicembre 1899 e il primo marzo 1900.[9] Le puntate di «Flegrea» precedono quelle del «Mattino» press'a poco fino al 18-19 gennaio 1900. A questa data risultano pubblicate sul quotidiano le prime quat-

[8] R. Giglio, *Per la storia di un'amicizia*, cit., p. 163; M.G. Martin-Gistucci, *Matilde Serao et Ferdinand Brunetière*, cit., p. 123. La copia dattiloscritta inviata al traduttore è conservata alla Bibliothèque Municipale di Troyes (ivi, p. 575).

[9] Di seguito il dettaglio dei numeri: 10-11/12/1899; 11-12/12/1899; 13-14/12/1899; 14-15/12/1899; 16-17/12/1899; 17-18/12/1899; 19-20/12/1899; 20-21/12/1899; 21-22/12/1899; 23-24/12/1899; 24-25/12/1899; 27-28/12/1899; 29-30/12/1899; 31/12/1899-1/1/1900; 2-3/1/1900; 4-5/1/1900; 7-8/1/1900; 10-11/1/1900; 12-13/1/1900; 14-15/1/1900; 16-17/1/1900; 18-19/1/1900; 21-22/1/1900; 23-24/1/1900; 26-27/1/1900; 29-30/1/1900; 30-31/1/1900; 31/1-1/2/1900; 1-2/2/1900; 2-3/2/1900; 4-5/2/1900; 6-7/2/1900; 7-8/2/1900; 8-9/2/1900; 11-12/2/1900; 12-13/2/1900; 15-16/2/1900; 18-19/2/1900; 19-20/2/1900; 21-22/2/1900; 22-23/2/1900; 26-27/2/1900; 28/2-1/3/1900.

Nota al testo

tro puntate di «Flegrea» (fino al 20 dicembre 1899) più l'inizio del terzo capitolo, non ancora stampato sulla rivista. Da questo momento in avanti le parti edite sul «Mattino» cominciano a precedere quelle uscite su «Flegrea». La diversa periodicità delle due testate fece sì che la pubblicazione, cominciata sulla rivista poco meno di due mesi prima, vi si concludesse circa un mese più tardi. Il confronto fra le due stesure consente di stabilire, comunque, che la Serao mandava al «Mattino» le parti già scritte per «Flegrea», dopo una veloce revisione; le rettifiche che M apporta a F, pur non essendo particolarmente fitte, interessano, infatti, l'intero romanzo, segno che F ha preceduto M, sia pure di poco. Le due redazioni sono comunque quasi identiche: se si eccettua la correzione di pochi refusi e qualche sporadico ritocco stilistico, l'intervento di maggior rilievo consiste nella soppressione definitiva di un brano.

Ai primi del 1901 uscì la prima edizione italiana in volume, preceduta da una lunga lettera dedicatoria a Paul Bourget:[10] M. Serao, *L'anima semplice. Suor Giovanna della Croce*, Fratelli Treves, Milano 1901 (= T). Fra M e T si situa la revisione più scrupolosa del romanzo, consistente in una fitta serie di correzioni linguistiche che alterano profondamente la primitiva fisionomia dell'opera.[11] In pochi casi sono reintrodotte in T lezioni di F, per lo più in corrispondenza di palesi errori di M o di incertezze linguistiche. Per il resto T corregge i refusi di M, introducendone, però, di nuovi (vedi *infra*). Tutte le edizioni Treves posteriori alla prima ne riproducono il formato e le ca-

---

[10] La lunga dedica ripubblica l'articolo *Paul Bourget* comparso sul quotidiano «Il Mattino» il 2 novembre 1900.

[11] Se ne dà un breve ragguaglio nell'*Introduzione*, alle pp. 50-53.

61

Rosa Casapullo

ratteristiche tipografiche, oltre i refusi, denunciandosi pertanto come edizioni stereotipiche, come prova anche il confronto dei sedicesimi di stampa.[12] Le edizioni sono le seguenti: M. Serao, *Suor Giovanna della Croce*, Fratelli Treves, Milano 1906. M. Serao, *L'anima semplice. Suor Giovanna della Croce*, Fratelli Treves, Milano 1918. M. Serao, *L'anima semplice. Suor Giovanna della Croce*, Fratelli Treves, Milano 1920.

Anche l'edizione pubblicata da Garzanti vent'anni più tardi appare essere una ristampa delle precedenti edizioni Treves:[13] M. Serao, *Suor Giovanna della Croce*, Garzanti Editore, Milano 1940.

Una nuova edizione Garzanti fu curata da Pietro Pancrazi nel primo dei due volumi di opere scelte della Serao per la collana *Romanzi e racconti italiani dell'Ottocento*.[14] *Suor Giovanna della Croce (1900)*, in *Serao*, a cura di P. Pancrazi, Garzanti, Milano 1944, vol. I, pp. 533-674. L'edizione del Pancrazi segue fondamentalmente il testo di T, ma occasionalmente riproduce lezioni della redazione M; in qualche caso, inoltre, essa introduce delle varianti non attestate altrove. Questa circostanza, e

[12] Fra le edizioni ci sono alcune differenze irrilevanti; per esempio, l'edizione Treves 1918 corregge *E* pp. 52, 53, 55 > *È* pp. 102, 103, 104; le edizioni Treves 1906, 1920, 1940 correggono *è il suo dolore* > *e il suo dolore*; l'edizione Garzanti 1940 corregge *emoraggia* > *emorragia*.

[13] Aldo Garzanti acquistò la casa editrice Treves nel 1938 in seguito all'emanazione delle leggi razziali.

[14] Del lavoro preparatorio resta testimonianza in qualche lettera del 1943 scambiata fra Pancrazi e Benedetto Croce, al quale il primo aveva scritto per chiedere consiglio circa il piano editoriale relativo alla Serao: B. Croce e P. Pancrazi, *Caro Senatore. Epistolario (1913-1952)*, prefazione di E. Croce, Passigli, Firenze 1989, pp. 158-159, 160-163. Il primo volume dell'edizione Pancrazi è preceduto da un'introduzione (pp. VII-XXX), poi ripubblicata col titolo *La Serao napoletana* in P. Pancrazi, *Ragguagli di Parnaso. Dal Carducci agli scrittori d'oggi*, a cura di C. Galimberti, 3 voll., Ricciardi, Milano-Napoli 1967, vol. I, pp. 424-443.

Nota al testo

inoltre la data fornita in apertura (1900), fanno supporre che il Pancrazi, il quale, peraltro, non dichiara quale sia l'edizione di riferimento, abbia saltuariamente corretto il testo e talvolta, avendolo confrontato con l'edizione uscita sul «Mattino» (conclusasi, come si è detto, nel 1900), ne abbia ripristinato alcune lezioni.

Il primo e il 15 febbraio 1901, e quindi quasi contemporaneamente alla prima edizione italiana in volume, fu pubblicata sulla «Revue des deux Mondes» la versione francese di *Suor Giovanna* approntata da Georges Hérelle, dopo una lunga controversia fra l'autrice, Brunetière e il traduttore.[15] Nel corso del 1901, infine, la traduzione fu pubblicata in volume assieme alla *Ballerina*:[16] M. Serao, *Vie en détresse*. Traduit de l'italien par G. Hérelle, Calmann Lévy, Paris 1901. Non sono note altre traduzioni, se non una versione castigliana tradotta dalla contessa María Beretta: M. Serao, *Sor Juana de la Cruz, alma sencilla*, Maucci, Barcelona 1920.

Criteri editoriali

L'edizione che qui si presenta è condotta su T, che appare essere depositaria dell'ultima volontà dell'autrice. Il testo è riprodotto senza alterarne né la punteggiatura (salvo i casi discussi oltre) né la grafia (ivi comprese scrizioni obsolete come *guancie*). Fanno eccezione pochi interventi sugli accenti grafici, normalizzati secondo le consuetudini moderne in casi come *perchè* >

---

[15] Se ne accenna nell'*Introduzione* alle pp. 39 e 48-49.

[16] Nella lettera al Primoli del marzo 1901 ricordata sopra (vedi la nota 6) la Serao gli dice, tra l'altro: «Je voudrais faire lire à l'Imperatrice [l'ex imperatrice francese Eugenia] *Soeur Jeanne*, mais je préfère attendre l'édition française, de Calmann».

Rosa Casapullo

perché, introdotti nel numerale *trentatré* (in T sempre senza accento) ed eliminati, invece, in parole come *mormorio*, *balbettio*, *ronzio* e nel sostantivo sdrucciolo *compito* (senz'accento, nel testo, il participio passato *compito*). Si uniforma la grafia del verbo *danno*, eliminandone l'accento grafico nei due soli casi in cui è impiegato (T p. 360; altrove sempre *danno*). In un caso si introduce l'apice, assente anche nelle redazioni precedenti, per segnalare l'apocope di *i* dopo vocale: *come una volta, a tempi vostri* T p. 145 > *come una volta, a' tempi vostri* p. 148 (cfr. *ne'* T p. 320); in un altro s'inserisce un'elisione: *allo Eterno Padre* T p. 200 > *all'Eterno Padre* p. 175 (fra *allo* ed *eterno* in T c'è un accapo). Sono corretti, inoltre, i seguenti refusi, tutti, tranne l'ultimo, assenti nelle redazioni F e M:

Due e tre p. 45 > Due o tre p. 99; E pp. 102, 103, 104, 109, 142, 147, 173, 186 > È pp. 12, 13, 15, 27, 30, 39, 40, 44; se uon p. 53 > se non p. 103; l'ispettura p. 57 > l'ispettore p. 105; giocondo ad amabile p. 105 > giocondo ed amabile p. 128; Clemenza della Spine p. 133 > Clemenza delle Spine p. 142; la sua confusione è il suo dolore p. 146 > la sua confusione e il suo dolore p. 148; ne aveva il grembiule nero p. 182 > ma aveva il grembiule nero p. 166; blaustre p. 183 > bluastre p. 167; emoraggia p. 208 > emorragia p. 179; non ò questo p. 251 > non è questo p. 201; scialetto p. 319 > scialletto p. 234; la collina di San Marino p. 327 > la collina di San Martino p. 238; essi p. 345 > esse p. 247; gelosità p. 352 > golosità p. 250; da quelle di camerieri pp. 353-354 > da quelle dei camerieri p. 251.

Sono state corrette, inoltre, tre incongruenze nella punteggiatura: il confronto con la stesura FM fa ipotizzare, perlomeno per il primo e il terzo caso, che siano correzioni dell'autrice fraintese dal compositore:

Nota al testo

le era parso che quella muraglia fosse quella di un convento, quelle gelosie le gelosie di un convento FM > le era parso che quella muraglia fosse quella di un convento, quelle gelosie le gelosie, di un convento T p. 170 > le era parso che quella muraglia fosse quella di un convento, quelle gelosie, le gelosie di un convento p. 160; La monaca, in preda a una paura sempre più affannosa FM > La monaca, in preda, a una paura sempre più affannosa T p. 176 > La monaca, in preda a una paura sempre più affannosa p. 163; e la più grande di cinque anni dormiva in contrario FM > e la più grande, di cinque anni; dormiva in contrario T p. 287 > e la più grande, di cinque anni, dormiva in contrario p. 218.

Si restaura per congettura una lezione priva di senso, generata, probabilmente, da un'integrazione marginale dell'autrice inserita al posto sbagliato in fase di stampa:

prima di pronunziare i voti. Quanti anni erano trascorsi, da che suor Teresa di Gesù si era monacata? FM > prima di pronunziare i voti. Quanti anni erano trascorsi sacri da che suor Teresa di Gesù si era monacata? T p. 9 > prima di pronunziare i sacri voti. Quanti anni erano trascorsi da che suor Teresa di Gesù si era monacata? p. 81.[17]

---

[17] È noto che la Serao mandava in tipografia i suoi testi correggendo a penna l'edizione a stampa immediatamente precedente (F. Bruni, *Introduzione* a *Il romanzo della fanciulla*, cit., p. XLVIII). Ciò considerato, è plausibile che l'aggettivo *sacri*, aggiunto in margine sull'edizione del «Mattino» (dove c'è un accapo dopo *i*) oppure sulle bozze, sia stato introdotto erroneamente dal compositore dell'edizione Treves 1901. L'errore è stato ereditato da tutte le edizioni successive, tranne quella curata dal Pancrazi, in cui l'aggettivo manca. In quest'ultima edizione la frase non ha la virgola, come in T ma, come in FM, non presenta l'errato inserimento dell'aggettivo *sacri*.

È stata corretta, sempre congetturalmente, un'incongruenza occultata da un'apparente scorrevolezza del testo, che si rivela, però, al confronto con le due precedenti stesure:

E che gioia, *zi monaca* mia, quando egli ritornerà sano, salvo, bello, forte, come un angelo, bello, come un eroe FM > E che gioia, *zi monaca* mia, quando egli ritornerà sano, salvo, bello, come un angelo, bello e forse come un eroe T p. 219 > E che gioia, *zi monaca* mia, quando egli ritornerà sano, salvo, bello, come un angelo, bello e forte come un eroe p. 185.[18]

Infine, con la reintroduzione del titolo generale, *L'anima semplice*, si è inteso restaurare un particolare espressamente richiesto dall'autrice anche per l'edizione francese in volume (desiderio, come si è visto, disatteso).[19]

---

[18] La lezione «bello e forse come un eroe» è del tutto implausibile; considerate le modalità correttorie della Serao, è immaginabile che l'aggettivo «forte» sia stato semplicemente spostato, sia per sfoltire la serie dei quattro attributi susseguenti, sia per instaurare una simmetria palese fra i due paragoni («bello, come un angelo... forte come un eroe»).

[19] In una lettera a Hérelle del 21 marzo 1901: «Le volume doit porter, en haut, pour titre general [sic]: *L'âme simple* comme, pour les Rougon Macquart *Histoire naturelle* etc etc. Le grand titre est: *Soeur Jeanne de la Croix* comme *Son Excellence Rougon* etc. etc.» (R. Giglio, *Per la storia di un'amicizia*, cit., p. 178).

*L'anima semplice
Suor Giovanna della Croce*

A Paolo Bourget
Mio amico e mio Maestro

Questa che viene a Voi, come un puro e schietto invio di amicizia, è un'anima semplice. Così assolutamente semplice che, avendo portato due nomi, nella vita del secolo e nella vita della Chiesa, la poveretta non può che ricordarne uno solo, alla volta: soffrendo profondamente quando *l'altro* suo nome, quando *l'altra* sua vita le si presentano alla memoria, in singolar contrasto col presente. Quest'anima semplice, di cui io, con mano umile, ho tentato di fissare la figura nelle pagine, che il mio riconoscente cuore a Voi dedica, non ha per sé che il suo patimento. Non è bella, non è giovane, non è ricca, non è elegante, suor Giovanna della Croce: l'amore dell'uomo, con la sua luce di poesia, è appena appena trascorso, come ombra fuggente, nel suo lontano passato; il dramma della passione, clamoroso o sordo, non ha sconquassato e non ha consumato i suoi migliori anni di esistenza; quanto è possente attrazione, nella compagine fisica di una donna o nella sua coscienza morale, le manca. È una vecchia monaca, suor Giovanna della Croce, sempre più vecchia e più caduca, dal principio alla fine della sua istoria: il suo corpo, già curvo, s'inchina ogni giorno di più, verso la fossa e non vi cade ancora; i suoi neri abiti claustrali, si lacerano e si struggono, senza che ella possa mutarli, rinnovarli; la sua misera anima semplice, si fa sempre più tristemente puerile, come ella è travolta dal destino, lentamente, troppo lentamente. Non ha, dunque, nulla per attirare la gente innamorata della giovinezza, delle belle forme, delle vesti sontuose, nelle parvenze dell'arte letteraria; non ha, dunque, nulla, suor Giovanna della Croce, per la gente singolarmente avida e mai sazia, e mai stanca, delle istorie di amore: nulla, nulla, per coloro che vogliono ritrovare, nelle prose di romanzo, i tumulti supremi delle ore altissime umane. E allora, a chi piacerà mai, la storia di suor Giovanna della Croce? Chi s'interesserà a lei? Chi ne seguirà i dolenti episodii, sino alla fine dolente? Sono io, dunque, troppo audace, con chi legge? Vado, forse, incontro alla sua noia e al suo disgusto? E, ancora, ancora, oso io troppo, mettendo innanzi a Voi questa istoria, innanzi a Voi, creatore, animatore, poeta di figure leggiadre, squisite, affascinanti?

No, io non temo che suor Giovanna della Croce vi faccia ribrezzo. Qualunque sia il vostro magico libro, chiuso, dopo la lettura, dalle mani di una persona di talento e di cuore, qualunque sia, questo libro, piccola novella o grande romanzo, gioiello minuto e prezioso o fascio di luce spirituale, chi lo ha letto, giunto all'ultima pagina, ha il cuore riboccante di una ammirazione segreta, l'ammirazione che gli viene per l'alto, purissimo sentimento Vostro: la pietà! Voi conoscete tutti gli errori umani, o mio amico e mio Maestro, e nessuno di essi vi lascia indifferente, e ognuno di essi prende da Voi la sua parte d'indulgenza e la sua par-

Suor Giovanna della Croce

te di dolcezza. Tutta la debolezza della creatura umana, e tutta la sua miseria, con tutte le sue perfidie e tutte le sue viltà, vive nelle opere vostre, ma vi nasce, accanto, per medicina, per balsamo, per assoluzione, questa compassione che Dio mise in Voi, come un dono supremo. Tutto l'orrore del male che ci nausea e che ci sgomenta, quest'orrore che gitta al pessimismo e all'ateismo, tante menti fatte per credere e per amare, quest'orrore del Male, voi non lo sfuggite, voi gli andate incontro, voi lo affrontate, e lo combattete con la bella carità di uomo e di poeta, e con la stessa carità, lo vincete. Felice voi, che come artista non foste mai duro e non foste mai crudele! Felice voi che, come artista, non faceste mai versare delle lacrime e trovaste sempre il modo di rasciugarle, con una sublime filosofia morale, ove rifulge tutta la vostra bontà! Questo potere benefico circondi il povero capo di suor Giovanna della Croce e gli dia l'aureola della compassione umana: aleggi intorno alla sua vecchiaia, al suo abbandono e alla sua miseria e dia loro il fascino dei dolori compresi: sollevi, elevi la sua oscura e ignota tristezza: e il poeta avrà fatto opera di poesia, e l'uomo, opera di cuore!

Ma io vado più oltre, nel mio desiderio sentimentale. Io voglio che Voi riconosciate, nella monaca discacciata brutalmente dal suo convento, la sorella minore delle nobilissime e sventurate donne che palpitano e fremono nelle vostre istorie: io voglio che voi troviate, sulla fronte rugata di suor Giovanna della Croce, lo stesso marchio fatale che è sulle bianche fronti delle creature, cui deste un nome e una vita mortale. Quanta distanza materiale, intellettuale, morale, non è vero? Che profonda diversità di

73

condizione, di ambiente, di destino, non è vero? Una pietruzza che rotola nel fango della via e una stella che muore, in una notte di estate, che mai possono avere di somigliante? Ebbene, esse hanno di somigliante una sola cosa, viva e schietta, ed è il dolore: hanno di somigliante questa crisi dell'anima, questa crisi così rude, che lacera tutti i veli dell'artificio sociale, che strappa tutte le leggiere parvenze della vita mondana, che dirada tutte le ipocrisie e che mostra nudo, ferito, sanguinante, il cuore umano della principessa e della sconosciuta operaia. Il grido lacerante per cui pare che si franga tutto l'essere, è sempre il medesimo, esca da belle labbra fragranti di giovinezza e di sorriso, o da una bocca che disformò la fatica e la fame; le lacrime cocenti, hanno lo stesso ardore che corrode, sulle guancie delicatamente rosee e sugli zigomi sporgenti dei volti cavi e pallidi; i singulti che erompono, irrefrenabili, hanno lo stesso suono, scuotano essi le forme eleganti di una donna divinamente bella o le ossa di una creatura divorata dalla povertà e dalla tristezza. Che grande cosa è il dolore, mio amico e mio Maestro, come è solenne ed ampio, come è uniforme e maestoso, come è semplice e pure svariato, come è alto, sempre, e come afferra tutti i cuori, tutte le anime, in un sol soffio tragico e tragicamente le solleva alla medesima altezza! Che grande cosa è il dolore, poiché esso solo è comune a tutti gli esseri umani, poiché esso solo li unisce, li affratella, li salda, in una simpatia universale! Che grande cosa è il dolore, poiché esso solo permette che qualunque distanza sparisca, che ogni diversità morale si cancelli, che ogni ostacolo sociale si abbatta e che due donne piangenti, una nel freddo e nel buio

Suor Giovanna della Croce

di una strada deserta, l'altra in una stanza ricchissima e deserta, sieno sorelle, assolutamente sorelle, innanzi alla Giustizia e alla Misericordia del Signore!

*

E, qui, io volontariamente e austeramente rinunzio a piacere e a sedurre coloro che chieggono, nelle opere d'arte, la bellezza delle linee e dei colori, la grazia della gioventù, il fascino della ricchezza; rinunzio a lusingare coloro che domandano il rinnovellamento di quella eterna storia di amore, che tutti hanno raccontata e che tutti racconteranno ancora: io rinunzio a trascinare coloro che intendono di ritrovare nelle pagine dei libri, ancora una volta, le vittime sublimi e i carnefici implacabili della passione. Nella maturità dei miei anni, le verità, intorno a me, si fanno più limpide e più luminose: io veggo meglio la mia strada: io conosco meglio il mio compito. L'inganno della bellezza e della gioventù, la caducità dell'amore, la fallacia della passione mi sono apparse, in tutta la loro evidenza: e si sono distaccate, queste illusioni, dall'albero della mia vita d'arte, come le foglie d'autunno, roteando, lontane, per morire. Ma nuovi germogli nascono sul tronco che ha conosciuto le ridenti primavere e le ebbrezze dell'estate: ma chi ha finito di credere, in qualche cosa, crederà ancora, in qualche cosa di altro! Vi sono anime malinconiche, possenti, eroiche, tristi, fatali, che niuno vede: vi sono cuori straziati ed esaltati dalla vita, di cui niuno si accorge: vi sono ombre, nella via, che sono uomini e sono donne: vi sono fatti umani, sconosciuti, il cui carattere ha profon-

Matilde Serao

dità non misurabili: vi sono storie, nel mondo, che farebbero fremere di stupore, e di dolore, se tutte si potessero narrare. E non è l'amore, nel suo stretto senso, che mena queste anime, questi cuori, queste donne, questi uomini; non è la passione, nel suo ardente e breve senso, che domina questi fatti. Sono altri sentimenti somiglianti, diversi, multiformi, più forti, meno forti, più saldi, meno saldi: sono altre espressioni, meno calde, più profonde, più lunghe, più tormentose e più pure: sono altre tragedie, più piene di ombra, più inguaribili, più degne di pietà e di perdono. I miei occhi mortali hanno visto questa folla e fra la folla hanno scorto i visi degli eroi solitarii: il mio spirito ha inteso il vincolo di tenerezza, con questi ignoti patimenti: le lacrime della pietà sono sgorgate dal mio cuore: e se le mie mani di lavoratore e di artefice, di altro scrivessero, dovrebbero essere maledette!

Matilde Serao

I

Uomini poi, a mal più ch'a bene usi,
Fuor mi rapiron della dolce chiostra.
Dio lo si sa, qual poi mia vita fusi.
[...]
Ciò ch'io dico di me, di sé intende,
Sorella fu, e così le fu tolta
Di capo l'ombra delle sacre bende.

Ma poi che pur al mondo fu rivolta,
Contra suo grado e contra buona usanza,
Non fu dal vel del cor giammai disciolta.

Paradiso, Canto III

Scoccarono le cinque. La pesante porta del coro, di antico oscuro legno scolpito, si schiuse, stridendo, si spalancò, sospinta dalle magre e lunghe mani di suor Gertrude delle Cinque Piaghe: anche l'altro battente fu aperto e respinto lentamente contro il muro, dalla monaca. Ella attraversò a passo rapido tutto il coro, avendo nascosto, con un moto familiare, le mani nelle ampie maniche di lana

Matilde Serao

nera della sua tunica, e si andò ad inginocchiar dietro la fitta grata metallica del coro. Dall'alto, da un'altezza grande, ella gittò uno sguardo quasi inquieto nella chiesa di suor Orsola Benincasa, che si allargava e si allungava, giù, giù, in una penombra di tempio dalle finestre velate, dove il crepuscolo quasi pare notte. Non vi era nessuno, in chiesa. Quel coro così alto, posto a livello della seconda fila dei finestroni della chiesa, chiuso nei suoi tre lati da una parete di ottone, singolarmente lavorata a traforo, nulla lasciava vedere, di più, ai fedeli che volessero scorgere, per curiosità, anche l'ombra di una delle Trentatré; mentre le istesse suore che portavano con umiltà ed obbedienza profonda, ma anche con orgoglio mistico, il secondo nome di Sepolte Vive, appena appena, di sopra, poteano scorgere delle figure umane entrare, sedersi, inginocchiarsi, orare, laggiù, laggiù, innanzi all'altare maggiore e nelle due larghe navate laterali, che fiancheggiavano la principale. Suor Gertrude restò con la fronte appoggiata alla grata, con gli occhi socchiusi, un po' curva l'alta e scarna persona: sulla fronte cinta dalla benda di tela bianca, sul petto coperto dal colletto bianco, sulla tunica nera, ricadeva, innanzi, il grande velo nero, mentre indietro, come era prescritto, ricadeva il mantello di lana nera. Ella pregava mentalmente: a un certo momento, un sospiro le sollevò il petto. Al suo sospiro un altro ne rispose, poiché, accanto a lei, senza far rumore, era venuta a prostrarsi, dietro la grata, un'altra delle Trentatré: suor Clemenza delle Spine, una monaca piccola, minuta, sotto la tunica nera, sotto il velo nero, il mantello nero, e la benda bianca. Pian piano, a passi silenziosi, altre suore erano apparse

Suor Giovanna della Croce

nel coro, erano venute a inginocchiarsi intorno intorno alla grata, con larghi segni di croce, sotto il loro velo nero: adesso, se ne contavano quattordici, in giro. Nessuna parola era stata scambiata fra loro: solo, ogni tanto, fra una preghiera e un'altra, un sospiro dolente si udiva uscire, di sotto qualche velo, a cui qualche altro sospiro, subito, faceva eco. Poi, sulla porta del coro, una monaca apparve, sorretta da un'altra: doveva essere di grande età, curva assai, quasi piegata in due, lentissima, sostenuta nei suoi passi piccoli e stanchi da una suora più giovane, più forte, che la guidava attentamente, misurando il suo passo su quello della vecchissima che a lei si appoggiava. La monaca vecchissima anche era vestita della tunica nera, della benda bianca che le stringeva la fronte, coperta dal mantello nero sino all'orlo della veste, velata fino ai piedi dal velo nero: ma sul petto, sul goletto bianco, sospesa a un largo nastro di seta nera, una croce di argento pendeva; sulla mano scarna, ossea, dalla pelle giallastra che si raggrinzava, appoggiandosi al braccio della suora giovane, nell'anulare, era una fascia di argento, un anello su cui stava scritto: *La badessa*.

La badessa non andò ad inginocchiarsi alla grata del coro; si arrestò, un po' indietro dalle sue monache, e tutta tremante, tutta vacillante, si prostrò sovra un inginocchiatoio di legno, adorno di un cuscino di velluto rosso cupo. La monaca che l'aveva condotta sin là, si arretrò, rispettosamente, sino alla porta del coro: altre due monache la raggiunsero, restando sulla soglia, senza entrare. Non portavano, queste tre, né il mantello, né il velo nero. Sulla benda bianca avevano un cappuccio di lana nera, ad am-

Matilde Serao

pie falde. Erano tre converse, non avevano ancora pronunciati i rigorosissimi voti claustrali delle Trentatré, delle Sepolte Vive: ancora tenevano il viso scoperto e il loro corpo serrato nella tunica, senza il gran mantello.

Le preghiere di compieta che le quattordici monache e la loro badessa proferivano, in quell'ora, duravano a lungo: annottava, quando furon finite. Una delle converse aveva accesa una lampada in mezzo al coro e alcuni candelieri sulle mensole, lungo gli stalli di antico legno oscuro, scolpito e intagliato; le ombre si erano diradate. Col loro cauto passo, le quattordici monache erano andate a prender posto ognuna, in uno stallo del coro: alcune più lente per l'età, forse, o per la corpulenza: altre più rapide, forse per temperamento ancor vivace negli anni di vecchiaia: alcune, come assorte in una lor cura che ne rallentasse l'andatura. Ma i grandi mantelli neri, infine, chiudevano i corpi e non lasciavano scorgere che a stento le linee della persona: ma i grandi veli, infine, covrivano il volto, fittamente, e nulla lasciavano indovinare di quelle fisonomie di claustrate. Ognuna, passando, si era inchinata a baciar la mano e l'anello abbaziale della badessa: una di esse, suor Giovanna della Croce, appoggiò un istante la fronte sulla mano rugosa della badessa e forse vi lasciò una lacrima. Poi raggiunse, anch'essa, a passo incerto, il suo stallo di legno bruno, dove s'immerse nell'ombra, aspettando.

Ora, l'antichissima suora badessa, alzatasi dall'inginocchiatoio, si era messa a sedere, in mezzo al coro, sovra un alto seggiolone di legno nero. Muta, assorta di dietro il suo velo nero, ella sogguardava a diritta e a sinistra, i trentatré stalli del coro. Un tempo, ella li aveva visti, in onore

Suor Giovanna della Croce

di Gesù e della sua Passione, occupati tutti da trentatré suore, tante quanti furono gli anni del Signore: e il terribile Ordine delle Sepolte Vive, terribile per la sua claustrazione totale, assoluta, mai frangibile, s'insuperbiva di essere al completo. Oh, i tempi erano trascorsi, suor Teresa di Gesù, la badessa, colei che aveva assunto il nome della Grande Mantellata di Avila, la badessa era così vecchia, e i tempi erano trascorsi, trascorsi! Delle Trentatré, man mano, la morte aveva diminuito il numero, e nessuna nuova creatura muliebre era venuta a offrirsi, per pronunziare il tremendo giuramento: persino le converse, che dovevano essere, per la regola, sette, quanti sono i dolori di Maria Vergine, eran sempre tre o quattro, nessuna di esse resistendo più a quella vita, domandando di andarsene, prima di pronunziare i sacri voti. Quanti anni erano trascorsi da che suor Teresa di Gesù si era monacata? Sessantacinque, forse, ella non ricordava bene: neppur ricordava bene da quando era badessa: forse da quaranta anni. Ora ne aveva ottantacinque: e aveva visto sparire, ad una ad una, prima seppellite nel piccolo cimitero di suor Orsola, la fondatrice dell'Ordine, poi portate via, diciotto delle sue monache. Ella guardava le superstiti, le contava, macchinalmente: vedeva bene, questo sì, che erano solo quattordici, oramai: e tutte vecchie, ma meno vecchie di lei. Un pensiero le passò nella mente, ne fece fremere i vecchi nervi stanchi: e un profondo sospiro uscì dalle labbra della badessa delle Trentatré, suor Teresa di Gesù.

E dagli stalli, da quelle nicchie nere dove le ombre nere delle suore si sprofondavano nell'ombra, altri sospiri profondi, tristi, straziati, risposero alla badessa:

81

— Che il Signore ci assista, – ella pronunziò, con voce alta, ma tremula.

— Così sia, così sia, così sia, – dissero delle voci, dagli stalli, voci più alte, più basse, fioche, roche, chiare.

Un silenzio susseguì. Preceduto da una conversa, che gli faceva strada, un prete entrò nel coro. Vi fu un rapidissimo movimento tra le monache, come di sgomento, come di pudore offeso: tutte, egualmente, si serrarono nel mantello nero, si strinsero il velo nero al viso. Il prete era vecchio, anche lui, ma con una fisonomia rosea, bonaria, dagli occhi pieni di una luce sfavillante di tenerezza: i suoi capelli erano tutti bianchi, candidissimi. La badessa aveva tentato di levarsi, quando l'aveva visto entrare, per andargli incontro; ma egli le aveva fatto cenno di non muoversi. Don Ferdinando de Angelis era, da più di venti anni, il confessore delle Trentatré. Ma era la seconda volta, solo, che metteva il piede oltre la clausura, nel monastero, per ordine del cardinale arcivescovo: né il suo volto, sempre lieto, indicava buone novelle.

— Dunque, caro padre, quali notizie ci portate? – chiese suor Teresa di Gesù, con tono trepidante, al confessore.

Egli non rispose subito. Sentiva che, dai quattordici stalli occupati, le monache lo fissavano, con gli occhi ardenti, pendendo dalle sue labbra. Non aveva buone notizie. Curvò il capo, tacendo.

— Non vi è più nessuna speranza, è vero? – chiese la vecchissima badessa, levandosi, come mossa da una forza interiore.

Il prete crollò il capo, tacendo ancora. Alcune monache si erano alzate, anche esse, ed erano venute un passo innanzi, ansiosissime.

– Nessuna speranza, padre, nessuna? – gridò suor Teresa di Gesù, con una voce alta, che non aveva avuta mai, da anni.

– Offriamo a Dio questa tribolazione, – mormorò il prete, sempre a capo chino.

Ma il nome del Signore, pronunziato in quel momento, non giunse a frenare lo scoppio dei singulti di quelle monache. Quelle, in piedi, erano ricadute sui loro stalli, in preda ai singhiozzi; altre si erano gittate, a capo basso, sui bracciuoli degli stalli, soffocando la loro voce contro il duro legno. Con gemiti più forti, più bassi, piangevano tutte; dietro il suo velo fitto, la testa di suor Teresa di Gesù, la badessa, aveva un movimento convulsivo, quello del pianto. Il prete, ritto, in mezzo a quel coro, dove la luce vacillante della lampada e dei candelieri gittava degli sprazzi stranissimi, aveva l'aspetto angosciato, come per uno spasimo invincibile, che ne contraesse la buona anima di vecchio sacerdote.

– Piangiamo, piangiamo, – egli soggiunse, pianamente. – È un dolore grande; piangete, ma sopportatelo da buone cristiane.

La badessa era discesa, da sé, dal suo seggiolone, per accostarsi a don Ferdinando de Angelis. Allora, tutte le monache erano uscite dai loro stalli, l'avevano circondata, piangendo, dietro i loro veli, prendendole le mani, baciandogliele:

– O madre cara, madre cara... o madre nostra... come faremo... come faremo... madre nostra, diteci voi, che faremo... che faremo? – esse andavano dicendo confusamente, con certe voci dove il dolore assumeva ora dei toni puerili, ora dei toni tragici.

La povera vecchia badessa, in mezzo alle sue quattordici monache, sembrava, adesso, più curva, più stanca, più disfatta che mai, sull'orlo della tomba. Forse, in quel momento, ella pensò quanto meglio sarebbe stato per lei di esser morta, anzi che vedere l'ora inaspettata e lugubre: ma non lo disse, parendole una empietà.

– Sua Eminenza, – ella mormorò, rivolgendosi al confessore, – non ha potuto fare nulla per noi?

– Tutto ha tentato, Sua Eminenza, – rispose il prete, tristemente. – È andato persino a Roma, apposta...

– Senza riescire a niente?

– A niente, cara madre.

Un lungo, replicato gemito risvegliò novellamente gli echi di quel coro: sul loro destino implacabile, le monache piangevano e si lamentavano.

– Ma il Papa? Il Papa? – esclamò la vecchia badessa, con accento di profonda riverenza. – Il Papa? Non può intervenire, lui, per noi, sue figlie, sue serve?

– Non ha potuto intervenire. La legge novella è chiara, – disse il povero sacerdote, costretto a diminuire, involontariamente, il prestigio del Capo della Chiesa innanzi alle monache.

– Che legge! Che legge! – esclamò vivamente una monaca, suor Giovanna della Croce. – La nostra legge ci dice di vivere e di morire, qui.

Ella aveva parlato vibratamente. Era una delle più giovani, fra le vecchie, non avendo ancora sessant'anni, conservando diritta e svelta la persona sotto il velo e sotto il mantello. La sua badessa le fece cenno, con la mano, di tacere.

– Il Papa... il Papa... – replicó suor Teresa di Gesù, ritornando alla sua idea di salvazione.

– Il Papa è egli stesso in istato di oppressione e di povertà, – rispose don Ferdinando de Angelis, desolatamente.

Un profondo silenzio.

– Dovremo, dunque, andarcene? – chiese, dopo un poco, la vecchia badessa, tristissimamente.

– Sì, purtroppo, cara madre.

– Siamo così vecchie! – ella soggiunse, a voce bassa. – Potevano farci morire qua dentro...

– Morire, morire qui... – gridarono, fra i singhiozzi, due o tre monache.

– La cosa è stata ritardata, per quanto più si è potuto, – replicò il vecchio sacerdote. – Si è fatto l'impossibile. Ora...

– ...Dobbiamo andare. Io vi sarei rimasta assai poco, ancora, – ripetette la povera vecchia, tornando, come tutte le creature semplici, all'idea semplice.

– Il Signore ha voluto infliggervi questo dolore, cara madre, a voi e a queste buone sorelle: sopportatelo, sopportatelo.

– E che faremo, padre? Dove andremo?

Egli fece un cenno vago, con le mani. In realtà, nulla aveva da offrire, a quelle misere, discacciate dal loro convento.

– Dove, dove andremo? – chiesero, piangendo, quattro o cinque di quelle monache.

– Vedremo... vedremo, – disse il buon prete, confuso, imbarazzato.

– In un altro convento, padre, forse, in un altro convento? Vi è speranza?

– Non lo sperate. Il Governo non lo permetterebbe, – egli disse, recisamente, per predisporle alla catastrofe.

– E dove andremo? Dove andremo?

– Alle vostre case, nelle vostre famiglie... – egli mormorò, comprendendo, man mano, tutto l'orrore di quella cacciata.

– La nostra casa, la nostra famiglia era qui, era qui! – disse, dolorosamente, suor Giovanna della Croce.

La badessa, ancora, le fece cenno di tacere.

Di nuovo, a queste parole che esprimevano tutta la umile tragedia del loro cuore trangosciato, risuonarono i clamori delle monache. Esse si erano separate dal mondo, trenta, quaranta, cinquant'anni prima, per sempre: esse avevano giurato povertà, castità, obbedienza e *perpetua clausura* a Dio: lo avevano giurato e avevano tenuto, sin quasi alla morte, il loro giuramento. Ora, lo infrangevano.

– Noi saremo in peccato mortale, – disse, terrorizzata, la badessa.

– Dio è buono, madre.

– Chi infrange i voti, è in peccato mortale...

– Dio ha tanto perdonato, madre mia!

– Sì, ma noi saremo in peccato mortale.

– Ne parlerò a Sua Eminenza... egli vi manderà, presto, una parola consolatrice. È troppo afflitto per venire. Verrò io... domani sera... – mormorò egli, nella pochezza del suo spirito e nella bontà del suo cuore.

Ancora, silenzio. Poi, di nuovo, suor Teresa di Gesù, parlò, lentamente.

Suor Giovanna della Croce

– Voi dite... domani sera? Dobbiamo, dunque, andarcene subito?

Il povero prete non rispose immediatamente. Malgrado la sua limitata intelligenza, egli comprendeva che era quello l'ultimo colpo. Poi, si decise.

– Dopodomani, lunedì.

Quando la povera vecchia badessa udì che solo due giorni dividevano lei e le sue monache, da quella cacciata crudele, che violava la loro anima e gittava i loro corpi all'abbandono e alla miseria, le forze che fin allora l'avevano sorretta, le mancarono. Vacillò e cadde fra le braccia delle sue sorelle che la raccolsero, lacrimando, cercando di rianimarla. Mentre la conducevano via, circondata, seguita dalle suore, lentissimamente, don Ferdinando de Angelis salutò e benedisse quel gruppo plorante. Andavano, ora, nel lungo chiostro che rasentava il giardino, andavano, le Sepolte Vive, sostenendo la loro antichissima badessa, quasi morente di dolore, esse stesse riboccanti di amarezza: e i pianti si erano quetati. Ma i passi erano più molli, più stracchi, trascinati a forza: ma sotto le tuniche nere che sfioravano la terra, sotto i mantelli neri che le avvolgevano, sotto i veli neri che celavano il loro viso, esse, d'un tratto, sembravano assai più caduche, più vecchie, più prossime alla morte. Alcune si appoggiavano alla muraglia bianca del chiostro, come se svenissero: altre voltavano la testa verso il giardino, guardando dov'erano le tombe delle loro sorelle, morte in convento e colà sepolte, guardavano fissamente, verso le tombe.

Matilde Serao

*

La cella di suor Giovanna della Croce era fiocamente illuminata da un lumino da notte, nuotante nell'olio di un bicchiere: il tutto formava una lampadina, innanzi a un crocefisso, lampadina che restava accesa, giorno e notte, per speciale divozione alla Croce e al Divino che vi era confitto. La regola impediva alle Trentatré di tenere lume acceso, quando andavano a letto, o nella notte: strettamente, si sarebbero dovute spogliare all'oscuro e vestirsi, alla mattina, nelle ombre crepuscolari dell'alba. Ma era concesso loro di far ardere qualche modestissima lampada, in omaggio alle immagini che più veneravano: suor Giovanna non avrebbe potuto dormire, senza quella piccola luce che rischiarava il Crocefisso. Talvolta, nella notte, il lumino si consumava, l'olio galleggiante sull'acqua finiva, la lampadina si spegneva: la suora si svegliava subito, in preda ad ansietà. Nella celletta, con le pareti coverte di immagini sacre, di quadri e quadretti, di cerei pasquali, di rami d'ulivo benedetto, non vi era se non un letto, una sedia e un piccolo cassettone. Le pareti erano rozzamente imbiancate a calce: sul pavimento i freddi e polverosi mattoni rossi delle più povere case napoletane: lo stesso letto era composto di due trespoli di ferro: un solo materasso e un solo cuscino. Di fronte al letto un balcone: la celletta occupava un angolo orientale del monastero di suor Orsola, al secondo piano, e l'occhio vi avrebbe potuto scorgere il magnifico panorama di Napoli e del suo golfo, se un'alta e fitta gelosia di legno non ne avesse impedito la vista, mentre permetteva all'aria di entrare. Nei primi tempi della sua monacazio-

Suor Giovanna della Croce

ne, quella gelosia attirava costantemente la persona di suor Giovanna: ella non poteva resistere al desiderio di guardare, ancora, di lontano, di lassù, lo spettacolo delle cose. Anzi, si era confessata di quest'abitudine profana, come di un peccato: ed era un peccato, poiché quelle contemplazioni la riconducevano alla sua vita del mondo, amaramente. A poco a poco, con gli anni che passavano, con la giovinezza che finiva, con le memorie che si cancellavano, ella aveva vinta la tentazione. Ora, da anni, né la sua persona, né i suoi occhi erano attratti dalla gelosia: ella aveva dimenticato che da quel balcone, alto come una torre, sul giardino del convento e sul Corso Vittorio Emanuele, aveva dimenticato che da quel balcone si scorgeva il mondo.

Neppure nella triste sera in cui don Ferdinando de Angelis aveva data la notizia orribile, rientrando nella sua celletta per riposare, suor Giovanna della Croce si era accorta, più, che vi fosse un balcone. La notte era lunare: passando pei lunghi chiostri, nel movimento del ritorno alle celle, ella aveva visto il cielo chiarissimo, e le estreme mura del convento fatte anche più bianche. Ora, chiusa la piccola porta della sua cella, senza mettere il catenaccetto, perché la regola lo proibiva, suor Giovanna era caduta inginocchioni, innanzi alla sua sedia, col moto abituale di ogni sera, tendendo le braccia al Crocefisso. Ma se le sue labbra mormoravano le rituali parole dell'orazione, l'anima sola si concentrò nella preghiera, restando confusa, turbata, agitatissima.

Da molti anni, suor Giovanna aveva obbliata ogni cosa della sua vita anteriore alla monacazione. Prima dolorosa, angusta, opprimente, insopportabile a un temperamento passionale come il suo, la vita delle Trentatré aveva finito per domare quell'anima ribelle, quel cuore impetuoso, quel sangue troppo caldo. Suor Giovanna della Croce aveva molto patito, dei suoi voti: aveva pianto di rabbia, di noia, di tristezza, di languore, per molto tempo: ma le supreme consolazioni, lente, tranquille, costanti, erano discese su lei, con il regime mistico, morale e fisico di una esistenza claustrata, con quelle consuetudini umili, semplici, candide, quasi puerili, delle giornate monacali, con quel rimpiccolimento della esistenza materiale, quella continua elevazione spirituale nelle orazioni, con quelle formule sempre ripetute del rito che spezzano le volontà, suadono le volontà spezzate e stringono l'esistenza in un anello. La regola delle Trentatré, così austera, così dura, così assoluta, le era divenuta dolce, ella ne seguiva tutti gli ordini, con cuore obbediente e persino tenero.

Suor Giovanna era stata, nel mondo, una creatura d'impulso, facile all'entusiasmo, alle lacrime, al furore: nel chiostro, tutto questo ardore si era temperato, equilibrato, si era messo fedele e umile al servizio di Dio. Le era dolce, questa regola, per cui, con gli anni, tutto il passato si era cancellato dalla sua memoria. Chi era più, lei? Non una donna, non una creatura muliebre: era una monaca, una sepolta viva. Come mai si era chiamata, nel mondo? Non lo ricordava. Sapeva solo il suo nome del chiostro: il nome preso in omaggio al suo Signore e al suo dolore, il nome di suor Giovanna della Croce. La pace, l'obblio, *un'altra vita*, quello che essa aveva chiesto al Cielo, dandogli la sua gioventù, la sua bellezza, il suo ardente desiderio di amore, di gioia, di felicità, le era stato accordato. Aveva la pace e aveva l'obblio: viveva *un'altra vita*.

Non poteva, in quella sera, pregare, la Sepolta Viva!
Fra le incertezze mortali del suo spirito, deviato dal suo
corso naturale di pensieri e di sentimenti, sentendosi strap-
pata, crudelmente, alla pace, all'obblio, alla sua seconda
vita, brani di esistenza le riapparivano innanzi alla mente,
da anni ed anni mai più evocati, nelle ore di solitudine, da
anni ed anni mai più semplicemente rammentati. Si nascondeva il viso fra le mani, la suora, quasi per difendersi
contro l'assalto delle memorie. Ella si era chiamata, nel
mondo, Luisa Bevilacqua. Aveva appartenuto a una famiglia di borghesi agiati: i suoi genitori avevano un commer-
cio, all'ingrosso, di mercerie. Ella non aveva se non una sola sorella, Grazia Bevilacqua: un solo fratello, Gaetano Bevilacqua. Il fratello era maggiore di lei, di età: minore, la
sorella. Ah, ora li rivedeva, ambedue: la sorella bionda,
grassotta, bellina, vanitosa dei suoi occhi azzurri e dei suoi
capelli d'oro, mentre ella, Luisa, era bruna, alta, snella, col
viso lungo, non bello, con gli occhi neri, vivaci e i folti capelli neri, il tipo comune napoletano: rivedeva il fratello
Gaetano, bel giovane, elegante, sprezzatore della borghesia paterna, tutto dedito alla vita mondana, schiavo di amici più aristocratici di lui: li rivedeva, questo fratello e questa sorella, ambedue egoisti, freddi, calcolatori, avidi, sotto
le seducenti apparenze della giovinezza e della leggiadria,
ambedue adorati dai genitori, mentre ella non raccoglieva
se non un affetto distratto e glaciale dagli stessi genitori!

– Signore, Signore, quanto mi hanno resa infelice! –
ella disse, a bassa voce, rivolgendosi al Crocefisso.

Trasalì. Chi aveva parlato? Quale era quella voce che,
come trent'anni prima, si lagnava di essere stata trattata

con crudeltà dalla gente che più amava? Che era quel lamento? Altre volte, per anni, la celletta aveva udito quei gemiti, quei sospiri, quei singulti. Ma, da tutto quel tempo, la sua grande sventura si era dileguata, come una nuvola al vento: da tanto tempo, il suo cuore era risanato dalla ferita sanguinolenta! Chi le mostrava, ancora, quel puro sangue del suo cuore, sgorgante per un colpo datole da una mano fraterna? Luisa Bevilacqua, nel mondo, a venti anni, aveva amato, di un amore forte e geloso, un giovane, non del suo ceto, più ricco, più fortunato, un giovane che si chiamava Silvio Fanelli: ed egli aveva amato Luisa, con trasporto. I genitori Bevilacqua assegnavano a Luisa, per il giorno in cui si maritasse, trentamila lire di dote, mentre Grazia, sua sorella, la carita, ne aveva cinquantamila: mentre Gaetano, il primogenito, il maschio, il signore della casa, aveva tutto il resto della fortuna, non piccola. Fiera, generosa, disinteressata, Luisa Bevilacqua non chiedeva ragione della disparità: sapeva che si sarebbe maritata per amore e non per danaro: sapeva che il suo Silvio era, egli stesso, nobile, leale, sincero. Le nozze fra Luisa e Silvio furono presto accordate, per contentare l'ardente passione che li legava. Il giovane adorava la sua fidanzata, la fidanzata adorava Silvio e ne era mortalmente gelosa.

– Oh Dio, voi sapete come mi fu tolto! – ella esclamò, battendo con la fronte sulla paglia della grezza sedia.

Ancora! Ancora! Ancora suor Giovanna della Croce ripeteva il grido di disperazione di Luisa Bevilacqua, la sepolta viva ripeteva l'atroce parola che aveva infranto il cuore della fidanzata! Poiché ella era stata tradita. Come la luce del sole, a Luisa Bevilacqua era stato chiaro il tradimen-

Suor Giovanna della Croce

to di Silvio Fanelli con sua sorella, Grazia Bevilacqua. Avevano scherzato insieme, prima, i due traditori; egli senza pensarvi troppo, con la fatuità degli uomini, l'altra per il desiderio di far dispetto alla sua sorella maggiore: a poco a poco, si erano inoltrati nella via dell'amore, prima celatamente, col gusto del frutto proibito, poi tanto apertamente, affrontatamente, da far tutto noto alla tradita. Perché non era ella morta di dolore, in quel giorno della scoperta? Non era morta, per orgoglio. Nessuno aveva avuto una parola di biasimo per i due traditori: nessuno aveva avuto una parola di pietà per Luisa Bevilacqua. Ella si era irrigidita, contro lo spasimo. I suoi genitori, suo fratello, i parenti, gli amici, tutti avevano congiurato per trovar grazioso che un fidanzato passasse da una sorella all'altra, avendovi pensato meglio: e che sposasse la seconda, invece della prima. Ella stessa, la tradita, pallida, immota, incapace di lamento, aveva dichiarato che non teneva a Silvio, che non teneva al matrimonio e che volentieri cedeva quel fidanzato a sua sorella. *Volentieri*! Ella aveva pronunziato quella parola, spinta da una forza interiore. Qual forza?

– Eravate voi, Signore, che mi chiamavate, – mormorò la suora, guardando Gesù in croce, subitamente intenerita.

Sì, il Signore l'aveva chiamata a sé, poiché il mondo di egoisti, di disumani, di crudeli, non era fatto per quell'anima appassionata di Luisa Bevilacqua: poiché la immensa delusione dell'amore ne aveva incenerito ogni speranza e ogni desiderio, dandole solo la nostalgia della solitudine e della preghiera, poiché tutti coloro che ella aveva amati, erano stati falsi, sleali, brutali, con lei: e una sola via di verità, di dolcezza, di luce, le balenava, innanzi. Prima che

Matilde Serao

le nozze di sua sorella Grazia Bevilacqua con Silvio Fanelli fossero celebrate, Luisa Bevilacqua aveva dichiarato, fermamente, recisamente, che non poteva resistere alla vocazione pel chiostro: che questa vocazione era così vivace da farle prescegliere il convento governato dalla regola più aspra, dove la clausura non fosse solo perpetua, ma rassomigliasse alla morte. Certo, coloro che avevano tradito e i loro complici se ne turbarono: certo, tentarono vagamente di distorla: certo, non seppero spiegare al pubblico, onestamente, quella risoluzione. Furono vani tentativi di opposizione. La fanciulla li vinse. Quando entrò, come novizia, nel monastero delle Trentatré, aveva ventidue anni; ne aveva venticinque, quando pronunciò i voti eterni: ed erano, adesso, trentacinque anni che ella aveva posto il piede nel convento fondato da suor Orsola Benincasa, senza uscirne mai più, senza mai più rivedere né i genitori, né fratello e sorella, né parenti, né amici, mai più.

– Solo voi, Signore, – ella soggiunse, dolcissimamente, guardando il Redentore, sulla croce.

Questa era la semplice e comune istoria di suor Giovanna della Croce. Così le si ripresentava, tutta quanta, questa volgare istoria, nella notte silenziosa, nella solitudine della sua cella. Altre volte, quando era ancor giovane, nel convento, e i suoi capelli tagliati crescevano irruentemente, sotto la bianca benda che le fasciava la fronte, questa storia le era parsa un dramma tremendo, che solo il suo cuore era stato capace di subire, senza rompersi per lo schianto: altre volte, nella sua piccola mente, ingrandendo i contorni dei fatti, nel bollore del suo sangue giovanile, sotto le sue vesti nere di sepolta viva, sotto il suo gran velo nero che mai, mai, la monaca deve rialzare, innanzi ad altri, le era parso di essere l'eroina del romanzo più straziante. Lentamente, tutto questo aveva perduto ogni grandezza, ogni importanza, ogni valore: lentamente, i fatti si erano diminuiti, diminuiti, erano spariti: e i sentimenti ardenti si erano smorzati, sotto un velo crescente di cenere. Anche adesso, in questa notte di inquietudine, di dubbio, di tristezza, la sua storia, riapparsa in tutta la sua precisione, non le era sembrata la sua, ma quella di un'altra: le parole che le erano sfuggite, non erano partite da lei, ma da un'altra persona, che era vissuta, nel passato, che era sparita, nel presente. Ella si era liberata, in Gesù. Non certo, aveva avuto le crisi mistiche della Grande Carmelitana, né i trasporti di Santa Caterina, né le estasi di suora Luvidina: la sua fede era stata breve, circoscritta, modesta, continua: e la sua fede, così come era stata, le aveva data la liberazione.

Si levò dalla terra su cui era inginocchiata, con le membra indolenzite. La sua tristezza era diventata mortale. Nulla del passato l'addolorava più: nulla poteva addolorarla di quel che era stato. Ma era mortalmente triste. Giovane, battuta dai marosi della vita, nel mondo, era venuta a salvarsi in quel convento, sottomettendosi alle privazioni, agli stenti, alle obbedienze più cieche: aveva vissuto trentacinque anni sotto una regola ferrea, che la opprimeva e la esaltava, insieme: si era invecchiata, colà. Aveva quasi sessant'anni. Non aveva specchio per vedere il suo viso, ma sapeva che i solchi del tempo vi erano impressi profondamente: erano corti, sotto le bende, i suoi capelli, ma ella sapeva che erano tutti bianchi. Adesso, certe fatiche, certe

Matilde Serao

penitenze, certe astinenze la trovavano debole e scoraggiata. Adesso, nella preghiera, non trovava che dolcezza molle e quieta, mai più entusiasmo. Si sentiva ed era vecchia. Neppure sapeva più i suoi anni. Forse, pensava anche di averne di più. Infine, infine, aveva trascorso tutta una vita, là dentro, avendo giurato al Cielo di non uscirne mai, se non morta, di stare lì dentro, in povertà, in castità, in obbedienza: aveva giurato sull'altare, con parole tanto sacre, che le avevano fatto terrore. In quel securo porto, ella era stata la serva del Signore, tranquilla oramai, scampata a ogni bufera; e credeva, era certa, di restarvi sino all'estrema sua ora, agonizzando e morendo in quella sua celletta, su quel suo letto! Certa! Non aveva giurato? Non si era votata, così? Non era una Sepolta Viva? Non era una delle Trentatré? Adesso, prima della morte, tutto si mutava. Il suo giuramento non valeva più: contro suo grado, il suo voto era infranto. Quella celletta, fra un giorno, non era più sua: quel monastero non era più la sua casa. Doveva staccarsi dal giuramento, dal voto, dalla clausura, da Dio: fra un giorno. Moriva di tristezza.

E alla tristezza si univa un terrore infantile, indomabile. Dove sarebbe andata, fra un giorno? Uscendo da quella porta del monastero che, un giorno, le era parso si chiudesse per sempre alle sue spalle, qual via avrebbe presa? Dove si sarebbe diretta? Da chi si sarebbe ricoverata? I suoi? Chi? Vivevano? Chi, di essi, viveva? Non erano, forse, partiti, dispersi, morti? Dove cercarli? Da chi? Da trentacinque anni ella non aveva visto né la città, né le sue vie, né le sue case, né i suoi abitanti: non sapeva più nulla, non aveva più una notizia, non ne aveva chieste, non gliene avevano mandate. Dove, dove andare? Sola, vecchia, sgomenta, confusa, imbarazzata, addolorata, fra i suoi veli, nelle sue vesti nere, sepolta viva, ridonata al mondo, dove, dove sarebbe andata a cadere? E se non trovava nessuno? Come vivere, dove vivere? Di che vivere? Ognuna di loro aveva portato una dote, in quel convento, ella stessa vi aveva portato le sue ventimila lire, poiché la famiglia le aveva decimato anche i suoi denari. Dicevano alcune, che il Governo avrebbe loro restituito il denaro: altre crollavano il capo, dicendo che il Governo non avrebbe dato nulla. Di che campare allora? Un terrore, un terrore le saliva nell'anima, come a un bimbo che fosse restato solo, una notte, all'oscuro, in un gran letto, donde la sua mamma, morta, fosse stata portata via: il terrore dell'ignoto, delle tenebre, del vuoto: il terrore del vasto mondo, pieno di cose orribili e incomprensibili: il terrore che fa gelare il sangue, che fa sudar freddo, che fa battere i denti. Le parve, in quell'accesso, a suor Giovanna della Croce, che tutte le consolanti immagini della sua stanzetta fossero sparite; che il Crocefisso fosse stato travolto via; che la lampada si fosse spenta, per non riaccendersi più mai: e che ella brancolasse nel buio, vacillando a ogni passo, credendo di precipitare...

Una luce sottile penetrava dalle gelosie sbarrate. E la monaca che, da anni, non vi si era accostata, vi andò avidamente: e guardò, attraverso le fasce di legno incrociate, il cielo all'aurora e il mare lontano, tutto di un bianco argenteo e i tetti delle case napoletane che emergevano dalla bruma dell'alba. Quello era il mondo. Colà doveva tornare. Tutto era stato inutile. Tutto era stato invano.

Matilde Serao

Desolatamente, sconsolatamente, ella mirava l'orizzonte e il paesaggio e piangeva.

*

Con fermezza, avendo nelle due notti e nel giorno di preparazione, raccolte tutte le sue estreme forze, volendo anche una volta dare esempio di rassegnazione e di obbedienza alle sue monache, suor Teresa di Gesù, la badessa, aveva comunicato loro che tutte, e lei, dopo di tutte, erano forzate a lasciare il convento di suor Orsola Benincasa il lunedì, alle tre pomeridiane. Di nuovo, fu un accorrere attorno a lei, con uno sgomento puerile, con un profluvio di domande, ingenue, bambinesche, con un gemitio sommesso delle più vecchie, delle più taciturne: la badessa non sapeva rispondere altro, che di raccomandarsi a Dio, il quale non le avrebbe abbandonate.

Fermo era l'accento della misera donna, colpita da tanta sciagura, nell'ultimo limite della sua età e del suo coraggio, ma vi trapelava lo smarrimento di una coscienza candida, sgominata da un castigo inaudito, inaspettato, ineluttabile. E dalla sera prima, a ogni parola, a ogni atto, a ogni passo, dalle labbra delle monache esciva un ritornello tetro, lugubre:

– Sorella mia, è l'ultima volta che diciamo le preghiere del vespro, insieme.

– Sorella mia, è l'ultima volta che cantiamo il *Pange Lingua*, insieme.

– Mia sorella, è l'ultima sera che passiamo, insieme, per questi chiostri.

Suor Giovanna della Croce

– Sorella, è l'ultima notte che ci concedono di dormire, in questa cella.

A ognuna di queste frasi mortali, di abbandono, di distacco, di addio, tutte le altre chinavano il viso, sotto il velo: ad alcune, le meno vecchie, più sensibili, le mani riunite si torcevano, convulsamente. Quando l'ora del riposo venne, nessuna voleva andare nella sua stanzetta, prolungando la veglia, raggruppate nei corridoi alla porta del refettorio, in piedi presso lo scalone, a piccoli gruppi, parlottando rapidamente fra loro, con quel mormorio un po' infantile delle monache, con quelle voci un po' leziose, in cui una gravità era passata, velandole, facendole roche di emozione. Due o tre volte la badessa, pazientemente, aveva mandato le converse a pregare le monache, perché si ritirassero, perché andassero al riposo, poiché il dì seguente era il giorno della gran prova: ad una ad una, funebremente, le monache rispondevano:

– È l'ultima notte...

– È l'ultima notte...

– È l'ultima notte...

Alla primissima ora mattinale, si videro cose anche più commoventi. Suor Veronica del Calvario, malgrado i suoi settant'anni, la piissima suora che, dicevano le altre monache, era in un profondo stato di grazia, si era levata di letto, malgrado gli anni e gli acciacchi, ed aveva passato la notte nel coro, sola, in orazione, uscendo di lì, all'alba, tremando di freddo e balbettando confusamente delle *Ave Maria*, ancora. Suor Francesca delle Sette Parole, non avendo pace nella sua celletta, si era andata a distendere sui gradini della Scala Santa: quella scala, a imitazione di

99

quella di Roma, aveva trentatré gradini, che le più giovani, le più forti suore, salivano per voto, per penitenza, sulle ginocchia: una scala che, ogni giorno, le più mistiche suore venivano a bagnare di lagrime, nell'impeto e nella commozione della orazione: suor Francesca delle Sette Parole vi era restata tutta la notte, abbracciando convulsamente la pietra benedetta. Nella notte, sotto il chiarore lunare, suor Giovanna della Croce, non potendo reggere allo spasimo, era discesa in giardino e aveva fatto dei mazzolini, coi poveri piccoli fiori, dei mazzolini legati da un filo di refe: questi mazzolini di fiori, essa li era andati spargendo sulle tombe delle suore, che erano morte in convento nei tempi trascorsi, e che erano state seppellite colà, quando la legge lo permetteva: ella era passata di tomba in tomba, nella notte chiara, in preda a una pena acuta, senz'accorgersi dell'ora, del posto, di sé: e le sue vesti nere erano molli di rugiada, alla mattina, e il velo, bagnato, le si attaccava alla faccia. Dopo le preghiere di mattutino, a ogni minuto che trascorreva, a ogni piccolo atto che facevano, a ogni passo che davano, monotonamente, con la più tetra monotonia, nella idea fissa delle piccole anime, nelle parole monotone di chi si aggira intorno a un solo breve sentimento, le monache dicevano:

– Sorella mia, fra poche ore non saremo più qui...

– Sorella mia, fra poche ore avremo lasciato suor Orsola.

– Sorella mia, fra poche ore saremo fuori pel mondo...

– Sorella mia, fra poche ore...

– ...Fra poche ore...

Le voci erano tremanti. Poi, come l'ora si avvicinava al

mezzogiorno, le suore divennero più taciturne. S'incontravano, si salutavano appena, facevano meccanicamente il segno della croce: alle volte, due si appartavano, in un angolo: e si udiva qualche frase: così...

– ...Io vi sono stata quarant'anni...

– ...Io trent'otto...

– ...Avevo diciotto anni, quando vi sono entrata...

– ...Io ne aveva venticinque...

A mezzogiorno, dopo averle riunite in una sua grande stanza, la badessa le esortò, di nuovo, a soffrire, nel nome di Gesù e della sua Passione, nel nome degli ineffabili dolori di Maria, questa tribolazione: e le pregò di raccogliere, nelle loro cellette, la poca roba che loro apparteneva, cioè il secondo vestito che possedevano, quello delle grandi solennità, poiché le Trentatré non potevano avere più di due vestiti: unissero anche la loro rozza biancheria. Ella stessa, che apparteneva alla nobilissima famiglia dei Mormile e che aveva dato a suor Orsola una grossa dote, aveva fatto preparare la sua poca roba dalla sua conversa Cristina: era, dietro il suo seggiolone abbaziale, un semplice fagotto, chiuso in uno scialle oscuro.

– E le immagini? – esclamò la piissima suor Veronica del Calvario. – Possiamo portare, le immagini, via?

– Quelle delle vostre stanze, sono vostre. Distaccatele e portatele via.

– Potessimo portar via il nostro *Ecce Homo*, dalla chiesa!

– Potessimo portar via la statua della Madonna!

– Il Sacramento, dall'altare!

– La Scala Santa, la Scala Santa!

– Le mura del convento, le care mura!

Matilde Serao

Così esclamavano, gridavano, quelle infelici, con un balbettio puerile. Col movimento delle sue antiche mani scarne che, da tanti anni, si erano mosse solo per pregare e per benedire, la badessa tentò di chetarle.

– Andate, andate, obbedite, figlie mie.

Andarono. Tutte le porte delle cellette erano aperte, sul lungo corridoio del secondo piano: in fondo alle piccole stanze, le monache andavano e venivano, togliendo il poverissimo loro corredo dal cassettone, distaccando le immagini, i quadretti, i crocifissi, i cerei pasquali, i rosarii: a ogni distacco, esse baciavano religiosamente l'oggetto, dicevano delle preghiere, si raccomandavano:

– Oh Gesù Cristo, pietà di noi...

– Madonna della Salette, guidateci voi...

– Sant'Antonio, che fate tredici grazie ogni giorno...

– Sant'Andrea Avellino, considerateci come se fossimo in punto di morte...

Qualcuna, gittata bocconi sul letto, ne baciava il cuscino su cui aveva posato il capo, da tanti anni; qualcuna, come disfatta, si era seduta sull'unica sedia, le braccia prosciolte; qualcuna vagava intorno, con attitudine smarrita, toccando e baciando gli oggetti.

Quando, a un tratto, un passo rapidissimo attraversò il lungo corridoio: era Giuditta, la conversa, portinaia, che fuggiva verso la grande stanza della badessa, gridando affannosamente:

– È spezzata la clausura, è spezzata la clausura! Vi sono *quelli* del Governo!

Come una grande raffica di vento passò lungo le celle aperte, come il rombo di un temporale si diffuse per suor

Orsola Benincasa. In preda a una paura folle, invincibile, dimenticando l'età, la debolezza, le monache uscirono, correndo dalle loro celle, passarono, correndo, anche le più tarde, anche le più vecchie, anche le più acciaccate, per il corridoio, entrarono, correndo, dalla badessa, rifugiandosi dietro la sua sedia, come bimbe anelanti, affannando, balbettando, strette in un gruppo, attaccate al seggiolone:

– È spezzata la clausura... è spezzata la clausura.

Senza dir verbo, suor Teresa di Gesù si era levata in piedi. Si vedeva solo un po' di tremito delle sue rugose mani, su cui brillava l'anello di argento abbaziale.

Tre uomini entrarono nella grande sala, con aspetto tranquillo. Innanzi andava un signore alto e magro, dalla barba rossa ben pettinata, dagli occhiali legati finemente in oro, vestito con la sobria eleganza di un uomo che ama di piacere, anche a cinquant'anni. Correttamente, teneva in mano il suo cappello a cilindro lucidissimo e un bastone dal pomo d'oro cesellato: sulla fisonomia inespressiva non si vedeva di vivente se non un sorriso amabile e gelido, non mancante di una certa ironia. Era il prefetto Gaspare Andriani, un prefetto, dicevano, a pugno di ferro e a mano di velluto. Accanto a lui era un giovine, pallido, bruno, dai bruni mustacchi arcuati, dall'aspetto freddissimo, anche egli assolutamente elegante: un giovine consigliere di prefettura, il cavalier Quistelli. E ancora, più indietro, un altro signore, dalla fisonomia comune, dall'aria servile ed annoiata, vestito decentemente, col tradizionale paio di guanti neri che indica il funzionario di Questura. Tutti tre si avanzarono verso la badessa, con una certa cautela; e fu con una voce melliflua e curvando ipocritamente la testa sovra una spalla, che il prefetto disse:

— Sono dolente di dover compiere una missione ingrata, illustre signora. Io vengo a prendere possesso, in nome del Re, del monastero di suor Orsola Benincasa e di tutti i suoi beni mobili ed immobili.

— Io protesto, in nome della regola di suor Orsola Benincasa, in nome della comunità che rappresento, per le suore qui presenti e per me, contro la violazione della clausura, — disse, con voce limpida, la vecchia badessa, fissando i suoi occhi, di sotto il velo, in quelli del prefetto.

Costui torse un po' lo sguardo, s'inchinò e con affettata galanteria rispose:

— È spiacevole per me, illustre signora, non poter accogliere tale protesta. Il mio Governo ha sciolto le corporazioni religiose e queste clausure per noi non esistono.

Senza badare a queste parole, suor Teresa di Gesù continuò:

— Io protesto giuridicamente, amministrativamente contro questa presa di possesso illegale, ingiusta ed iniqua. E mi riserbo di far valere, debitamente autorizzata, davanti al magistrato, i nostri diritti.

Il prefetto si voltò verso il suo consigliere di prefettura, dandogli uno sguardo sarcastico: costui, correttissimo, sorrise anche lui, con una punta di commiserazione. Ambedue si strinsero lievemente nelle spalle. La povera suor Teresa di Gesù aveva ripetuto la formula di protesta, che Sua Eminenza le aveva mandato, in iscritto, per mezzo di don Ferdinando de Angelis: ma ne sentiva la inefficacia, la inanità, dinanzi a quegli uomini che avevano violato la

Suor Giovanna della Croce

perpetua clausura di quelle porte, come se entrassero in un caffè. E udiva, alle sue spalle, ai suoi lati, il forte anelare di quelle monache, il loro tremor forte che scuoteva la sua seggiola, e sentiva che quella era l'ora più affannosa e più dura della sua vita, vecchia come era, debole, senza difesa, senza sostegno, contro quella violazione.

– I tribunali decideranno, – disse, con falsa compiacenza, il prefetto. – Vostra Reverenza voglia, per adesso, rispettare il fatto compiuto. E mi dia modo di eseguire tutta la mia missione, senza ostacoli, senza difficoltà.

Mentre sciorinava i fiori della sua eloquenza burocratica, dal primo momento che era entrato in quella stanza, il prefetto sogguardava verso le monache, anche il consigliere di prefettura, anche l'ispettore di questura, ammiccavano da quella parte. Una curiosità volgare li teneva, supponendo chi sa quali volti fiorenti di bellezza e di gioventù sotto quei veli, pensando ai terribili voti che avevano sepolte vive quelle donne, lì dentro, sottraendole all'amore, alla gioia, alla vita. Le monache, vedendosi guardate, si stringevano anche più dietro il seggiolone, come un branco di pecore folli; si serravano il mantello intorno la persona, si tenevano fermo sul volto il velo.

– Vostra Reverenza ha inteso? – domandò il prefetto, con un tono dolciastro.

– Io non comprendo, signore. Vogliate spiegarvi.

– Bisogna che tutte le monache, cominciando da lei, sollevino il loro velo e mi dieno il loro nome di famiglia, per constatarne la identità.

E un lungo grido, ripetuto da quattordici voci, sorse:

– Il velo, no! Il velo, no! Il velo, no!

105

Matilde Serao

– Eppure bisogna sollevarlo, care signore mie, – soggiunse il prefetto, con un sorriso, agitando con disinvoltura il suo bastone.

Ancora, esse gridarono, angosciate:

– No, il velo! No! Madre cara, madre, diteglielo, che non vogliamo, che non possiamo.

– Avete udito, signore? – disse la badessa, in preda a una profonda emozione, – esse non possono sollevare il loro velo.

– Vostra Reverenza le induca all'obbedienza, come è nel suo diritto, – disse il prefetto, meno sorridente, un po' accigliato.

– Non posso comandare loro un atto contrario alla nostra regola.

– Via, cominci a farlo Vostra Reverenza, – soggiunse il funzionario, diventato glaciale, guardando in aria.

– Io non lo farò, signore.

– Eppure, bisogna. Si decida, Vostra Reverenza.

– No, signore.

– Allora, – mormorò, con un perfetto tono di finto rincrescimento, il prefetto, – dovrò ricorrere alla violenza.

– Appunto, signore. Ricorrete alla violenza.

Con un passo da esperto ballerino di quadriglia d'onore, il prefetto si avanzò verso la badessa delle Trentatré, suor Teresa di Gesù: mise in una mano il cappello lucidissimo e il bel bastone dal pomo di oro e con l'altra, dopo aver fatto un inchino, con l'altra mano, guantata di un guanto inglese di Lean, toccò il lungo velo della monaca e lo sollevò, con un leggiadro sorriso di galanteria.

Suor Teresa di Gesù, mentre un lungo gemito di pu-

106

dore offeso, di orrore religioso partiva da tutte le monache, non oppose nessuna resistenza. E un antichissimo viso di donna consumato nelle contemplazioni e nelle preghiere comparve: un viso dove alla nobiltà delle linee venute dalla razza, si era unita la nobiltà di una vita spesa a servire il Signore, in ogni atto pietoso: un viso di donna già prossimo alla morte, con qualche cosa di già libero e di augusto, in questa liberazione: un viso dove era sparso non solo il pallore della vecchiaia, della esistenza passata nell'ombra, ma il pallore di un dolore sconfinato, subìto nella più profonda rassegnazione.

Veramente, il prefetto si arrestò interdetto: forse, in quel momento, la sua missione gli sembrò meno attraente, meno curiosa, meno divertente di quello che aveva pensato prima. Guardò il suo consigliere di prefettura, un po' turbato: anche costui aveva l'aria imbarazzata. In quanto all'ispettore di questura, egli conservava il suo aspetto volgare, tronfio, di poliziotto che è onorato di un incarico di fiducia.

— Vostra Reverenza, — disse il prefetto, cavando una carta dal suo portafogli e leggendola, per dominare il suo lieve turbamento, — è la duchessa Angiola Mormile di Casalmaggiore, dei principi di Trivento?

Le palpebre della badessa batterono, replicatamente. Ella ebbe l'aria di riunire i suoi ricordi.

— Io sono suor Teresa di Gesù, badessa delle Trentatré. Ero... sì... ero, nel secolo, quella che voi dite.

— Bene. Si compiaccia farmi constatare l'identità delle sue monache. È doloroso... ma è così.

— Anch'esse non solleveranno il loro velo, se non con la violenza.

Matilde Serao

E allora, con la stessa buona grazia di prima, con una celata, e mal celata curiosità, il prefetto si inoltrò verso le monache. Queste tremavano a verga. Ma imitando la loro superiora, non aprirono bocca, non fecero atto di contrasto. Ad uno ad uno, i quattordici veli furono sollevati, gittati indietro. Quattordici volti comparvero. Eran volti di vecchie; di vecchie monache, in tutte le apparenze della vecchiaia, giunta nella solitudine, nell'astinenza e nella preghiera. Alcune scarne, con la pelle che le ossa parevan bucare; alcune grassocce e flosce; alcune emaciate; altre tutte rugose e pur tonde, come un frutto conservato lunghi anni; altre coi segni della decrepitezza, i nasi adunchi prolungati sulla bocca, le gengive senza denti, i menti rialzati. Tacevano: qualche fremito correva sulla loro pelle, non avvezza all'aria libera: le palpebre, ferite dalla luce, battevano. Ma su tutti i volti si distendeva un pallor grande di dolore, una espressione di rassegnazione incomparabile. Il prefetto e il consigliere di prefettura apparivano un po' seccati e, certo, delusi.

*

Per arrivare al monastero delle Trentatré, dal Corso Vittorio Emanuele, a piedi, poiché non vi è via carrozzabile, bisogna ascendere un primo tratto di via erta, ma selciata, di fronte al grande palazzo Cariati; poi, comincia un secondo tratto di strada a grossi e larghi scalini, dalle pietre tutte smosse: si volta in un sentiero quasi campestre, ripido, lungo, dove, qua e là, restano delle tracce di scalini: sentiero che rasenta, a sinistra, l'alta muraglia chiusa e muta del convento e, dall'altra, certe casupole mezzo dirute e sporche; infine, a un altro gomito, un ultimo tratto di erta strada, ancora a scaglioni, che conduce alle due porte del monastero, la porta piccola e la grande. È un'ascensione lunga, dura e faticosa. Verso il Corso Vittorio Emanuele, la *rampa* ha un aspetto ancora civile e popoloso; come si passa nell'aspra viottola, si cade nel deserto e nel silenzio: solo qualche rara popolana, dalle chiome spettinate, dalle vesti a brandelli, mentre culla col piede il canestro dove dorme, per terra, un poppante ravvolto in luride fasce, sta sulla porta del suo tugurio e torce, fra due sedie sganghe-rate, lo spago, a matasse. Da quelle parti, un po' più lonta-no, un po' più vicino, erano, un tempo, le grotte degli *spa-gari*, antri quasi zingareschi, dove si accumulavano uomi-ni e bestie, in uno stato quasi selvaggio: la piccola indu-stria della filatura e della torcitura dello spago, ancora, in qualche stamberga di quelle, dà un po' di pane a chi vuol lavorare. L'ultima *rampa*, quella che mena direttamente alla grande porta del convento, è sempre deserta: ha l'aria claustrale, triste, fredda. Sulla porta piccola delle Trenta-tré, dove entrano a deporre i cibi, nelle mani delle conver-se fuori clausura, i pochi fornitori, è una croce nera, di fer-ro: di dietro le mura, più basse, di questo lato, non colpito dalla clausura, si vedono gli alberi di un orto. Di fronte, il gran portone sbarrato non ha nessun segno religioso. Da quel portone sono entrate, per l'ultima volta, le monache, ad una ad una, senza più uscirne; quel portone, in trenta o quarant'anni, non si è aperto se non due o tre volte innan-zi al cardinale e due volte innanzi al confessore delle mo-nache, don Ferdinando de Angelis. Chiunque è salito, las-

Matilde Serao

sù, per curiosità, per distrazione, per bussare al piccolo portone delle Trentatré, ha sempre visto il gran portone, il portone del monastero, sbarrato. Ora è spalancato; un androne alto, profondo, oscuro, nero, si scorge. La clausura è infranta, da due ore: e le monache, ad una ad una, lentamente, escono da quel recinto, dove credevano di essersi sepolte vive, in onore e gloria della Croce di Cristo.

Sul Corso Vittorio Emanuele vi è già folla che, avvertita del caso singolarissimo, attende: pian piano la folla è ascesa verso la prima *rampa*, è ancora salita più su, più su, per la viottola, per la seconda *rampa*, fin quasi alla porta grande, spalancata. È una folla di popolani, di popolane, di operai, di piccoli borghesi, di sartine, di fanciulli: una folla muta, paziente sul principio e un po' stupita, anche: una folla tenera, triste, sarcastica, pietosa, curiosa, burlona, animata da sentimenti diversi, tutti rudimentali. Curiosissima, sovra tutto, curiosissima di queste Trentatré, di queste Sepolte Vive che il Governo ha dissotterrate, che ha strappate alla clausura, al monastero, a ogni lor voto, e che gitta nel mondo, di nuovo; e qualche esclamazione triste, irata, compassionevole, sgomenta, frizzante, si ode, fra la folla, lassù, quaggiù, mentre si attende la cacciata delle monache.

— Poverette, poverette!

— Che ne sarà di loro, che ne sarà?

— Oh malann'aggia il Governo!

— Tutto deve rubare, tutto!

— Hanno preso i loro danari, ora prendono il monastero.

— Lo vedete che si vanno a maritare, quelle monache.

— Sono vecchie.

– Qualche giovane, ci sarà.

– Poverette, poverette!

– Gesù Cristo non lo dovea permettere.

– Sono castighi, sono castighi!

L'androne del gran portone attira gli occhi di coloro che, spinti lentamente, sono giunti sino alla soglia. Qualche cosa, in quel buio, apparisce. È una monaca, vecchissima, sorretta da una conversa; è la badessa suor Teresa di Gesù, che viene a mettersi sulla porta, per salutare, ad una ad una, le sue monache, che se ne vanno via. Le sue palpebre sono rosse per qualche lacrima versata, bruciante come tutte le lacrime della estrema senilità. Degli ondeggiamenti di emozione corrono lungo la folla, dalla porta del convento, giù, giù, sino al Corso Vittorio Emanuele.

– È la badessa, è la badessa!

– Che sacrilegio, Madonna mia, che sacrilegio!

– Dove siamo arrivati!

– Povera vecchia, pare che se ne muoia.

Così, passa la prima monaca. È suor Gertrude delle Cinque Piaghe, una vecchia alta, magra, asciutta e snella. L'accompagna chi è venuto a raccoglierla, un suo fratello prete, meno vecchio di lei, di pochi anni: suor Gertrude va piano, col velo gittato indietro, *poiché questo è stato l'ordine*, a occhi bassi, senza scambiare una parola con suo fratello, un sacerdote dall'aria raccolta e triste. Nel vedere la badessa, sulla porta, suor Gertrude si scuote, si ferma, si abbassa su quella mano scarna e la covre di baci:

– Per l'ultima volta, madre, beneditemi, – ella mormora, a voce bassa, per soggezione della folla che più si accalca.

Matilde Serao

– Ti benedico, ora e sempre, figliuola. Addio, – dice la badessa, a capo chino, anche lei.

Suor Gertrude delle Cinque Piaghe oltrepassa la soglia, dopo un momento di esitazione, si avvia lentamente, accompagnata a passo lento da suo fratello, va, va, tra un fremito lunghissimo della gente: ella scompare alla cantonata, è nel mondo, via. Un'altra monaca si avanza, dall'androne: è suor Clemenza delle Spine, piccina, delicata, con certi lineamenti minuti che nascondono, nella gentilezza, la sua età già molto avanzata. Col viso quasi nascosto dal fazzoletto, tutto intriso di pianto, ella seguita a singhiozzare, mentre un suo cognato, un vecchio che ha sposato una sua cugina, unico parente, che ella non conosce, che non la conosce, un vecchio che ha l'aria di un umile impiegato dello Stato, le sta accanto, imbarazzato, intimidito, muto.

– Me ne vado, me ne vado, madre mia, addio! – esclama convulsamente la suora, baciando l'anello di argento della badessa.

– Ti accompagni il Signore, in ogni passo, sino alla morte, – risponde la badessa, temendo di scoppiare in singulti anche lei.

Suor Clemenza delle Spine ha un moto di repulsione, guardando la strada brulicante di gente, la strada che conduce giù: non sa reprimerlo. Il pianto la soffoca, di nuovo. Ma deve obbedire, passa la soglia, cammina, cammina, senza vedere dove mette il passo, acciecata dalle lacrime. E nella folla, qualche donna già piange, nel veder passare quella plorante: qualche collera scoppia in ingiurie contro il Governo.

– Ladri e assassini!

– Povere anime di Dio!

– Che infamia è stata questa!

Suor Veronica del Calvario, la vice badessa, colei che è piena della grazia di Dio, come dicono le sue sorelle monache, colei che ha passato tutta la sua vita in astinenze e in preghiere, e Gesù e la Madonna sempre l'hanno colmata dei loro doni spirituali, suor Veronica del Calvario, ora, esce anche lei. Sul volto brunastro, magro della suora, è una serenità completa. Ella ha accettato, come un altro dono del Signore, quell'angoscia: ella è la vera figliuola di Dio, quieta, pacata, passiva, che si lascia andare dove la volontà del Cielo la conduce. Ella ha passato la notte scorsa, tutta intiera, in orazioni, nel coro, e se ne è uscita tremante di freddo, il suo spirito è calmo, per sempre. Suor Veronica del Calvario non è napoletana, è messinese: si chiama Felicita Almagià. Alcuni suoi nepoti, avvertiti della circolare prefettizia, hanno telegrafato a Napoli, alla Navigazione generale, per mandare qualcuno a prenderla, per imbarcarla e condurla a Messina. Suor Veronica del Calvario attraverserà il mare: un impiegato della Compagnia Marittima è venuto a prenderla, è un giovanotto dalla fisonomia volgare e fredda, che compie la sua missione, senza interesse, ma precisamente. Quasi, quasi, vedendo la sua badessa, suor Veronica del Calvario sorride. Le bacia la mano come ogni sera, a compieta: e la badessa la guarda, prima meravigliata, poi compresa di ammirazione. Le parti s'invertono, la badessa le si raccomanda, a quella piissima, che Dio ha già racconsolata.

– Ricordatemi ogni giorno a Gesù Crocifisso, suor Veronica.

Matilde Serao

– Indegnamente, madre mia.

Suor Veronica del Calvario se ne va, senz'esitare, fra la gente, seguita dal giovanotto. La folla sorride, vedendola così tranquilla, malgrado la vecchiaia, malgrado ella sia curva. E, intuendo, la folla, un'anima già benedetta, per sempre, le si raccomanda:

– Un'*Ave Maria*, per me, buona madre!

– Anche per me, per mio figlio malato!

– Raccomandatemi alle anime del Purgatorio!

Suor Veronica del Calvario annuisce, chinando il capo, va, va, sparisce: ella è nel mondo, non importa!

L'altra, che viene innanzi, ha nella persona, nel volto, tutti i segni della disperazione. È suor Francesca delle Sette Parole, colei che ha passato, la notte prima, distesa sui gradini della Scala Santa. Suor Francesca delle Sette Parole si chiama, nel secolo, Marianna Caruso, d'una famiglia di piccoli commercianti in generi coloniali; al tempo della monacazione, ella entrò nel convento coi denari d'una piccola eredità raccolta. Sono venuti a prenderla alcuni suoi parenti, cugini suoi, vecchi venditori di zucchero e caffè, dal lontano quartiere dei Santi Apostoli: hanno certe facce fredde e oscure, certi volti lividi, dalle labbra sottili di persone avarissime. La sogguardano, taciturni e diffidenti, venuti lì per obbligo, poiché la circolare del Governo era tassativa: essa non li guarda. Desolata, disperata, ella fa un passo innanzi e tre indietro: ella si ferma a baciare, ogni momento, le mura, gemendo, sospirando, agitandosi, come in preda a un accesso di angoscia folle. I parenti, marito e moglie, stringono la bocca, malcontenti e sospettosi. Ella si dispera, senza nulla sapere. La bades-

Suor Giovanna della Croce

sa la esorta, con lo sguardo, accennandole la folla, a chetarsi. Ma suor Francesca delle Sette Parole si gitta in ginocchio, innanzi alla sua superiora e, battendo il capo contro la sua tunica, le dice:

– Perdonatemi, perdonatemi, tutti i miei peccati, madre mia, in questo terribile momento...

– Dio ti ha perdonato, tu sei buona, va, figlia mia, non dare spettacolo...

– Madre mia, madre mia, beneditemi come in punto di morte...

Ella la benedice, mentre i parenti, infastiditi, aspettano che tale commiato finisca. Suor Francesca delle Sette Parole non vuole andar via, ella si volta, bacia il legno del portone. Ancora, suor Teresa di Gesù la esorta:

– Obbedienza, obbedienza, figliuola mia...

La suora si avvia, vacillante, a capo basso, senza voltarsi più indietro, non vede il cammino, inciampa, è per cadere. La folla si commuove, novellamente:

– È come Cristo, come Cristo, sotto la Croce!

– Questa non campa.

– Meglio per lei, meglio.

La triste teoria delle monache discacciate dal convento si svolge, di minuto in minuto. Ognuna di esse, insieme allo stupore infantile e ai segni del pudore claustrale offeso, ha sul viso le tracce di lacrime recenti; qualcuna piange; qualcuna sembra inebetita dall'età, dalle sofferenze, dal caso straziante. A ognuna che passa la badessa suor Teresa di Gesù prova come una novella, più acuta impressione di pena: ogni distacco aumenta il dolore di tutti gli altri. Il gesto della benedizione si fa più largo,

115

più tremante, su quella soglia, dove l'addio ha tutta la sua angoscia. Sono già passate, accompagnate da parenti vicini o lontani, da amici di famiglia, da antiche conoscenze, nove monache. Sono via, nel mondo. Suor Teresa di Gesù non le vedrà più. Ecco, adesso, ne appaiono quattro, insieme. Invano il Governo ha mandato tre o quattro volte la circolare, ai parenti presunti di queste quattro: nessuno ha mai risposto. Questi parenti sono o morti, o partiti, o non vogliono caricarsi del peso di una vecchia monaca, cacciata dal monastero. Sono queste quattro: Suora Benedetta del Sacramento; suor Scolastica di Getsemane; suor Camilla del Sepolcro; suor Genovieffa della Passione. Non hanno, queste quattro suore, nessuno. La prima, nel secolo Maria Calenda, è napoletana, di nobile famiglia, pare, completamente estinta; la seconda, Clotilde Massari, è di Bari: i suoi hanno lasciato Bari da venti anni; la terza, Giulia Melillo, è napoletana, ma non vi sono tracce dei suoi; la quarta, Gabriella Filosa, è di Casamicciola: la sua famiglia è stata distrutta dal terremoto. Sono accompagnate, queste quattro abbandonate, dal delegato di questura, il signor Domenico Trapanese, colui che era entrato nel convento col prefetto e col consigliere di Prefettura. Costui ha sempre la sua aria tronfia e volgare e, per di più, è annoiatissimo di quel che fa. Le quattro monache di cui nessuno vuol sapere, fra cui suor Camilla che zoppica atrocemente, circondano la loro badessa, balbettando, piagnucolando, lamentandosi.

– Chi sa dove ci conducono, madre!

– Chi sa dove ci gittano, madre!

Suor Giovanna della Croce

– Che ne sarà di noi, madre?

– Nessuno ha avuto pietà di noi, madre!

L'antichissima badessa, ora, è alla fine delle sue forze. Queste quattro infelici, a cui si toglie ogni ricovero, fanno frangere il suo vecchio cuore di donna. Ella chiede al delegato che, fermo, sbuffa di seccatura:

– Dove le conducete, ora, signore?

– In Questura, – dice lui bruscamente.

Suor Teresa cerca di comprendere di che posto si tratti.

– È un ricovero? – chiede, tremando.

– Eh!... sì, se vogliamo, – sghignazza il delegato.

– Ve le raccomando, signore, – ella mormora, dignitosamente.

– E va bene, signora superiora. Andiamo, *zi monacelle*, – egli dice, famigliarmente, come se indicasse la via a un gruppo di ladruncoli.

Anche le quattro, confuse, smarrite, non sapendo camminare, con suor Camilla che minaccia cadere a ogni passo, vanno via, scortate dal delegato. La folla sa, essa, chi è quell'uomo, qual sia il suo duro e triviale ufficio, che sia la questura. Comprende, subito, la folla:

– Queste non hanno nessuno.

– Le portano in Questura.

– Coi ladri! Con le cattive donne!

– Dormiranno dietro il *cancello*.

– Con le guardie e i malandrini!

– Poverette, poverette!

Le monache non odono, non comprendono, non sanno il loro destino. Vanno.

117

Adesso, sotto l'androne, si vede venire l'ultima monaca, suor Giovanna della Croce. Non ha trovato nessuno in parlatorio, ma l'hanno avvertita che una donna l'aspetta, fuori. Suor Giovanna ha gli occhi gonfi per aver troppo pianto: le labbra le fremono, come a una bimba. Ha l'aria vecchia, assai vecchia, stanca, malata. Anche essa s'inginocchia per farsi benedire dalla badessa: le bacia la mano, le bacia il lembo della tunica.

— Non avete nessuno? — chiede la badessa, che si sente morire.

— Sì... vi è qualcuno... — mormora suor Giovanna.

— Chi?

— Non lo so. Mi aspettano.

Difatti, fuori il portone, una donna si avanza verso suor Giovanna della Croce. È una donna oltre la cinquantina, coi resti di una beltà bionda sul viso scialbo e floscio, coi capelli già quasi tutti bianchi, pingue, sformata: è vestita con pretensione di eleganza, non adatta alla sua età. Ha sul volto una espressione d'incertezza e, forse, di sgomento. Ella si accosta a suor Giovanna della Croce e le dice, sogguardandola, non senza confusione e dubbio:

— Siete voi, suor Giovanna della Croce?

— Sono io. E voi, chi siete? — domanda con voce esitante la suora, fissi gli occhi sul volto di quella donna.

— Sono tua sorella. Sono Grazia Bevilacqua.

Intensamente si guardano, senza baciarsi, senza toccarsi la mano.

— Sono venuta a prenderti — soggiunge Grazia, affrettando le parole sotto quello sguardo.

— E papà e mammà? — chiede la suora, infantilmente.

Suor Giovanna della Croce

– Sono morti, in salute nostra – mormora, con un sospiro, Grazia. – Io sono venuta a prenderti.

– E Gaetano, mio fratello?

– È morto. Io sono venuta a prenderti.

– E Silvio Fanelli, tuo marito? – dice suor Giovanna, senza muoversi.

– È morto, è morto. Andiamo.

– Andiamo, – dice suor Giovanna della Croce.

Ora che tutte le monache sono andate via, disperse pel mondo, la badessa, suor Teresa di Gesù, si muove per partire anche lei. È venuta a mettersele accanto una giovinetta quindicenne, biondissima, bianchissima, dall'aria fiera e nobile: è una sua pronipote, donna Maria Mormile dei duchi di Casalmaggiore e dei principi di Trivento.

La giovinetta è figliuola di una nipote della badessa ed è l'unica di casa Mormile. Sebbene quindicenne, ha l'aria raccolta e austera. Un servitore, in grande livrea, di casa Mormile, la segue. La giovinetta offre il braccio alla prozia, per andare. La badessa si volta a guardare le mura di Suor Orsola, l'ultima volta. Tremolante, curvissima, appena potendo muovere i passi, avendo esaurito ogni sua forza, oramai, ella si trascina per la discesa, al braccio della paziente, pietosa e taciturna nepote. Il gran portone si chiude, rumorosamente, dietro l'ultima delle Trentatré. E la folla, vedendola andare, rovina umana, già piena di morte, dice la parola semplice, la parola della giustizia e della pietà:

– Oh poveretta, poveretta! Non la potevano lasciar morire, lì dentro?

II

A occhi bassi, raccolta in sé, col passo tranquillo e cauto delle donne che furono lungamente claustrate, suor Giovanna della Croce discendeva lungo la via Magnocavallo, sfiorando il muro con la sua veste nera monacale, col suo largo mantello nero che la chiudeva tutta quanta: il viso era scoperto, ma la benda bianca le fasciava la fronte sin quasi alle sopracciglia, uscendo di sotto il cappuccio nero, e il goletto bianco nascondeva il collo sino sotto il mento. Tirava un gran vento freddo mattinale ed ella rabbrividiva un poco, tremando nelle sue lane nere, sentendo più vivamente l'improvviso soffio della tramontana, per le vie deserte napoletane. Non veniva di lontano: era stata nella chiesa del Consiglio, sovra la via Magnocavallo, ad ascoltare la prima messa, come ogni giorno: una prima messa che si diceva alle sette del mattino e che solo poche popolane, qualche pinzocchera, qualche mendicante, ascoltava, nella penombra della non grande chiesa, mentre il vecchio sagrestano trascinava i passi, tossendo e scatarrando, mentre il prete appena appena si voltava verso il popolo assente, mormorando le parole sante. Suor Giovanna della Croce si era, quella mattina, anche comunicata. Quando, nel tempo felice della sua vita monacale, era sepolta viva in suor Orsola, il suo confessore don Ferdinando de Angelis, le dava il diletto spirituale della comunione una volta la settimana, sempre il venerdì, in onore della Croce: adesso, il prete era diventato più austero, più duro malgrado la sua estrema bontà e le concedeva la comunione solo una volta il mese. Talvolta ella si lagnava, sommessamente, di questa privazione.

120

Suor Giovanna della Croce

– Ora, siete *nel mondo*... – mormorava don Ferdinando, senza soggiungere altro.

– È vero, sono *nel mondo*, – ripeteva lei, con un profondo sospiro, pensando che nella vita profana il Signore poco si concede.

Affrettava il passo suor Giovanna della Croce, tutta chiusa nella sua consolazione umile, un po' puerile anche, di aver preso parte alla Santa Tavola. Non doveva andare molto lontano. Con sua sorella Grazia Bevilacqua Fanelli e coi due suoi nepoti Clementina e Francesco Fanelli, suor Giovanna abitava un piccolo appartamento, in fondo al cortile del numero novantadue, in via Magnocavallo. Appunto, per non girare troppo per le strade, in quelle vesti monacali che attiravano l'attenzione, ora benevola, ora schernitrice, alla sua età già avanzata, per quel timore vivo e quasi infantile del mondo esteriore, da cui nulla poteva guarirla, suor Giovanna della Croce aveva scelto la chiesa del Consiglio per le sue divozioni quotidiane; solo per confessarsi, ogni primo giovedì del mese, andava lontano, nella chiesa di Santa Chiara, per trovarvi don Ferdinando de Angelis. Erano appena le sette; la via Magnocavallo era deserta, silenziosa, sporca; qualche raro portone si veniva aprendo, da qualche portinaio ancora sonnacchioso; qualche *basso* di povera gente si schiudeva, lasciando uscire qualche operaio che andava al lavoro. Suor Giovanna della Croce scantonò subito nel portone semiaperto del numero novantadue: la portinaia, una donna magra e scialba, coi resti di una bellezza sciupata dalla miseria e dai parti numerosi, incinta, grossa, avvolta malamente in uno scialle di lana rossa, a maglia, tutto stinto, la salutò lamentosamente:

121

Matilde Serao

– Lodata sia la Vergine, *zia monaca mia*!

– Lodata sia, – rispose, a bassa voce, la suora, volendo passare avanti.

Ma la portinaia, sospirando, gemendo, la trattenne.

– *Zi monaca,* diteglielo voi, alla sorella vostra, donna Luisa, ditele che non ne posso più, col signorino don Ciccillo!

– E perché? – chiese, quasi involontariamente, la monaca. – Che ha fatto, mio nipote?

Poi si pentì. Non aveva promesso a Dio, al confessore, a sé stessa, di non occuparsi di cose profane, di cose mondane?

– Stanotte non è ritornato a casa, – soggiunse la portinaia, querulamente. – Gravida come sono, non ho dormito per aprirgli la porta subito, quando avesse bussato... Aspetta, aspetta, chi te lo dà!

– Mio nipote non è rientrato? – mormorò la monaca, pensosa, a capo chino.

– No. Niente. È vero che mi regala qualche cosa, quando torna tardi. Ma quando non torna... io perdo il sonno e egli se ne scorda, non mi dà nulla... un giovane come lui...

– Prendete, Concetta, – e, messa la mano in tasca, la monaca dette qualche soldo alla donna piagnucolosa.

– Grazie, grazie! Che peccato, un giovane come lui perdere le notti... così... a giuocare... o chi sa dove...

La monaca aveva subito abbassato gli occhi, arrossendo, assumendo un contegno distratto. La portinaia si raumiliò:

– Lodato sia il Sacramento, *zi monaca* mia.

– Lodato sia!

Suor Giovanna della Croce attraversò il largo cortile del palazzo, lasciò a destra la scala grande, penetrò in un corridoio e si trovò in un cortiletto, dove era la scala secondaria di quel grande edificio. Salì le scale strette, un po' oscure e si fermò su quel primo pianerottolo, cercando la chiave di casa. In questo un passo lieve si udì, venendo dal secondo piano, dopo una discreta chiusura di porta, sempre al secondo piano. Una donna, una signora, scendeva lentamente, sola, come stanca, appoggiandosi alla ringhiera: era vestita con eleganza, ma in fretta, coi panni che le pendevano addosso, male aggiustati, male abbottonati: il colletto della sua pelliccia era alzato. Pallidissima, del resto, dietro la veletta del suo cappello, con un paio di occhi mortalmente stanchi, dalle occhiaie oscure, con una bocca bella ma dalla piega affaticata e come amareggiata. Vedendo la monaca, esitò un momento, poi passò, a capo chino, col suo andare abbattuto, di chi ha una grande lassezza fisica e morale.

Due o tre volte, di sera, stando nella cucina a spegnere il fuoco, a mettere in ordine piatti e bicchieri, suor Giovanna della Croce aveva visto salire questa signora, lentamente, quasi furtiva, nascosta dietro la sua veletta fitta e l'aveva udita penetrare, senza bussare, dalla porta socchiusa nella casa del giovane avvocato, al secondo piano. Anche passando, la signora lasciò un sottile profumo di muschio. La monaca crollò il capo ed entrò in casa. Aveva la piccola chiave della porta di servizio, poiché non voleva disturbare sua sorella e sua nipote, passando dalla loro stanza: esse dormivano sino a giorno alto, ogni sera vegliando sino a ora tarda, rincasando da piccole serate di

Matilde Serao

giuochi e di ballonzoli, talvolta avendo, in casa, amici e amiche, facendo del chiasso, giuocando a carte, suonando il pianoforte, qualche volta anche ballando, tra otto o dieci persone. Suor Giovanna della Croce attraversò la fredda cucina e una stanza da pranzo molto poveramente arredata, dove, sulla tavola, erano dei piatti sudici di grasso, dei bicchieri con qualche dito di vino, dei tovagliuoli macchiati; la madre e la figliuola avevano cenato di qualche avanzo del pranzo, rincasando, e avevano lasciato tutto li, calcolando che suor Giovanna della Croce avrebbe pensato a pulire e a riordinare tutto, quando si fosse levata di letto. In verità, esse fingevano d'irritarsi, quando la vedevano piegarsi a ufficii anche servili, e sgridavano l'unica domestica che avevano, *un mezzo servizio,* come suol dirsi, una sudiciona malcreata, ghiottona e pigra. Ma, in realtà, poiché per umiltà, per atto di dedizione e per occupare il suo tempo, suor Giovanna della Croce lavorava a tener pulita la casa, esse lasciavan fare, poltrendo sino alle nove, perdendo tempo, dopo, a pettinarsi, a infiocchettarsi, civettuole madre e figlia, di quella ostinata e delirante civetteria povera borghese.

Suor Giovanna della Croce, prima di mettersi al lavoro, rientrò nella sua camera. Questa era una delle migliori del piccolo e seminudo appartamento: formava angolo e aveva un balcone sul Vico Lungo Teatro Nuovo, un altro balcone sul Vico Primo Consiglio. La stanza aveva l'aspetto monacale, invero, col suo lettuccio un po' gramo, con le sue molte immagini sulle mura, e i cerei pasquali, e l'acquasantiera: ma le ostentate premure di Grazia Bevilacqua verso sua sorella avevano messo un piumino sul letto

Suor Giovanna della Croce

e un tappetino innanzi al letto, sui mattoni lucidi. Nel vano del balcone, verso il Vico Primo Consiglio, erano due sedie: sovra una era posato un tombolo di stoffa verde, su cui era fissato coi suoi spilli e coi suoi fuselli un merletto cominciato. Quel vano era il posto preferito di suor Giovanna della Croce quando aveva finito di dar mano alle faccende di casa. Ella non amava l'altro balcone, quello di Vico Lungo Teatro Nuovo: quella via era popolatissima, frequentatissima, piena di gente a ogni balcone, a ogni finestra, i suoi *bassi* erano pieni di donne, di bimbi, un vero formicolio di persone, su e giù, da per tutto. Anche, dirimpetto, abitava un giovanotto bellino, molto elegante, con cui sua nipote, Clementina Bevilacqua, scambiava saluti, sorrisi, parole dolci, segni d'intelligenza: e sebbene *zia monaca* fingesse di non vedere, di non udire, ella aveva organizzato tutto quel maneggio sotto gli occhi di lei. Suor Giovanna della Croce si rifugiava presso il balcone, chiuso, del resto, che dava sul Vico Primo Consiglio. Era un vicoletto, piuttosto: nessuno o quasi nessuno lo attraversava, di giorno. Dirimpetto al balcone della monaca, vi erano due balconi sempre o quasi sempre serrati, con le gelosie verdi chiuse e abbassate: raramente, in estate, le mezze gelosie si sollevavano un poco o, un poco, si schiudevano le grandi gelosie, ma senza far nulla o quasi nulla vedere dell'interno. Questi balconi erano a un livello più basso di quello della suora: e si accedeva alla casa, a questo solo primo piano, anzi, a questo ammezzato, da un portoncino sempre aperto, senza portinaio, la cui scaletta di marmo, un po' sporca, giungeva sulla via. Suor Giovanna della Croce aveva finito per amare questa casa dirim-

125

Matilde Serao

petto che aveva un aspetto così austero e così taciturno: le ricordava, non sapeva come, il monastero di suor Orsola, con le sue fitte gelosie. Talvolta, ella sogguardava fisamente dietro le gelosie, presa da una curiosità bambinesca, ma non arrivava a scorgere niente. Qualche volta, aveva visto una vecchia megera di serva aprire un po' le due imposte verdi e scuotere uno straccio, con cui aveva dovuto spolverare la camera oscura e misteriosa che era dietro quelle gelosie: null'altro. Madre e figlia, Grazia Bevilacqua e sua figlia Clementina, spesso, guardando la loro monaca compiacersi dietro a quel balcone, occupata a far saltare ritmicamente i fuselli della sua trina, avevano sorriso maliziosamente fra loro. Ma suor Giovanna della Croce non aveva visto quel sorriso e, anche, troppi sorrisi maligni, sfrontati, spuntavano sulle bocche delle due donne, perché ella, nella sua naturale e talvolta voluta disattenzione, ne tenesse conto. Facesse freddo o caldo, piovesse o tirasse vento, quando aveva finito di aiutare la serva a rifare i letti, a spazzare, a cucinare il pranzo, quando aveva terminato le sue orazioni, i suoi rosarii, le sue contemplazioni religiose, suor Giovanna della Croce veniva a mettersi al suo posto favorito, nel vano del balcone, sul Vico Primo Consiglio, di fronte ai balconi ermeticamente chiusi della casa dirimpetto, di fronte al portoncino sempre aperto. Quel silenzio, quella solitudine, le piacevano. Una o due volte, nella notte, risvegliandosi dal sonno leggiero dei vecchi, le era parso udire delle grandi risate sghignazzanti, delle voci roche, che venissero dal Vico Primo Consiglio: aveva pensato che, nella notte, delle comitive di ubbriachi, venuti dalle cantine di via Settedolori, di via Formale, delle Chian-

126

Suor Giovanna della Croce

che della Carità, discendessero verso Toledo: e si era rad-
dormentata. Di giorno, il Vico Primo Consiglio era deserto e la casa dirimpetto muta e cieca.

Prima di mettersi in giro, per la casa, suor Giovanna
della Croce, poiché le era stata concessa la bella consolazione di comunicarsi, volle passare un po' di tempo in raccoglimento, meditando sul dono mistico che era in lei.
Come a suor Orsola, nei buoni tempi della sua felicità monacale, ella s'inginocchiò presso il letto, appoggiandosi alla paglia della sua sedia. Ogni volta che compiva questi atti di adorazione alla Divinità, una tristezza le stringeva il
cuore; il costante rimpianto della clausura, della regola ri-
gorosa monastica, della pace conventuale, della vita religiosa, si faceva più vivo. La tela che aveva formato la sua
vita di trentacinque anni, era stata lacerata, brutalmente:
ed ella non giungeva a riannodare i fili infranti. Tentava di
non vivere nel mondo, ma era nel mondo; tentava di rifare
quella trama di preghiere, di astinenze, di devozioni, di
omaggi religiosi, ma non vi riesciva se non in parte, im-
perfettamente, miseramente. Tutto si frapponeva fra lei e
la rinnovazione della sua esistenza anteriore: e quanto ella
tentava di fare, era una pallida e informe ripetizione, mancante di ogni spiritualismo, mancante di ogni conforto.

Adesso voleva assorbirsi nel pensiero della Eucaristia,
ma a traverso questi sforzi per astrarsi, come le aveva rac-
comandato il suo confessore, ritornava una domanda inquieta, segreta: perché suo nipote non era rincasato? Dove era? Correva qualche pericolo?

Questo nipote, Francesco Fanelli, era il più giovane
dei due figlioli di sua sorella. Aveva ventidue anni sola-

127

mente; alto, snello, coi capelli castani, due occhi grigi–azzurri e due mustacchietti biondi, portava, in sé, una rassomiglianza perfetta con suo padre morto, Silvio Fanelli. Mentre Clementina, biondissima, pallida, con gli occhi biancastri, ma leggiadra sempre, era simile a sua madre, col viso un po' inespressivo delle bionde e un'aria fra altiera e leziosa, Francesco Fanelli aveva l'aria dolce e ridente di suo padre, e una seduzione fisica che egli rendeva più grande, occupandosi moltissimo della sua persona, perdendo un tempo grande alla sua *toilette*, spendendo tutto quello che gli davano e che soleva portar via a sua madre, in abiti, in camicie eleganti, in cravatte, in cappelli alla moda, profumandosi da capo a piedi, portando anelli di brillanti al dito e fiori all'occhiello. La sua seduzione fisica non era inconscia: sapeva di esser un bel giovane ed adoperava questo suo potere con tutti, sorridendo, mostrando i suoi denti bianchi, facendo brillare dolcemente i suoi occhi, dicendo delle frasi con la sua voce molle, un po' femminile, delle frasi che, quasi, egli cantava. La madre e la sorella erano costantemente in collera contro lui, per la sua indolenza, per la sua indifferenza, per il suo continuo bisogno di danaro, mentre esse vivevano maluccio, con gli avanzi della fortuna paterna e materna; ma bastava che Franccsco si presentasse, tutto bello, tutto elegante, con la sua aria lieta di sé e del mondo, coi suoi sguardi vivaci, col suo sorriso di bel giovanotto fortunato e felice, perché le conquistasse anche loro. Egli era indifferente, ma carezzevole; egoista, ma gentile; esigente, ma sempre giocondo ed amabile; capriccioso, ma pieno di vezzi e di moine: freddissimo, in fondo, avido di tutti i piaceri, ma celante questa sostanza del suo essere, sotto il più incantevole aspetto. E suor Giovanna della Croce, la vecchia zia monaca, invece di concentrarsi nel ringraziamento al suo Signore, per essere disceso in lei, si chiedeva ove mai si fosse smarrito suo nipote, Francesco Fanelli. Correva egli qualche pericolo forse? Così giovane, una notte lontano dalla casa, dove, dove mai poteva essere? Stava da mezz'ora, così inginocchiata, volendo invano fermarsi sovra i beneficii mistici della comunione, suor Giovanna della Croce, quando bussarono alla porta della cucina. Si levò, rinunziando alla contemplazione. Chi bussava, era la serva Bettina: bisognava aprirle, unirsi a lei, per le faccende di casa. Infine, non era un atto di obbedienza, di rassegnazione alla bontà divina, quell'adoprarsi, in casa, presso coloro che le avevano aperte le braccia, che l'avevano ospitata? Non era suo dovere? Era vecchia e certi servizii pesanti la stancavano: ma molte cose le poteva fare ancora, per alleggerire la serva, che non bastava a tutto. Bettina borbottava sempre: la casa era grande, le padrone erano capricciose e colleriche, quindici lire di mesata e uno scarso pranzo: ella non finiva di borbottare.

– Hai portato il caffè? – le chiese la monaca.

– Caffè? Non avevo denaro, – rispose l'altra, levando le spalle.

– Grazia, non te ne ha dato?

– No. Doveva comperarsi una scatola di cipria per sé e un paio di guanti per la signorina: come poteva pensare al caffè? – brontolò la serva.

– Tieni: va a comperarlo, – disse suor Giovanna, mettendo la mano in tasca.

Matilde Serao

– Datemi anche i soldi per il latte, allora. Sapete che il *signorino* ama il caffè e latte.

– Il *signorino* non vi è, – soggiunse la suora, a voce bassa e tremante. – Non è rientrato.

– Tornerà più tardi, – disse indifferentemente la serva.

– Tu credi? Veramente?

– Eh, *zi monaca* mia, non si è mica perduto, a ventidue anni, – esclamò la serva, cinicamente.

– Sarà sano e salvo? Una notte fuori di casa, così, chi sa dove!

– Eh, lo so io, dove è! – borbottò la serva.

Ma la monaca non chiese altro. Il suo volto appassito di claustrata sessantenne, di nuovo arrossì come quello di una giovinetta. Si tirò il mantello nero intorno alla persona, come se avesse freddo: e mentre la serva si alzava il fazzoletto di cotone sulla testa per ripararsi dal vento, uscendo di casa, suor Giovanna cominciò a portare in cucina i piatti sudici, con pochi avanzi di carne fredda, i bicchieri dove s'inacidiva, in fondo, del vinello, aprì la chiave dell'acqua di Serino, mettendovi sotto tutta quella roba sporca. Poi, presa della minuzzaglia di carbone con la paletta, accese il fuoco, perché l'acqua pel caffè bollisse, quando Bettina fosse di ritorno. Quelle occupazioni volgari non la contristavano. In verità, in monastero, la badessa voleva che ognuna di loro, per turno, aiutasse le converse alla cucina, alla pulizia: e quella obbedienza, quella umiltà era loro cara, poiché pareva loro, nell'anima semplice e rimasta infantile, che tutto andasse a gloria del Signore. In casa Bevilacqua ella seguitava la sua opera di domesticità, ma con minore soddisfazione, in quella oscura e gelida cucina, tra quei poveri arnesi che sua sorella non pensava a rinnovare, tutta dedita all'apparenza e a un falso lusso della persona: seguitava, in compagnia di quella serva brontolona, ingorda, avida, pettegola, la cui lingua spesso correva al discorso turpe e alla bestemmia, soffrendo di quel contatto, ma soffrendone in silenzio, rassegnatamente. Quaranta, quarantacinque anni prima, quando erano nella casa paterna Bevilacqua, lei e sua sorella erano servite, godevano di un'agiatezza secura: ma gli anni erano passati, sua sorella aveva divorato, con suo marito, tutta o quasi tutta la sua fortuna e quella di casa Fanelli: era vedova, adesso, con due figli, con rendite scarse, con una ragazza da maritare, con un figliuolo che non studiava, non lavorava e cercava una dote, con la sua beltà seducente. Quasi povera, Grazia Fanelli; eppure aveva raccolto sua sorella teneramente, in apparenza. Sua sorella, come tutte le altre monache di suor Orsola cacciate dal monastero, aveva avuto, poiché i giornali conservatori e clericali avevano fatto gran chiasso, una somma di mille lire: ma si diceva che il governo avrebbe certamente restituito la dote, a ogni monaca. I più scettici dicevano che le Sepolte vive avrebbero ottenuto un forte assegno. Suor Giovanna della Croce pagava, dunque, l'ospitalità, lavorando, cercando di provvedere al disordine e alla miseria segreta della casa, cercando di renderla più decente, mentre Grazia Fanelli si tingeva i capelli biondi incanutiti e sua figlia Clementina si ondulava con la *ricciolina*. Le ventimila lire di dote di suor Giovanna si aspettavano, da otto mesi. Niuno ne parlava, ma tutti le aspettavano.

Ella stessa s'impazientava, vedendo le ristrettezze della casa, sentendo di essere a carico, privandosi molto, cavando, sempre che poteva, qualche cosa dal suo gruzzolo delle mille lire, soldi, naturalmente, ma cavandone sempre, meditando di fare un gran dono alla sorella e ai nipoti, appena le avessero restituita la dote. Le due donne non dicevano nulla, non chiedevano nulla: quando *zi monaca* metteva fuori dei soldi, delle lire, voltavano la testa in là, fingevano di non vedere. Ed ella non si era fatta né una camiciola di flanella, né una sottana, né un fazzoletto di più del suo povero corredo di convento; consumava i suoi due vestiti di suor Orsola, lavorando e stirando da sé le sue bende candide e i suoi candidi goletti. Adesso avrebbe dovuto comprare un paio di scarpe, ma esitava a spendere quelle dieci lire.

Quando la serva fu tornata e il caffè e latte fu pronto, Bettina lo portò nella stanza, ove madre e figlia si voltavano e si giravano nel letto, non avendo voglia di alzarsi, sbadigliando, la madre dal viso sciupato e logoro, dai capelli mal tinti, la figliuola con le palpebre arrossate delle bionde troppo bianche.

– Che fa *zia monaca*? – domandò la ragazza, stiracchiandosi.

– Spolvera la stanza da pranzo. È già stata a messa, – rispose la serva.

– Beata lei, che si può mettere in grazia di Dio, – mormorò ipocritamente Grazia Fanelli.

Suor Giovanna della Croce, lasciato il cencio con cui spolverava, era andata ad aprire la porta, perché avevano picchiato. E si trovò avanti il nipote, Francesco Fanelli, il bel Ciccillo, ben vestito, come un figurino di moda, tranquillo, col suo sorriso seduttore.

– Oh, – esclamò la vecchia suora. – Sei qui! Sei qui!

E non gli disse altro, tutta tremante di gioia. Egli, sempre amabile, prese la mano rugosa e un po' callosa della vecchia monaca e la baciò rispettosamente.

– Sono stato a Caserta, con un amico, – disse, come se niente fosse, sorridendo.

– Vuoi il caffè e latte? Lo vuoi?

E si avviò per andarglielo a prendere, felice di servirlo. Egli la tirò pel nero mantello monacale.

– *Zia monaca,* mi fate un favore?

– Che vuoi?

– Ho da pagare la mia parte di viaggio. Prestatemi venticinque lire.

Col suo passo cauto e quieto di claustrata, ella se ne andò in camera sua a prendere questo denaro per darglielo. Egli fumava una sigaretta e canticchiava. Grazia e Clementina sua figlia disputavano vivamente, infilandosi le calze, nella loro stanza.

*

Sedute, una di fronte all'altra, coi piedi sui freddi mattoni, con le mani nascoste nell'ampiezza delle maniche monacali, nell'atto tradizionale delle suore, le due vecchie si guardavano, volta a volta, con occhi teneri e tristi e, volta a volta, ripigliavano un discorso lento e sommesso. L'ora non era tarda, appena oltre le quattro pomeridiane: ed esse avevano collocato le loro sedie nel vano del balcone, quello che guardava il vico Primo Consiglio: ma la giornata era grigia, di un grigio eguale e chiuso di nuvole invernali. Il pomeriggio non era freddo: ma un brividio raggrinziva l'antica pelle di quegli antichi visi di donna. Una di esse, l'ospite, era suor Giovanna della Croce, cioè donna Luisa Bevilacqua: la visitatrice era suor Francesca delle Sette Parole, che aveva, nel mondo, il nome di Marianna Caruso. Nei dieci mesi dopo la cacciata dal monastero delle Trentatré, suor Francesca che non avrebbe avuto pace, se non le fosse stato dato di ritrovare una sua sorella *sepolta viva*, per mezzo di preti, di confessori, era riuscita a saper l'indirizzo di suor Giovanna della Croce e, malgrado i suoi settant'anni e i suoi acciacchi, venendo dall'estremo quartiere di san Giovanni a Carbonara, in dieci mesi tre volte aveva picchiato alla porta di suor Giovanna, per farle una lunga visita. Le due monache restavano sole, in queste visite, e un po' taciturne in sulle prime, guardandosi nel volto come per riconoscersi meglio: non si baciavano, non si toccavano la mano, poiché questi segni di affetto terreno sono proibiti, fra le suore. Si guardavano, sospirando: e nelle rughe che fitte solcavano il floscio e bianco volto di suor Francesca, che era stata una giovane grassoccia e rosea, nelle rughe fini che si diramavano intorno agli occhi, intorno alla bocca della bruna e magra faccia di suor Giovanna, nella espressione di stanchezza rassegnata e pure dolente di suor Francesca, nel senso di malinconia ancora ardente, ancora vivida, di suor Giovanna, ciascuna cercava di leggere la umile storia di rimpianto segreto e inconsolabile, per il securo asilo che avevan perduto, per la casa di Dio che era stata tolta loro, per la pace dell'anima che era stata loro turbata per sempre, per il cibo del corpo che era stato loro rubato. Tacevano entrambe, sole,

Suor Giovanna della Croce

sospirando insieme, poiché i loro cuori avevano i medesimi sussulti di tristezza, pensando al loro alto convento di suor Orsola, ove si erano sepolte vive e donde erano state discacciate, per sempre. Poi, lentamente, mentre le ombre si venivan dileguando dai loro visi incorniciati di tele candide, si parlavano pian piano, con la discrezione di chi è molto vissuto fra il chiostro e la chiesa, con la parsimonia di gesti di chi è abituato a dominare ogni impeto fisico, sotto un regime di calma e di rassegnazione. Infine, questa era la terza visita: in un pomeriggio di febbraio, senza sole, di un bigio diffuso da un velo eguale di nuvole.

– Io ho dovuto rinunziare alla divozione della Scala Santa, Giovanna mia, – disse, sommessamente, suor Francesca, – ed era la mia consolazione, in monastero. Mi dicono che vi sia una Scala Santa, a Napoli, ma in una chiesa verso Mergellina, alla fine del Corso Vittorio Emanuele: come ci posso andare, così distante dalla casa mia? Anche con l'*omnibus*, ci vorrebbero due o tre ore, per andare, per tornare. Poi, forse, non avrei la forza di fare i trentatré scalini sulle ginocchia. Sono così vecchia! Io ho da tredici a quattordici anni più di voi, Giovanna.

– Anche io ho dovuto rinunziare a varie divozioni, – riprese, piano, suor Giovanna. – Sono in casa di mia sorella, essa mi rispetta, ma è tutta *del mondo* e certe cose non le può capire. Una volta, vi rammentate, Francesca? io digiunavo tutti i giovedì, vigilia del venerdì, in cui è morto nostro Signore: adesso, non lo posso fare più. Mia sorella dice che sono divozioni che fanno male alla salute, mia nipote Clementina mi burla e mio nipote Francesco dice che l'ostentazione è un peccato anch'esso. Così, per non farmi

135

notare, ho smesso il digiuno del giovedì, Francesca. Ma, che volete? non ne ho più l'abitudine, di mangiare in quel giorno, e ogni boccone mi pare che mi strozzi.

– Se ho voluto tenere accesa una lampadina innanzi al Sacro Cuore, – riprese suor Francesca delle Sette Parole, sempre a bassa voce, – ho dovuto e debbo comperarmi l'olio da me. I miei parenti sono avarissimi. Del resto sono molto poveri, marito e moglie, e sono stati ben fortunati di non aver avuto figli: quel poco che hanno basta appena appena a loro. Io non ho il coraggio di chieder loro nulla. Per due mesi, dopo che ci hanno cacciate dal convento, mi hanno tenuta con loro, senza farmi pagar niente, ma sono stati dei gravi sacrifizii che hanno fatti per me e che non potevano continuare a fare. Li vedevo sempre freddi e muti, che si guardavano, imbarazzati, seccati di questo peso che era caduto loro addosso. Sono loro prozia, non avevano obbligo di mantenermi. Adesso... è un'altra cosa.

Un silenzio. Ognuna di esse, prima di parlare, guardava la compagna, con una breve contemplazione quieta e malinconica; poi, riannodava il discorso come se parlasse fra sé, senza interlocutore, pianissimamente, con ritmo eguale di voce, come lo scorrere costante e monotono di una fonte. Talvolta, come adesso, ambedue tacevano: sogguardavano nella stanza nuda e gelida di suor Giovanna, quasi senza vedere le cose, intorno: sogguardavano verso i balconi sbarrati della casa dirimpetto, nel vicolo deserto del Consiglio.

– Adesso, che fate? – domandò suor Giovanna, chinandosi un poco verso la sua vecchia compagna. – Adesso non siete più a loro carico?

Suor Giovanna della Croce

– No, pago. Pago qualche cosa, ogni mese, – rispose suor Francesca, con un lieve sospiro. – Da quando ho avuto le mille lire che voi sapete, Giovanna, non ho avuto la forza di mangiare il pane dei miei nipoti, così, senza far nulla per loro. Sul principio, non volevano: si vergognavano: dicevano che la gente avrebbe sparlato di loro, se accettavano il mio denaro. Ma io capii che lo avrebbero preso. Ora, io pago.

– E che pagate?

– Pago quaranta lire al mese, per tutto, – disse suor Francesca delle Sette Parole, con un sospiro anche più profondo. – Mi danno una stanza, il pranzo, la servitù, l'imbiancatura, per queste quaranta lire al mese. Un po' di caffè, la mattina; il pranzo alle due; e un po' di cena, alla sera.

– E come mangiate?

– Mi piaceva meglio la cucina del convento, – disse suor Francesca, con un tono più alto di tristezza.

– Quaranta lire al mese? Le pagate da otto mesi, n'è vero? Dovete così avere già speso trecentoventi lire.

– Ne ho speso trecentocinquanta, – riprese, tristissimamente, suor Francesca. – L'olio nella lampada... qualche piccola elemosina... un paio di scarpe che mi son dovuta comprare... certi fazzoletti... io non ho più che seicentocinquanta lire. Ho fatto varie volte il conto, Giovanna. Sono solo due anni che io posso aver da vivere, con quel denaro.

– Sì, due anni soltanto, suor Francesca, – riprese l'altra, con tono dolente.

– Io ho una sola speranza, in tutto questo.

137

Matilde Serao

– Che ci restituiscano la dote?

– Non ci restituiranno più niente, – soggiunse la vecchia monaca, crollando il capo. – Oltre quelle mille lire, non avremo altro, lo vedrete. Si è fatto del chiasso allora e, per far tacere la gente, ci hanno dato quel denaro. Ora, tutti ci hanno dimenticate. Io ho una sola speranza: ed è di morire prima dei due anni. Sono assai vecchia e Dio mi chiamerà presto, io spero, prima di mandarmi all'elemosina o di lasciarmi morire di fame.

Un triste silenzio, ancora. Penosamente, suor Giovanna lo ruppe:

– Io non ho neppure questa speranza, suor Francesca, perché sono meno vecchia di voi. Debbo raccomandarmi a Dio, perché mi tolga da questo mondo di dolore e di miseria.

– Anche voi pagate, qui?

– No, non pago. Mia sorella e i miei nipoti non hanno mai voluto accettare che io pagassi una pensione. Ma è anche peggio, sorella mia. Erano agiati: sono, adesso, in ristrettezze. Non voglio dire per causa di chi e perché, non debbo far giudizi maligni o temerari. Spesso, il denaro manca in casa. Allora, io debbo spendere, se non voglio farla da avara, da egoista o da profittante.

– E avete speso assai?

– Eh!... abbastanza, – rispose, con voce smarrita, suor Giovanna.

– Quanto?

– Circa seicento lire.

– Seicento lire? Gesù! Più della metà?

– Più della metà, purtroppo!

Suor Giovanna della Croce

– E come avete fatto?

– Così, a soldo a soldo, a lira a lira. Prima, tenevo un piccolo libro dove, ogni giorno, scrivevo quello che spendevo. Adesso, non ci scrivo più nulla.

– Seicento lire! È troppo, Giovanna mia.

– Sì, è troppo, lo so. Ci è anche quel mio nipote, Francesco Fanelli, che ha tanti bisogni... È un giovanotto... si vuole sposare... cerca una ragazza... ogni volta che mi chiede danaro, non so dire di no.

– Gli volete bene a questo nipote, non è vero? – chiese suor Francesca delle Sette Parole, sogguardando un po' di più la sua sorella in Gesù.

– Sì, gliene voglio.

– È questo il figliuolo di quel giovane che dovevate sposare, mi pare.

– Sì, è questo: è il suo unico figliuolo. Il padre è morto. Se non fosse morto, io non sarei venuta qui, – soggiunse, semplicemente, suor Giovanna della Croce.

– Per paura della tentazione, forse?

– No, sorella mia. Da molto tempo, Gesù mi aveva dato la pace. E la vecchiaia, poi! Ma non sarei venuta, ecco, se Silvio Fanelli fosse stato ancora vivo. Sarebbe stato ridicolo e sciocco ritornare qui. Ma non vi è più: da un pezzo gli avevo perdonato ed egli stesso deve avermi perdonato, in punto di morte, se gli ho dato qualche tristezza.

– Il figliuolo gli rassomiglia?

– Sì, molto.

– E vi siete confessata di tutto questo?

– Sì, suora mia, – disse umilissimamente suor Giovanna della Croce. – Per iscrupolo, mi sono confessata.

139

Matilde Serao

– E vi hanno assolta?

– Sì. Ma il confessore mi ha esortato a non dar più il mio denaro, né a mia sorella, né a mio nipote.

– Ha ragione. Quando non ne avrete più, come farete?

– Io non lo so, – disse suor Giovanna, stringendo le mani nelle ampie maniche, rabbrividendo tutta. – Non so niente.

– Io ne ho per due anni; ma voi no, sorella mia.

– Forse per due mesi, non più, e io tremo di spavento, pensandoci. Non credete che ci ridaranno la dote? No? Non lo credete? Qui, lo credono. Sovra tutto, lo sperano. Io... io non dovrei dirlo, ma è proprio così: ritengo che mia sorella ci abbia calcolato sopra, in questo decadimento completo della sua fortuna. Quando venne... non dovrei dirlo, è troppo triste... non mi parlò di danaro, non fece che condurmi qui, ma io restai sospettosa, diffidente: non mi aveva mai voluto bene, mia sorella. Perché mi raccoglieva? Sulle prime, non mi hanno detto nulla. Fra le altre cose credevano che io avessi accumulato del denaro, in convento. Voi sapete che avevamo fatto voto di povertà! Poi, si sono convinti che non avevo altro che quelle mille lire: e se le vanno prendendo allegramente, senza dirmi neppure grazie. Da due mesi, adesso, non parlano se non delle mie ventimila lire, come se fossero loro, come se dovessero averle domani.

– Non avremo mai restituita la dote, – disse, monotonamente, suor Francesca delle Sette Parole.

– Voi lo dite! – disse, angosciosamente, suor Giovanna della Croce. – E mio nipote, invece, crede il contrario. È già andato a Roma, due volte, da persone del Governo: gli

Suor Giovanna della Croce

ho dato cinquanta lire alla volta. Sempre ha portato delle buone notizie. Si rincorano, fanno i loro conti, rimandano il pagamento di vari debiti a quel tempo, fanno progetti di nuove spese... È una cosa che mi fa spasimare, ma non oso di parlare, sorella mia.

– Ma vi trattano bene? – chiese suor Francesca, con affetto.

– Quando pensano a questo denaro, sì, – disse suor Giovanna, a voce anche più bassa. – Non sono interessati, forse, ma sono bisognosi: che farci? Mi hanno data una buona stanza, vedete. Io lavoro in casa: fo di tutto. Non servo loro, servo il Signore. Ci avevano abituate alla fatica, vi rammentate? Ma faticavamo in letizia, allora. Qui vi è noia, vi è malinconia: spesso, litigano forte, fra loro, la madre e la figliuola. Si dicono delle cose brutte, assai brutte... io ne soffro, suor Francesca.

– Pazienza, pazienza!

– Sì, pazienza, è vero, ne ho; ma niente di quello che succede, mi piace. Né la madre né la figlia amano il Signore: vanno in chiesa la domenica, solo per occupare un'ora. Fanno la burletta sulle cose della religione. Io mi alzo e vado via, quando questi discorsi cominciano: non posso udirli. Sento che ridono alle mie spalle: adesso, ridono anche più...

– Fermezza, nelle tribolazioni!

– Quando sono sola, piango qualche volta, suor Francesca. Io penso che accadrà di me, quando non avrò più un soldo e quando costoro avranno perduto ogni speranza di avere le ventimila lire! Ora, vengo spesso in questa stanza, mi isolo, mi metto a tessere il merletto, qui, su questo balcone...

Matilde Serao

– Potreste venderli, questi merletti, suor Giovanna, – mormorò suor Francesca, toccando i fuselli.

– Venderli? E che me ne darebbero? Io non conosco nessuno. Così potessi! Questo merletto serve per l'altar maggiore della chiesa, qui, del Consiglio...

– È bello: uno simile, lo potreste vendere.

Tacevano. Imbruniva. Le loro persone si abbandonavano, stanche, abbattute, nelle vesti nere. Il volto molto bianco, di un bianco di cera, di suor Francesca delle Sette Parole si distingueva, nelle prime penombre: quello bruno e sottile di suor Giovanna si riempiva di ombre.

– Voi passate le giornate, qui, suor Giovanna?

– Sì; dirimpetto, vedete, abitano persone silenziose e solinghe, che non ho mai viste, che non schiudono mai le finestre, né i balconi. Nessuno mi osserva: io non osservo nessuno. E mi sembra, talvolta, di esser ritornata a suor Orsola...

– Oh, suor Orsola era un'altra cosa, – mormorò suor Francesca delle Sette Parole. – Niente vi somiglia, sorella mia. Quanti anni ci siamo state, quanti!

– Troppo pochi!

– Sono fuggiti come un giorno. Mi pare di aver sognato; penso che ho sognato. Vi rammentate di suor Clemenza delle Spine, quella piccola?

– Sì, povera suor Clemenza, mi ricordo! Come era divota delle anime del Purgatorio! Ed era così brava nel fare i letti, tutte quante la pregavano, perché rifacesse loro il letto! Che ne sarà stato?

– Chi lo sa! Anche suor Gertrude delle Cinque Piaghe era buona, non è vero? Un po' superba, forse, della sua

142

Suor Giovanna della Croce

nascita: ma era un piccolo difetto. Se ne pentiva, poi si batteva il petto, mi ricordo. Certe notti, per questo peccato di superbia, si batteva con la disciplina. Che ne sarà avvenuto?

– Chi lo sa! Tutte le suore mi erano care, ma suor Veronica del Calvario mi sembrava una santa...

– Era una santa, era! Quante grazie particolari aveva da Gesù, da Maria, suor Veronica! Io mi raccomandavo sempre a lei, perché mi affidasse alla Madre e al Figlio: ed essa, talvolta, restava ore intiere, inginocchiata in estasi, pregando solo per me. Chi la vedrà più, ohimè, suor Veronica? Pregherà essa ancora per me? Dove sarà? Che farà?

– Chi lo sa!

– Voi non avete saputo più niente di nessuna?

– No, di nessuna. Solo di voi.

– E io, solo di voi. Eppure, della povera nostra badessa, avrei voluto conoscere qualche cosa, Giovanna mia. Ho cercato, ho cercato: ma non vedo nessuno, sono così vecchia, mi è stato impossibile di averne notizie.

– Suor Teresa di Gesù era la mia madre e la mia benefattrice, – disse, esaltatamente, suor Giovanna della Croce. – Io mi sono separata da lei, solo per la forza.

Ancora un silenzio, un lungo silenzio pensoso.

– Io dico che suor Teresa di Gesù deve essere morta, – soggiunse suor Francesca, come se parlasse a sé medesima.

– Credete che sia morta? Voi lo credete?

– Lo credo, sorella mia. Quando ci separammo, compresi che non poteva vivere molto. Essa deve esser morta.

143

– Beata lei, se è morta.

– Beata lei, se è morta.

La sera era caduta. Suor Francesca delle Sette Parole si levò per andarsene. La visita era durata molto. Anche l'altra monaca si era levata. Erano di fronte, nell'ombra.

– Diciamo qualche *avemaria,* insieme, – propose suor Giovanna, tristamente.

Orarono, un poco. Si separarono.

– Io vado. Prenderò l'*omnibus,* sino laggiù. Costa due soldi.

– Non avete paura, sorella mia?

– No. Che mi può accadere? Chi si cura di una vecchia monaca come me? È tardi: non vi sono neppure monelli, per corrermi dietro e gridarmi *zi monaca.* Vi è l'*omnibus,* quasi qui, a Toledo.

– E quando ci vedremo? – chiese Suor Giovanna. – Grazie della visita. Quando ritornerete?

– Non so. Non posso dirvi. Come vorrà Iddio. Forse, mai più: meglio separarsi, come se morissimo.

– Dio vi benedica, allora.

– Benedetta voi, sorella mia.

L'una monaca se ne andò, a capo chino, con le mani nascoste nelle maniche, nelle vesti nere, curva la fronte sotto il candor delle bende: l'altra monaca rimase, a capo basso, stringendosi nel mantello, sotto le vesti nere, con la fronte chiusa sotto la fascia bianca: una solinga, per le vie frequenti; l'altra, solinga, nella casa vuota, di fronte a una casa taciturna e oscura.

*

Due o tre volte Clementina Fanelli aveva fatto capolino dalla porta di sua zia monaca e aveva sogguardato, con curiosità ed impazienza, che cosa facesse suor Giovanna della Croce: prima l'aveva trovata assorta nella lettura di un libro di orazioni e la suora non si era neppure accorta della presenza della nipote: la seconda volta, la monaca era inginocchiata innanzi al crocifisso, a testa bassa, mormorando delle lunghe giaculatorie; la terza, diceva il rosario di quindici *poste*, quietamente, seduta presso il gramo letto. Clementina Fanelli aveva battuto il piede pel dispetto e si era morsicate le belle labbra, sempre un po' pallide: era una bionda molto scialba, dai capelli di un biondo cenere arruffati sulla fronte e alle tempie, dagli occhi di un azzurro biancastro, dal naso all'insù, con un'aria di freddezza, d'indolenza, di seccaggine, in tutta la persona alta e sottile. Vestiva bizzarramente, del resto, anche in casa, di chiaro, con un nastrino celeste al collo nudo, che si vedeva dall'apertura del vestito, malgrado si fosse in febbraio, con le maniche che appena oltrepassavano il gomito, coi capelli fermati da forcinelle di pastiglia, da pettinessine con brillantini falsi, con due grosse perle false alle orecchie. Ella fremeva per entrare in quella stanza di suora Giovanna e per potersi avvicinare al balcone del Vico Lungo Teatro Nuovo. Quel rosario non finiva, dunque, mai? Non potendo più stare ferma:

– Permettete! – disse alla zia, entrando, avvicinandosi al balcone tanto agognato.

Suor Giovanna non rispose. Guardò la nipote, il balcone e una espressione di tristezza e di confusione le si di-

Matilde Serao

pinse in viso: più lente, più fioche, si sgranarono le *Ave Marie* e i *Pater* sotto le sue dita, avvezze al trascorrere dei grani del rosario. Adesso, la nipote si era installata dietro i cristalli e fissava il balcone dirimpetto, nel vivace e rumoroso Vico Lungo Teatro Nuovo; dietro i cristalli, il giovanotto con cui ella amoreggiava, era fermo aspettandola al convegno. Si guardavano, si sorridevano: poi, una telegrafia vivace, di segni, di lettere alfabetiche, riprodotte con le dita, cominciò, mentre suor Giovanna della Croce, sospirando, aveva voltato la persona in là, per non vedere. Ma questo non bastava, a Clementina. Ella disse a sua zia:

– Scusate, *zi monaca*, ma debbo dire qualche cosa a Vincenzino. – E schiuse i cristalli, lasciando entrare il freddo di una giornata rigida di febbraio; si mise a parlare col giovanotto di rimpetto, che aveva aperto i cristalli, con voce moderata, dalla soglia del balcone. Come aveva cercato di non vedere, triste, imbarazzata, la vecchia monaca tentò di non ascoltare, e s'immerse in altre orazioni, sebbene avesse finito il rosario. Clementina cercava di parlare nitidamente, ma piano, e dal fondo della stanza suor Giovanna della Croce dovette, per forza, udire le ultime parole del colloquio d'amore:

– ...Stasera, stasera.

Clementina chiuse i cristalli, rientrò nella camera: dalla sua parte, il giovanotto era sparito. Animata e colorita, durante quella breve scena di amore, Clementina riprendeva, ora, il suo aspetto smorto, indifferente, annoiato. Si avviava per andarsene, quando la zia la chiamò:

– Clementina?

– *Zi monaca*?

146

Suor Giovanna della Croce

– Perché, figlia mia, fai questo? – le domandò la vecchia suora, guardandola negli occhi, ma senza severità.

– Che cosa? – rispose la fanciulla subitamente scossa.

– Quest'*amicizia*... con questo giovane... – mormorò la monaca, che non voleva, per pudore, precisare bene.

– Non è amicizia, è amore, – dichiarò Clementina, impertinentemente. – Io voglio bene a Vincenzino, Vincenzino mi vuol bene, per questo lo faccio.

– Non sta bene, figliuola mia, non sta bene! – e crollò il capo, suor Giovanna.

– Perché non sta bene? Tutto il mondo amoreggia, – continuò l'insolente Clementina.

– Non tutti, non tutti, figliuola mia.

– Voi non ne sapete niente, perché siete monaca e siete vecchia. Tutto il mondo amoreggia e io pure. Tutte le mi amiche hanno l'innamorato, io che sono più bella di loro, anche lo ho.

– Non parlare così, – disse, piano, suor Giovanna della Croce, il cui volto pieno di rughe si andava covrendo di rossore.

– Io dico quello che penso, *zi monaca*. Sia maledetta la bugia! Sono ragazza e non debbo nascondere che amoreggio. Sono le donne maritate che lo debbono nascondere! – replicò sfrontatamente la fanciulla.

– Zitto, Clementina, zitto! – e la povera monaca, scandalizzata, fece atto di turarsi le orecchie.

– Le donne maritate anche fanno all'amore, se lo volete sapere, *zi monaca*. Ed è una vergogna, perché si potrebbero stare al loro posto! La portinaia qui abbasso, ha per amante una guardia di pubblica sicurezza, che ogni sera

147

viene a trovarla nel casotto; e Concetta gli fa trovare il caffè e il bicchiere di vino. È maritata o no, Concetta? Qua sopra, al secondo piano, l'avvocato de Gasperis ha una donna maritata che viene a trovarlo, due o tre volte la settimana, di notte, e se ne va la mattina. Io l'ho vista salire e scendere, e voi pure, eh! *zi monaca,* l'avete vista?...

– Gesù, Gesù, che scorno, una ragazza, parlare così! – esclamò la monaca che soffriva enormemente di quei discorsi.

– Eh, le ragazze capiscono tutto adesso! – gridò Clementina che era entrata in uno stato d'isterismo. – Le ragazze non sono più stupide come una volta, a' tempi vostri, *zi monaca*! Foste stupida voi ad andare nelle *sepolte vive,* per mio papà che vi aveva tradito, per mammà che vi aveva rubato il fidanzato! Mammà ha fatto altro che questo, dopo...

Ma si fermò. La vecchia monaca si era levata in piedi, tremante, con le mani tese, chiedendo, imponendo silenzio alla creatura sfacciata, che gridava le brutali verità della vita. Clementina s'interruppe, balbettò:

– Scusate, *zi monaca*... ho i nervi, oggi...

Fece per uscire, ma tornò indietro, e cavò una lettera, larga, dalla tasca.

– Mi sono scordata di darvi questa lettera che il postino ha portata.

E se ne andò subito, lasciando suor Giovanna della Croce in mezzo alla stanza, con quella larga lettera fra le mani. Un tremito mortale scuoteva le fibre della monaca; mentalmente, ella si raccomandava a Dio, perché vincesse la sua confusione e il suo dolore. La ragazza aveva taciuto, era partita: un altro minuto ancora e la vecchia suora avrebbe pianto di umiliazione, di pudore offeso, di vergogna, innanzi a sua nipote. Così, non potette aprire subito quella lettera, tenendola nelle mani, distrattamente, quasi non vedendola, quasi essendosene dimenticata: si andò a gittare sulla sedia, nel vano del secondo balcone, quello che dava sul Vico Primo Consiglio, dirimpetto alla casa muta e cieca. Teneva curva la testa, curve le spalle: si sentiva piegata sotto un peso atroce, che lentamente la schiacciava. Restò così, qualche tempo. Poi, si rammentò la lettera. Guardò il francobollo timbrato; veniva da Roma; portava questo indirizzo: *Signora Luisa Bevilacqua, già monaca nell'Ordine delle Sepolte Vive*. L'aprì, la lesse. La lesse di nuovo, più piano, parola per parola. Il suo viso era diventato plumbeo e il capo era caduto sul petto.

Quando, un'ora dopo, Grazia Bevilacqua entrò nella stanza di sua sorella monaca, la trovò a quel posto solito, di fronte alla casa oscura e silenziosa. Suor Giovanna della Croce teneva il tombolo del merletto sulle ginocchia, ma non lavorava: le mani lunghe e magre erano abbandonate sul cuscino, coperto di tela verde. La monaca pareva assorta, niente altro.

La sorella, meno vecchia di lei di cinque o sei anni, non le rassomigliava. Era bionda e i suoi capelli erano tinti malamente, tanto che assumevano, qua e là, ombre verdastre: il viso era bianco e gonfio di un cattivo grasso: una costante espressione di malcontento torceva quella bocca, che era stata molto bella. Come sua figlia Clementina, Grazia indossava una vestaglia sgargiante, carica di nastrini, di ciuffetti, di cascate di merletto e portava dei braccialetti ai

Matilde Serao

polsi: ma il corpo si deformava nella grassezza, rompeva la fascetta. Si sedette di fronte alla sorella monaca.

– Che fai? – le domandò, senza interesse e senza curiosità, tanto per entrare in discorso.

– Niente, – disse suor Giovanna, con voce fioca.

– Non ti senti bene? Vuoi qualche cosa?– replicò l'altra, con gelida premura.

– Grazie, non voglio nulla. Sto bene.

– Sei qui, sola sola, da molto tempo? Ho avuto tanto da fare io! Ho tanti guai, tanti guai!

– Nessuno è solo, in compagnia di Gesù e di Maria, – rispose la monaca, a voce bassa.

Tacquero. Si vedeva bene che Grazia Bevilacqua voleva dire qualche cosa d'importante alla sorella. La guardava: le bianche e flosce palpebre batterono sugli occhi azzurro-grigi che erano stati così belli e così perfidi.

– Luisa? – chiamò Grazia.

– Non mi chiamare così. Chiamami Giovanna, – soggiunse la monaca, scuotendosi.

– Come vuoi tu: Giovanna, Luisa, per me è tutt'uno. Purché ti ricordi che mi sei sorella, mi basta!

La monaca, tratta dallo stato di stupore, in cui si trovava, levò gli occhi in viso alla sorella, improvvisamente attenta.

– Io sono in un mare di tristezze, Giovanna. Con quel poco che mi è restato, non giungo a far vivere la mia famiglia e me, che a stento; tu lo vedi. Non è colpa mia, credilo. Silvio, mio marito, si è divorato quasi tutto il suo avere e una parte della mia dote: io, è vero, ho voluto sempre figurare, mi è piaciuto di mostrarmi al mio grado, ma ti giuro che non ho sciupato molto...

Suor Giovanna della Croce

– Perché mi dici queste cose, Grazia? Io le so.

– Non le sai bene! Non le sai abbastanza! Sei monaca: queste cose del mondo, non le puoi capire perfettamente. Sono guai, sono guai grossi...

– Dio ti assista!

– Aiutati che ti aiuto, dice Dio! Se non marito Clementina con un giovane ricco, se non procuro una sposa ricca a Francesco, come faremo? Perciò porto in giro la ragazza, perciò faccio dei sacrifizii per far vestire bene Francesco: qualche buon partito, ricco, molto ricco, deve capitare, all'una, all'altro. E allora tutti saremo prosperi, felici, anche tu, Giovanna...

– Io chiedo al Signore la pace, – disse la suora con un profondo sospiro.

Grazia era inquieta, agitata, sulla sua sedia. Aveva fatto tutto quel preludio fra querulo e ipocrita, per venire a un fatto concreto.

– Per ora, sono nell'olio bollente, Giovanna. Debbo dare quattro mesi al padron di casa, cioè trecentosessanta lire, a novanta lire il mese, ed egli strepita per averle. Mi ha anche citato due volte: un giorno o l'altro, mi sequestra questi pochi mobili.

– Oh, Gesù!

– Così è. Non si vergogna di fare strepito per questa sua brutta casa, con l'inconveniente grave che vi è...

– Che cosa? – chiese, inconsciamente, la monaca.

– Nulla, – disse Grazia, cangiando discorso, dopo aver sogguardato dalla parte del Vico Primo Consiglio, verso la casa sbarrata e muta. – Alle corte, io ho cento lire da dare al padron di casa: ma non le vuole. Vuole tutto. Dammi tu le altre duecentosessanta lire ed esciamo di pena.

151

Matilde Serao

– Volentieri, Grazia, volentieri, – mormorò con voce umile suor Giovanna della Croce. – Ma non le ho.

– Non le hai? Non le hai? – esclamò, con un principio d'ira la sorella. – Come è possibile?

– Non le ho, purtroppo.

– E che ne hai fatto del tuo denaro?

– Quale denaro?

– Le mille lire! Qua non ti ho fatto pagare un soldo, di parte tua, in casa. Che ne hai fatto, di mille lire?

– Le ho spese, – disse semplicemente la monaca.

– Dove le hai spese? Mille lire, sono molte! – e la sua voce diventava furente nella delusione dell'avidità.

– ...così, un poco per volta... le ho date a te... a Francesco, molte, a Francesco...

– Qualche lira mi avrai dato: ed erano mille! Perché le hai date a Francesco? Quanto gli avrai dato? Non hai più niente? – E la guardava, con gli occhi torbidi e stralunati, con la bocca gonfia che si torceva.

– Cinquanta o sessanta lire, niente altro, – disse suor Giovanna della Croce, lasciando cadere desolatamente le braccia.

– E stai fresca! Stiamo freschi! Cinquanta o sessanta lire, null'altro! E io che ti ho mantenuta, di casa e di vitto, come una signora! Io che me lo sono levato dalla bocca, per dartelo! Cinquanta lire! Te ne farai un cataplasma, di queste cinquanta lire: e io pure! Hai sciupato novecentocinquanta lire: e qui ci sfrattano dalla casa! Hai gittato il tuo denaro e se ti serve una tonaca, domani, chi te la fa? Se ti ci vuole un paio di scarpe, chi te le fa? Gittare questo denaro, così! Sempre una pazza sei stata, sempre, da quando ti andasti a far monaca per Silvio...!

152

Suor Giovanna della Croce

Suor Giovanna della Croce sopportava in silenzio tutta la collera di sua sorella, raccomandandosi mentalmente a Dio, perché le desse una pazienza sublime. Era vecchia, era stanca, era triste: ma il rinfaccio crudele della sua miseria e del suo abbandono, il rinfaccio del tetto e del cibo datole quasi in elemosina, e quel costante, perenne ricordo del suo amore per Silvio, facevano ardere il suo lento sangue di sessantenne. La sua mano stringeva il rosario cadente dalla cintura, convulsamente lo stringeva, come a reprimere ogni suo sentimento.

– E intanto, come si fa, ora! – gridò, novellamente, Grazia Bevilacqua. – Come si paga, questo padrone di casa? Abbiamo bisogno di vestiti per la primavera, dobbiamo comperare della biancheria, possiamo girare lacere? E questa egoista ha buttato mille lire! Come si fa? Ma tu, cuore ne hai? Gratitudine, ne provi? Che monaca sei? Solamente di Gesù Cristo, ti occupi? Quello sta bene, in Cielo! Pensiamo alla terra! Qua ci vuole un rimedio. Tu lo devi trovare. Ti ho tenuta un anno, in casa, gratis; tu devi trovare il modo di aiutarmi...

Suor Giovanna della Croce diede un'occhiata smarrita e desolata a sua sorella.

– Cerchiamo uno strozzino, facciamo un debito sulle tue ventimila lire, firma una cambiale... – disse Grazia, che aveva pratica di questi espedienti.

– Quali ventimila lire? – disse la monaca, trasalendo.

– La dote! La dote! Quella che ti deve restituire il Governo e che tu, se hai viscere di donna, devi dare a me ed ai nepoti. La dote! Ventimila lire!

Allora, suor Giovanna della Croce levò la testa, chiuse un istante gli occhi e rispose:

153

Matilde Serao

– Io non ho più nulla.

– Come? Che dici?

– Dico che non ho nulla, – ripetette, fermamente, la monaca.

– Sei pazza! Sei pazza! Il Governo non ti deve ridare il tuo danaro?

– Il Governo non mi restituirà più niente, della mia dote!

– Chi te l'ha detto? Chi te l'ha detto?

Era spaventosa, di collera, di ansietà, di smarrimento, Grazia Bevilacqua.

– Me lo hanno scritto.

– Chi te lo ha scritto? Da dove?

– Ecco la lettera, – disse la monaca, dandola a sua sorella.

Dopo la lettura, affannosa, febbrile, della lettera, vi fu un lungo silenzio fra le due sorelle. Suor Giovanna della Croce non appariva turbata: l'altra era accasciata.

– Tutto è finito, dunque? – domandò Grazia.

– Tutto è finito.

– Che ti daranno al mese? Quarantuna lire?

– Sì, quarantuna lire, – rispose senz'altro suor Giovanna della Croce.

Di nuovo, silenzio.

– Con quarantuna lire, – riprese, assalita da un nuovo accesso di rabbia, Grazia Bevilacqua, – dovendo dormire, mangiare, vestirsi, calzarsi, vi è da star bene. Sei ricca, eh!

Suor Giovanna della Croce aprì le braccia con un cenno vago e largo.

– E che intendi di fare? – disse Grazia, con voce fischiante.

154

La sorella trasalì, la guardò.

– Io ho figli, ho poco denaro, non ti posso mantenere, – continuò Grazia, duramente, crudelmente. Ho speso troppo, me ne pento, ma la cosa non può continuare. Le tue quarantuna lire non servono a nulla, in casa mia. Ci vuole altro. Che intendi di fare?

– Andarmene, – rispose, senz'altro, suor Giovanna della Croce.

– Meno male, che hai capito. Ti ho tenuta dieci mesi, nessuno mi può dire nulla. Le tue mille lire, le hai disperse. Chi ne ha visto un soldo? Le tue quarantuna lire, non le voglio. Più presto si risolve questa faccenda, meglio è!

– Andrò via domani, – replicò suor Giovanna della Croce.

Esclamando ancora, trascinando il passo, col viso stravolto e la bocca piena di fiele, Grazia Bevilacqua lasciò la stanza. Suor Giovanna della Croce aspettò, immobile, rigida, che la sorella fosse lontana, all'altro capo della casa. E quando fu certa di non essere udita, suor Giovanna della Croce crollò sul suo povero letto, singultando, dibattendosi, mordendo il cuscino, gridando fra i singhiozzi:

– Vergine dei Dolori! Vergine dei Dolori! Vergine dei Dolori!

*

Albeggiava. Il cielo d'inverno, purissimo, passava dall'azzurro nero, profondo e nitido della notte piena di scintillanti e trepide stelle, all'azzurro quasi bianco, uguale, quasi latteo dell'aurora d'inverno. Il silenzio grande della città,

Matilde Serao

dormiente, ogni tanto era attraversato da un grido mattinale, ora lontano, ora vicino. La luce si diffondeva, limpida e cruda, dai cristalli chiusi dei due balconi, nella camera di suor Giovanna della Croce: ella non serrava mai le imposte per lunga abitudine conventuale, tutte le monache dovendo levarsi all'alba, per le preghiere del rito. L'ombra favorisce troppo il sonno, l'infingardaggine, i sogni e tutte le altre tentazioni della vita profana. La suora, quella notte, aveva avuto un riposo scarso e inquieto. Due o tre volte le era parso di udire del chiasso nel Vico Primo Consiglio, come qualche altra notte: voci irate, mescolate a grandi sghignazzamenti, una canzone di voce briaca, un ritornello di fischi e di grida. Con un moto di sgomento, ella aveva nascosto la testa sotto le coltri: le sue sempre più grandi tristezze, il suo rotolare infrenabile verso un precipizio di stenti e di miseria, la rendevano, oramai, più timida e più paurosa del giorno in cui era stata scacciata dal monastero di suor Orsola Benincasa. Di nuovo, però, il silenzio aveva dominato l'ambiente; e, nella stanza della monaca, non era restata che l'agitazione della sua anima in pena.

Pure, quella mattina, la consuetudine monacale la portò ai soliti atti di prostramenti, di preghiere, di parole e di gesti ripetuti mille volte, quando era nella calma, sepolcrale solitudine delle Trentatré, protetta dalle forti mura, simili a quelle di una tomba.

Ancora una volta ella doveva fare un povero fagotto delle sue poche robe e partire, cercando un asilo poverissimo, ove andare a vivere gli anni della sua già avanzante vecchiaia: ma, prima di accingersi a questa novella dipartita, meno straziante, forse, meno angosciata, poiché il cuore ha la lenta assuefazione al dolore, ma non meno piena di dubbî, di smarrimenti, di paure, suor Giovanna della Croce compì quanto ogni alba ella faceva, da quarant'anni. Certo, vi era alcun che di meccanico, di monotono, di esteriore, in tutto quel susseguirsi di gesti e di atti religiosi, di preci e di litanie, che si legavano l'uno all'altro, ma bene la fede li ha riuniti e li ha imposti, come un freno naturale a ogni orgasmo fisico, come esercizio, se non di elevamento, di pacificazione. Quando tutto ebbe finito, suor Giovanna della Croce andò in cucina, attraversando la casa in punta di piedi, per non risvegliare la sua avida e crudele sorella, i suoi sfrontati e duri nipoti. Con quell'abitudine sempre crescente della domesticità, della servilità, ella accese il fuoco nella cucina ancora immersa nella penombra, e mise a riscaldare un poco di caffè del giorno prima, in una cuccumetta di stagno. Era un peccato di gola, quel caffè: un bisogno di alimento nervoso, che gli anni e gli acciacchi avevano reso prepotente in lei. Anzi, per questo caffè alla mattina, il suo confessore le aveva fatto ottenere una dispensa ecclesiastica per ragioni di salute. Mentre il caffè si riscaldava, suor Giovanna della Croce lavò e asciugò le tazze che erano restate sporche, dal giorno prima.

Ora, il largo finestrone della sudicia cucina dava sul cortiletto del Palazzo Marinelli e si trovava di fronte al pianerottolo della scaletta: si vedeva la prima rampa di scale che conduceva alla casa abitata dalla famiglia Bevilacqua, e la seconda che conduceva a quella abitata dall'avvocato de Gasperis. La suora andava versando il caffè nella tazza lentamente, provando già un piacere in quel-

Matilde Serao

l'aroma, quando udì un violento battere di porta, sopra, al secondo piano: la porta a vetri dell'avvocato de Gasperis si era richiusa con tanto fracasso da parere che tutti i cristalli andassero in frantumi. Suor Giovanna della Croce restò interdetta, bevendo il suo caffè, guardando, dal fondo della semioscura cucina, verso le scale.

Un uomo scendeva dal secondo piano, con passo rapido e deciso, col bavero del cappotto alzato, col cappello abbassato sugli occhi; e, intanto, pur si vedeva il volto di un uomo quarantenne, con una barbetta nera, l'aria tetra e truce, sparsa sovra un viso chiuso e freddo. Lentamente, trascinando i passi, come se andasse a morire, una donna lo seguiva, appoggiandosi al muro: era la donna che, due o tre volte, suor Giovanna della Croce aveva incontrato per le scale, salendole cautamente, con la veletta fitta che le nascondeva il viso, con la pelliccia stretta sulla persona. Adesso, ella aveva la pelliccia semplicemente gittata sulle spalle e le vesti un po' discinte, sempre male abbottonate: portava la sua veletta in mano e mostrava un viso gracile, gentile, pallido, con un paio di occhi dolci, stralunati, una bocca fine e rosea come una tenue rosa. Mentre scendeva, taciturna, senza guardare gli scalini, silenziose lagrime le si disfacevano sulle guancie. Come ella rallentava il passo, quasi non volendo, quasi non potendo più camminare, due volte l'uomo dal viso tetro si era voltato a guardarla fieramente, e un amaro sorriso si era disegnato sulle sue labbra. Subito, la donna aveva cercato di affrettarsi. Discesero, sparvero. E, malgrado il suo candore di vecchia suora, sparita dal mondo a venti anni, prima di nulla conoscere, suor Giovanna della Croce comprese che quel-

158

l'uomo era il marito di quella donna e che quella donna, sorpresa nel peccato, andava forse al più lungo e atroce martirio, forse alla più vicina morte. Suor Giovanna della Croce si segnò.

Quando ritornò in camera sua, sempre camminando pianissimo, ebbe un movimento di decisione. Doveva andar via, in quel giorno, più tardi, non sapeva dove, ma doveva andare. Rilesse la lettera del Ministero dell'Interno, con cui le si comunicava che, secondo la legge sulle corporazioni religiose, legge citata in due o tre articoli, ella non aveva altro diritto che a percepire una pensione mensile di lire quarantuna, pagabile ogni mese, a Napoli, all'Ufficio dei Beneficii Vacanti; e che si fosse presentata per ritirare i suoi documenti certificativi, per poi, ogni ventisette del mese, avere il suo assegno. Ora, quel giorno era il venti febbraio. Suor Giovanna della Croce aprì un portafogli e contò il denaro che le restava delle mille lire che sua sorella e i suoi nipoti si erano venuti divorando man mano: non aveva che cinquantasette lire. Ella non aveva che una scarsa idea di quello che costava il cibo di una persona, avendo tutto dimenticato, in quei quarant'anni, e nulla avendo appreso o molto poco, in quei dieci mesi di permanenza, in casa di sua sorella; non aveva nessuna idea di quello che costasse un alloggio, una camera, in qualunque posto. Ripose la lettera fatale e il suo denaro nel portafogli. Sarebbe andata, infine: non sapeva e non voleva altro.

Si guardò attorno. Malgrado che ne fosse stata ospite per quasi un anno, ella non amava quella camera di casa borghese, a quel primo piano basso, dove salivano tutti i rumori, tutte le voci rudi della via e le parolacce e le be-

Matilde Serao

stemmie e gli odori nauseanti e l'alito vizioso di una via cittadina, abitata da gente fra povera e corrotta, fra misera e feroce. La camera era solinga e nuda, invero: ma la strada vi arrivava, vi entrava, con tutte le sue cose brutte, nelle persone, nei loro atti, nei loro detti. No, non aveva amato nulla di quella stanza; forse era ingrata, poiché vi aveva avuto dei lunghi momenti di quiete e di raccoglimento: non vi aveva amato nulla, poiché l'ospitalità che le aveva dato, non era stata basata sulla tenerezza e sulla pietà, ma sul calcolo più laido e sull'avidità più sfacciata. Sì, era stata ricoverata, lì: ma le avevano elargito il ricovero solo per derubarla, man mano, del suo avere presente, solo per spogliarla di una ipotetica somma di denaro avvenire. Forse, era ingrata. Ma la sorella, i nipoti non le avean tutto tolto e, ora che non aveva più nulla, non la cacciavano via? Non poteva, dunque, amare quella stanza.

Pure, quando andò a prendere il suo tombolo dove era fissata, con gli spilli, la sottile trina cui stava lavorando, quando volle mettere il tombolo nel suo fagottello, ebbe un sospiro breve di rimpianto per quel vano di balcone, dove aveva trascorso molte ore in contemplazione, in assorbimento. Sempre quella casa muta e cieca, dirimpetto, aveva prodotto su lei un effetto di pace: non so come, qualche volta, le era parso che quella muraglia fosse quella di un convento, quelle gelosie, le gelosie di un convento, sempre sbarrate. Infine, sì, avrebbe rimpianto quel piccolo spazio ove ella aveva pensato, pregato, lavorato, seduta sulla sedia di paglia, coi piedi appoggiati sui cannelli dell'altra sedia, tenendo sulle ginocchia o il libro di devozioni, o il rosario, o il tombolo.

Suor Giovanna della Croce

Quando mai un'anima, in quelle ore diurne, era passata per quella viottola, da cui il suo balcone non era più alto di quattro metri? Colà, ella aveva goduto una tranquillità perfetta.

Eppure, con sua sorpresa, in quell'alba che già cedeva il posto al giorno, ella vide una persona all'angolo del Vico Primo Consiglio. Veramente costui stava un po' dietro lo spigolo del muro, appoggiato ad esso, in attitudine di attesa. Era un giovanotto che di poco poteva avere oltrepassato i venti anni, non alto, smilzo, imberbe, col viso biancastro, dagli zigomi sporgenti. Vestiva come un operaio pulito, con un par di pantaloni giallastri, stretti al ginocchio, larghi al collo del piede, con una giacchetta azzurro-cupa, molto serrata alla persona e di cui teneva il bavero alzato per il freddo: in testa un cappelletto a falde strette, messo a sghimbescio. Un mozzicone di sigaro, spento, nero, pendeva dall'angolo della sua bocca ed egli teneva le mani in tasca, come per riscaldarle. Infatti, il freddo era vivissimo, tagliente. Dietro i cristalli, guardando curiosamente il giovanotto, suor Giovanna della Croce ebbe un brivido dentro le sue lane nere, che male la proteggevano contro il rigore della tramontana. Non passava alcuno, neppure più giù, verso il Vico Lungo Gelso, neppure verso la più larga Via Speranzella, sempre animata: anche il Vico Lungo Teatro Nuovo era deserto. L'ora e il freddo glaciale prolungavano il sonno, anche dei più mattinieri. Così, in quell'angolo, non vi erano che quel giovane appoggiato al muro, con la espressione di una paziente e sicura attesa sulla faccia, e la monaca, su, dietro i suoi cristalli, con una misteriosa curiosità nell'anima. Ella lo

Matilde Serao

vedeva benissimo; egli non poteva vederla. Del resto, il giovanotto, ogni tanto, sogguardava verso la casa oscura e silenziosa che si ergeva, a un piano soltanto, dirimpetto al balcone di suor Giovanna della Croce; sogguardava, come se cercasse di penetrare, miracolosamente, dietro le gelosie ermeticamente chiuse, tutte polverose, per non essere state scosse e aperte, da tempo immemorabile: e sogguardava, anche, verso quel portoncino sempre aperto, in cui, mai, nella giornata, suor Giovanna della Croce aveva visto entrare o uscirne alcuno. E sogguardava così attentamente, con tanta intensità nel suo viso bianco di ventenne, con tale fissità di sguardo, che la suora si sentì rabbrividire, a un tratto, non solo di freddo, ma di paura.

Ella cercò sottrarsi a quella curiosità infantile che, costantemente, vinceva il suo spirito di monaca che nulla aveva visto, che nulla aveva saputo della vita: cercò vincere quel desiderio di vedere e di conoscere, così fanciullesco: si allontanò dal balcone, girò per la sua stanza, volendo ritrovar tutti i suoi libri sacri, opuscoletti, foglietti volanti, figurine di santi, dietro le quali erano stampate delle speciali preghiere; volendo raccogliere tutti i suoi scapolari, gli *abitini,* tutte quelle minuzie della religione, di cui le suore formano un pascolo al loro semplice cuore. Ma, dopo un poco, quando tutto fu raccolto e messo in un panno bianco e fermato con gli spilli, ella ritornò al balcone. Il giovanotto era ancora dietro il suo angolo, ad aspettare. Adesso, però, suor Giovanna della Croce osservò un particolare anche più strano: quel giovanotto si nascondeva, lì dietro: stava appostato. Di fatti, era passato di lì il caffettiere ambulante, con un bracierino portatile pieno di carboncini accesi

162

Suor Giovanna della Croce

su cui si reggevano le caffettiere, e una serie di tazzine infilate alle dita dell'altra mano: appena il giovanotto lo aveva visto, si era messo subito a fischiettare, come un essere spensierato e gaio, e mossosi dal suo posto, aveva fatto dei passi per allontanarsi, scantonando verso Magnocavallo. Quando il caffettiere, emesso il suo grido tradizionale, ebbe imboccato la Via Formale, quando fu sparito in quelle lontananze, il giovanotto dal viso imberbe e la persona smilza era venuto, in fretta, ma con cautela, di nuovo ad appostarsi al cantone del Vico Primo Consiglio. Suor Giovanna della Croce, rivedendolo, ebbe nello spirito, un novello, più forte brivido di paura. Quegli, oramai, non distoglieva più gli occhi dal portoncino: sugli zigomi scarni, sulla pelle biancastra, il freddo aveva fatto salire due macchie rosse. E la suora si mise a guardare anche lei, involontariamente, verso il portoncino aperto.

Passò ancora un terzo d'ora. Il giovanotto quasi tutto nascosto dal muro, piegato in due, spingendo innanzi solo la testa, anzi solo la fronte e gli occhi per vedere, pareva un animale che concentrasse tutte le sue forze, per spiccare un salto feroce e afferrare la preda. La monaca, in preda a una paura sempre più affannosa, non dubitava più che quello sconosciuto non fosse lì, animato da una intenzione oscura ma terribile: pure ella non poteva né comprendere, né prevedere. Addossata allo stipite bianco del balcone, anche ella si era tirata indietro, temendo che quegli la scorgesse, mentre ella lo spiava e sporgeva solo il capo per osservare il portoncino.

Un uomo apparve, infine, su quella soglia: un bel giovane alto, aitante della persona, vestito con l'uniforme dei Reali Equipaggi, col largo colletto azzurro aperto al collo, il fazzoletto a cravatta di seta nera, e il berretto di marinaio abbassato un poco sulla fronte. Sulla soglia egli s'arrestò: non per guardare, poiché aveva l'aspetto tranquillo e securo, ma per respirare largamente, lungamente, come chi ha passato troppe ore in un ambiente chiuso e soffocante. Poi si avviò, con passo fermo, scendendo il Vico Primo Consiglio, dondolandosi un poco, come fanno tutti i marinai: non guardava né a destra, né a sinistra, andava innanzi, sempre diritto. Il giovanotto appostato non aveva fatto che un solo gesto, cioè cavata la mano destra dalla tasca: aveva lasciato passare il forte marinaio, che non si era accorto di lui, ma non aveva costui fatto tre passi più oltre, che lo aveva raggiunto con un salto da tigre e gli si era aggrappato alle spalle. Senza gridare, senza reagire, il marinaio cadde, di un tratto, a terra, lungo disteso, supino, con un coltello nel petto: il giovanotto si chinò un minuto, poi fuggì verso le Chianche della Carità: sparve.

Un orribile grido di terrore era uscito dal petto di suor Giovanna della Croce; ma, nello stesso tempo in cui l'aggressione e l'assassinio erano accaduti, in quell'attimo rapidissimo, una mano convulsa aveva fatto scrollare, sette od otto volte, le gelosie del balcone dirimpetto che, sotto l'urto, si erano dischiuse, rompendo la catena di ferro che le teneva unite: una donna era apparsa, curvandosi sul balcone, interrogando le vie, intorno. E, poiché il marinaio giaceva lungo disteso, quindici passi lontano dal portoncino, con un fiotto di sangue che sgorgava dalla ferita, gli intrideva i panni e si allargava in una pozza, sul lastri-

Suor Giovanna della Croce

co, col viso già bianco e gli occhi socchiusi, la donna si mise a urlare, a urlare, a urlare:

– Gennarino, Gennarino, Gennarino!

Altre donne apparvero a quel balcone e visto l'assassinato, cominciarono a gridare, anche esse: delle altre finestre si aprirono. La donna urlava, urlava, urlava:

– Gennarino, Gennarino. Gennarino!

Era una giovane, con una vestaglia di seta gialla, tutta a fiocchi rossi, gittata sovra la sola camicia di seta lilla: i piedi erano nudi nelle pianelle di velluto nero, a tacco alto; le guance erano cariche di rossetto e gli occhi tinti di nero: i capelli neri formavano un alto casco, lucido di pomata: la fisonomia era piacente, ma volgare. E le altre donne erano in vestaglie vistose, in maniche di camicia e sottane di seta, tutte a merletti, e calzate di seta nera: alcune discinte e spettinate: altre con gli occhi imbambolati. Tutte gridavano, rovesciandosi sui ferri del balcone: quella in mezzo, si disperava, urlando:

– Gennarino, Gennarino, Gennarino!

Suor Giovanna della Croce vide tutto questo e vide anche due uomini uscire rapidamente dal portoncino, scantonare, inavvertiti, verso Via Settedolori, e vide, mentre le donne gridavano al soccorso, dal balcone aperto, una grande stanza a divani rossi, a specchi dalle cornici dorate; e a malgrado la sua ignoranza, la sua innocenza, la sua cecità, ella comprese in un baleno, quanto vi era di sozzo, d'immondo, di orrendo, in quello spettacolo; e, per la vergogna, per la nausea, per l'orrore, cadde indietro, sulla terra, come se morisse.

165

III

Bussarono alla porta della stanzetta, leggermente.

– Entrate, – rispose suor Giovanna della Croce, a bassa voce, sciogliendo le mani dal suo rosario.

Entrò donna Costanza de Dominicis, la vedova salernitana, che affittava, per dodici lire al mese, quella stanzetta alla monaca. Era una magra, magrissima donna di cinquant'anni, alta, con certe grosse mani, certi grossi piedi, coi capelli bizzarramente bigiastri a striscie bianche, piantati bassi sulla fronte, tirati alla contadinesca, dalle tempie, sul mezzo del capo, in un mazzocchio: e un viso brunastro, dalla pelle arida e rugosa, dalla bocca grande e pallida sui denti giallastri: bruttissima, infine, ma con un paio di occhi vividi, ove brillava la bontà umana. Portava un vestito oscuro di stoffa di cotone, azzurro cupo, tagliato alla foggia cittadina, ma aveva il grembiule nero e il fazzoletto fiorato al collo, delle contadine.

– *Zi monaca,* non siete venuta a riscaldare il vostro latte, stamattina?

– No, – disse suor Giovanna della Croce, a voce bassa, – non l'ho preso, dal capraio.

– Perché? Per qualche astinenza, forse?

– No, no, – replicò subito la vecchia monaca che aveva orrore della bugia, – non è per un'astinenza. Così... non l'ho preso...

Un silenzio seguì. Donna Costanza guardò bene suor Giovanna della Croce e nello scarno viso della monaca, su cui l'aggravarsi degli anni, i patimenti morali e anche quelli fisici avevano segnato dei solchi anche più profondi, in quel volto che si affilava, in quelle palpebre bluastre che si abbassavano sugli occhi, su quella fronte dove erano segnate le rughe, sempre più marcate del doloroso stupore, le parve vedersi diffondere un rossore.

– Suor Giovanna, perché non dite la verità? A chi la volete nascondere? Di chi vi vergognate? Non sono io povera, come voi? Voi non avete comprato il latte, perché non avevate soldi, – concluse, con voce irritata, ma affettuosa, donna Costanza.

– ...già, – mormorò la povera monaca. – Qualche soldo l'ho ancora. Ma se voglio vivere sino ai ventisette del mese, debbo far molta economia.

– Cioè, volete restar digiuna? Allora, fate una economia completa, andatevene all'altro mondo.

– Dio volesse! – sospirò suor Giovanna della Croce.

Come mutata, come mutata! La sua persona alta si era curvata, nelle spalle, in segno di caducità servile; le mani brune e lunghe si erano dissecate e vi apparivano molto turgide le vene violacee, e, talvolta, un lieve tremore le agitava, queste mani. Anche i suoi panni di monaca avevano sentito il tempo che era passato: la sua tonaca nera aveva, nelle sue pieghe, i riflessi verdastri della stoffa nera che si scolorisce; per non consumare il suo grande mantello nero, l'emblema più espressivo della sua dignità di Sepolta Viva, non lo indossava che per uscire, e intanto, mentre il manto era sospeso a un appiccapanni, contro il muro, le pareva sempre di aver freddo, di non esser completamente vestita: le sue candide bende, il suo candido goletto, non avendone ella che tre da cambiarne, troppo spesso lavati e in casa, con acqua e sapone, non avevano più il biancore immacolato, non reggevano l'insaldatura, erano giallastri, flosci, non assestavano. Il cappuccio nero, rigettato sulle spalle, pendeva, anche tutto sciupato, arrotolandosi agli orli, sfrangiandosi. Invano, le industri mani di suor Giovanna avevano cercato di riparare a questa crescente decadenza dei suoi panni: li portava da troppi anni e non li aveva potuti rinnovare e li vedeva deperire tristemente intorno a sé, disperdendosi così gli ultimi segni della sua vita monacale. Come mutata, come mutata!

– *Zi monaca*, voi dovete decidervi a fare qualche cosa, – rispose bruscamente donna Costanza. – Come volete tirare avanti, in questo modo?

– Decidere a che?

– Cercare di guadagnare qualche lira. Con quarantuna lire al mese, vi è impossibile di vivere.

– Lo so, – rispose la monaca, malinconicamente. – Non sono neanche quarantuna, sono trentotto e mezzo con la ritenuta della ricchezza mobile.

– Che governo porco! Anche la ritenuta! Che ricchezza mobile! Questa è miseria stabile! Bisogna decidersi a lavorare, suor Giovanna.

– E sono pronta. Ma che debbo fare? Mettermi a servire? Sono vecchia, è difficile che mi prendano. Anche, con questi vestiti, vi è chi mi guarda con gli occhi storti. Non vi è più religione, donna Costanza mia. Chi si burla di me, chi mi ritiene per iettatrice, chi per una falsa monaca... Oh, non sapete, non sapete niente!

E un singhiozzo, senza lacrime, le ruppe la voce.

– Non potreste vendere quei merletti che tessete?

Suor Giovanna della Croce

– Ne vogliono dar pochi soldi. E non conosco nessuno. Per la via, vi sono merlettaie che li vanno offrendo: e io mi vergogno di far questo, con questi panni. E chi me li compra, qui?

– Non ne vendeste qualche metro, due o tre mesi fa, alla signorina del secondo piano?

– ...Sì, sì, mi dette dieci lire, per otto metri. Ci avevo lavorato per tanto tempo! Ma dieci lire, donna Costanza, sono dieci lire e mi fecero gran bene. Potessi ora farmi una tonica, comprarmi un po' di mussola per queste bende! Io chieggo perdono ogni giorno a Gesù, per queste vesti di monaca, che non si riconoscono più. Ah, non dovrei mangiare, dovrei digiunare e farmi le vesti sacre! che scorno, che scorno!

E la misera vecchia suora si celò il viso fra le mani. In piedi, la rude salernitana la guardava, e il suo orrendo viso si contraeva di emozione, mentre i suoi occhi buoni si velavano di lacrime.

– Non avete del merletto, ancora, suor Giovanna?

– Sì, ne ho, tanto da mettere attorno a quattro foderette e a un lenzuolo grande. Non è una gran cosa, poiché i miei occhi non mi aiutano molto, più: ma fa buona figura.

– E perché non glielo portate, questo merletto, alla signorina del secondo piano?

Suor Giovanna guardò la sua padrona di casa, esitando; e abbassò la testa, senza rispondere.

– Vi vergognate del vostro bisogno? O vi fate scrupolo di andare da quella ragazza?

– ...per le due cose, – balbettò la vecchia suora.

169

Matilde Serao

– In quanto alla vergogna, smettetela. Tutti siamo poveri. Lo sapete come stentiamo, mio figlio ed io, con la *borsa* che gli fa la provincia di Salerno, per studiare medicina. Se non fossi venuta io, qua, non avrebbe mai potuto vivere, povero figlio mio! Io fo la spesa, cucino, pulisco la casa, lavo, stiro, dalla mattina alla sera: se no, quelle poche lire, come basterebbero? E non mi vergognerei, se dovessi portare in giro dei merletti da vendere!

– Avete ragione: questa vergogna è atto di superbia, – mormorò la suora. – Ma il denaro di quella ragazza...

– Forse, non avete torto. Ma che ci volete fare? A ogni peccato misericordia! Cristo non ha perdonato alla Maddalena? E voi, non le volete perdonare?

– Oh, io sono una umile cristiana, niente altro, non posso giudicare nessuno, tutti abbiamo peccato. Gli è che quel denaro, quel denaro...

– Eh, alla fine, quella vive con un giovane, come se fosse sua moglie, non riceve nessuno, non esce, fa una vita di schiava, infelice! Io la compatisco, che credete? Sulle prime mi seccavo per Errico, mio figlio, che vi fosse questa bella giovane, questa tentazione, nel palazzo! Ebbene, il mio ragazzo fa una vita così di studio e quella così di reclusa, che non si saranno mai incontrati. Andateci, andateci. Se no, come fate? Quante lire avete, per finire il mese?

– Quattro, – disse angosciosamente suor Giovanna.

– E ne abbiamo venti del mese! Ci vogliono sette giorni per esigere la pensione. Andate, andate su, suor Giovanna della Croce, fate la volontà di Dio.

– Andrò, – disse la suora, mostrandosi più curva ancora, mentre un vivo tremito le scuoteva le mani.

170

Suor Giovanna della Croce

La valorosa donna Costanza, contenta della sua opera, voltò le spalle e uscì. Doveva ancora spazzare tutto il piccolo quartino, in quel primo piano, al Vico Rosario Portamedina, quattro stanzette che costavano quarantacinque lire il mese e di cui era costretta ad affittarne una, per aiutarsi. Ella era la madre, la innamorata, la serva, la schiava del suo figliuolo, uno studente medico, che aveva già ventitré anni, un giovanottone venuto dalla vanga e che era giunto ad elevarsi per mezzo di una volontà tenace, ardente, dalla scuola elementare al ginnasio, al liceo, all'Università, avendo sempre pieni voti assoluti, guadagnando sempre le sue tasse scolastiche, finendo per avere una *borsa* per mantenersi a Napoli, durante gli anni di Università.

Brutto, forte, rude, Enrico de Dominicis somigliava perfettamente al suo dragone di madre: ed era un figliuolo tenerissimo, promettendo a sua madre di arricchirla, quando si fosse laureato in medicina. In quell'anno, si laureava.

Il sussidio della Provincia di Salerno finiva: ma egli si laureava, non importava nulla! E la coraggiosa madre e il coraggioso figliuolo vivevano una vita aspra e austera, uniti in affetto profondo che ne elevava le anime semplici e un po' grossolane.

Sospirando, suor Giovanna della Croce prese la scatola di cartone, dove chiudeva i suoi merletti da vendere: si mise sulle spalle il mantello, si assoggettò il grande rosario alla cintura e, fattosi il segno della croce, uscì dalla casa e salì la scala del secondo piano, lentamente. Sulla porta chiusa, vi era una lucida placchetta di ottone, su cui era inciso: *Concetta Guadagno.* Una cameriera, vestita di ne-

171

Matilde Serao

ro, col grembiule bianco, venne ad aprire, ma con atto diffidente tenne la porta socchiusa.

– Volete dire alla padrona che vi è la monaca del primo piano? – balbettò la vecchia suora.

– Aspettate, – disse la cameriera, lasciandola fuori la porta.

Ma ritornò subito.

– Venite pure. *La signorina* è da questa parte.

Le quattro stanzette erano mobiliate con un certo lusso di paccottiglia, molto pretenzioso, con certe false tende turche, con certi ventagli di carta giapponesi alle pareti, con certi lumi a sospensione di falso bronzo dorato. Un odore di *papier d'Arménie* bruciato fluttuava nell'aria, nell'anticameretta. La signorina Concetta Guadagno era nel suo salotto, tutto mobigliato di una *bourrette* gialla e rossa, con fiori celesti; era distesa sovra una poltrona a sdraio e leggeva un romanzo di Montepin. Era una bella giovane, venticinquenne, bionda, bianca, rotondetta, con certi capelli biondi ricciuti che le nimbavano la fronte; portava una vestaglia di lana leggera celeste, con merletti bianchi, e certe babbucce turche, rosse, ricamate in oro. Il salotto era in penombra; le tendine bianche erano abbassate fra le tende di *bourrette*.

– Oh *zi monaca* mia, come avete fatto bene a venirmi a trovare, – disse, con una voce un po' velata, un po' roca, Concetta Guadagno.

E si sollevò, stese la mano per prendere la mano della monaca e baciarla. Costei, umilmente, la ritrasse.

– Sedetevi, sedetevi, *zi monaca*, fatemi compagnia. Io sono sempre sola, – disse la giovane donna, con un lieve sospiro.

Suor Giovanna della Croce

La monaca sedette: non osava aprir bocca, stringendo la sua scatola di cartone, sotto il braccio.

– Ciccillo *non ha mai ora,* – disse Concetta, con una frase popolare napoletana. – Talvolta capita due, tre volte al giorno; talvolta resta due ore, talvolta un minuto... Non si può calcolare...

– E perché fa questo? – chiese la povera suor Giovanna della Croce, per dire qualche cosa.

– Perché è geloso, – replicò subito la ragazza, felice di confidarsi. È tremendamente geloso. Mi crede capace di tutto, *zi monaca* mia, è un morire!

– Mentre voi siete così buona!

– Sono buona, adesso. Prima, non ero buona. Voi siete monaca, non potete capire. Sono brutti peccati, non ve li posso dire, vi scandalizzereste. Io vivevo nella perdizione, non per mia colpa: ero una stupida, da giovanetta, non vi posso dire tutto. Portate questa santa veste, che Dio ve la benedica! Ha ragione quando mi sospetta e mi fa le scene... ero una perduta...

– Vi grida spesso?

– Molto spesso. Talvolta mi batte, – disse, a bassa voce, Concetta Guadagno.

– Ma voi non gliene date ragione?

– No. Sono innocente. Ma mi batte per gelosia. Io accetto tutto. Che debbo fare? Gli voglio bene, gli sono grata di quanto ha fatto e fa per me. Non vedete? Vivo come una signora: mangio, bevo, dormo, sono servita. Prima... non mangiavo sempre e dormivo quando potevo. È cattivo, è furioso, ma io non mi difendo.

– Vi vuol bene e vi maltratta?

Matilde Serao

– Il maltrattamento è prova di bene, *zi monaca*, – disse filosoficamente la ragazza.

– E perché non vi fate sposare? – disse candidamente la povera vecchia monaca.

– Sposare? Sposare? Voi che mai dite! – e rideva, rideva, di un bel riso perlato, Concetta Guadagno.

– Per togliervi dal peccato, figliuola mia, – mormorò la suora.

– E qual peccato? Io non fo male a nessuno, *zi monaca*. Ciccillo mi vuol bene, mi fa vivere come una signora e mi basta.

– Per assicurarvi l'avvenire, figliuola mia, – replicò suor Giovanna dclla Croce.

– Oh! – esclamò quella, con voce un po' trepida. – In questo, avete ragione. Non si può mai esser certi di nulla, a questo mondo!

E malgrado la penombra, suor Giovanna della Croce vide che la povera donna era diventata pallida sotto la sua cipria.

– Sì, qualche volta penso che Ciccillo mi possa lasciare. Anzi, vi penso spesso. Quando ritarda, quando resta un giorno senza venire, quando è silenzioso, quando è di cattivo umore, vi penso e mi tormento, *zi monaca*!

Tutta la beltà bionda, fresca e lieta di Concetta Guadagno era conturbata, ora, da una tristezza: i suoi occhi cilestri si erano come sbiancati: la sua bocca tumida aveva il gonfiore delle lagrime imminenti.

– Non vi crucciate, figliuola mia, – disse vagamente la monaca, pentita di aver messo quel discorso.

– Sì, mi debbo crucciare. Sono così quieta, contenta,

felice, in questa casa, dove non mi manca niente. Se sapeste che ho sofferto prima. Che orrore, Dio mio, che orrore! Se Ciccillo mi lasciasse, che ne avverrebbe di me?

– Se vi vuol bene...

– Mi vuol bene... mi vuol bene... ma vi sono tante altre donne, che egli vede e che gli piacciono certo... ma la sua famiglia mi è contraria... che ne so, io, se mi vuol bene?

– Bella mia, raccomandatevi a Dio, – disse la monaca, non sapendo dire altro.

– È vero, è vero! Dio mi deve aiutare. Mi debbo mettere nelle sue mani, suor Giovanna mia. Voi siete un'anima santa, assistetemi pure voi. Facciamo dire una messa, due messe, non vi pare?

– A che scopo, figlia mia? – chiese la monaca tutta stupita.

– Per raccomandarmi al Signore, che Ciccillo non mi lasci. Io sono persa, capite, se mi lascia. Due messe: una all'Eterno Padre, di Santa Chiara, perché vi andavo sempre, quando ero piccola e abitavo a San Sebastiano: una a Santa Maria Egiziaca, che ne sono tanto devota, di Santa Maria Egiziaca; è stata una peccatrice penitente, come me!

– Ma che gli dico, al parroco? Io non gli posso dire la vostra necessità.

– La sa Iddio, la mia necessità. Dite: secondo l'intenzione di una devota peccatrice. E date cinque lire di elemosina, per ogni messa. Giusto, domani è domenica. Ci dovete andare oggi.

– Come volete, come volete, – disse umilmente suor Giovanna della Croce. – Per qualunque cosa, mettiamoci nelle mani del Signore.

Matilde Serao

– Sì, sì. Esso deve inspirare a Cicillo di non lasciarmi mai. Le messe, le messe, ne farò dire anche delle altre, sorella mia!

– Recitate il rosario, ogni sera, – mormorò teneramente suor Giovanna della Croce.

– Lo recito, lo recito sempre! Me lo dicevo anche *allora*, figuratevi! Io *ci* credo tanto! Sono così buona, ora mi faccio il fatto mio, non vedo nessuno, Dio non mi deve togliere Ciccillo.

– Dio vi aiuterà, – finì per dire la monaca, trascinata da quel sentimento vero di sgomento e di tristezza.

– Io vado a prendervi le dieci lire, – disse la giovane donna, levandosi. – Ma, aspettate, voi siete venuta per qualche cosa? Che volevate? Che portate sotto il mantello?

E con la facilità, la bonomia, la semplicità di una creatura buona, Concetta Guadagno prese la scatola, la schiuse, osservò curiosamente i merletti.

– È un *letto*, è vero?

– Sì, è la guarnizione di un lenzuolo e di quattro foderette.

– Io non sono maritata, ma non importa; mi servirà di augurio. Non posso darvi molto, suor Giovanna, come vi meritate...

– Quel che volete, – mormorò la suora, le cui mani, adesso, tremavano, come tremava la voce.

– Una ventina di lire basteranno? È poco. Lo so. Contentatevi, se no, dovete andar girando. Contentatevi.

– Mi contento di tutto. Ve le donerei, se non avessi bisogno, poiché siete devota e buona. Ma io sono assai povera...

Già Concetta Guadagno tornava con un portafoglio di cuoio rosso, da cui cavò le trenta lire.

– Ho qualche soldo da parte, – ella parlò, come a sé stessa; – ma se Cicillo mi lascia, non potrò andare avanti che uno o due anni...

– Poveretta, poveretta... – disse la suora, con voce fievole.

Questa volta, Concetta Guadagno arrivò a prendere fra le sue manine bianche e molli di donna bionda, profumate di *opoponax*, la mano magra, rugosa, di suor Giovanna della Croce, e a baciarla.

*

La malata emise un lievissimo sospiro dal suo letto. Suor Giovanna si levò dalla sedia dove vegliava e si chinò sul letto.

– Volete qualche cosa?

– Un po' di acqua da bere.

La monaca prese un grande bicchiere d'acqua, dove nuotava un grosso pezzo di pane abbrustolito, versò di quest'acqua in un cucchiaio da zuppa e lo intromise nelle labbra schiuse della inferma. Costei non aveva avuto la forza neanche di sollevare la testa dall'origliere.

Spossata, esausta da una spaventosa emorragia, dopo un parto travagliosissimo, giaceva lungo distesa, con un sol cuscino sotto il capo, con le ginocchia sollevate, a impedire anche meccanicamente, in quella posizione, che una novella emorragia, certamente mortale, sopravvenisse. La puerpera era la signora Maria Laterza, abitante al

Matilde Serao

terzo piano di quel palazzo, nel Vico Rosario Portamedina: al secondo piano abitava sempre Concettina Guadagno e al primo donna Costanza de Dominicis con suor Giovanna della Croce. Era una donnina magra e fine, Maria Laterza; con un gran mucchio di capelli castani che pareva le tirassero la pelle dal volto e la estenuassero, una donnina di trentaquattro anni, moglie di un impiegato al Banco di Napoli, non poveri, quei due, non ricchi, ma che si sapevano regolar bene sulle duecentottanta lire che riunivano, da un po' di dote della moglie e dallo stipendio del marito. Fortunatamente, per dieci anni di matrimonio, non avevano avuto figliuoli, e con la gracilità della salute di Maria Laterza, con i loro modici mezzi, avevano finito per esser contenti di questa mancanza di prole. Anzi, facevano anche qualche piccola economia, essendo in due, con una servetta che aiutava alla cucina la signora. A un tratto, Maria Laterza, in preda a uno sgomento invincibile, si era accorta di essere incinta: e tutto il tempo della gravidanza era passato fra atroci sofferenze fisiche, per tutte le paure della morte che colpiscono le gestanti, per le paure di tutte le complicazioni finanziarie che sarebbero derivate dalla nascita di questo figlio non invocato, non aspettato. La tenue creatura aveva sofferto due giorni interi nel parto di un piccolo neonato, gracile, fine, con una finissima e abbondante capellatura castana, come quella della madre: nelle ultime ore, ella pareva che morisse. E una perdita di sangue enorme era succeduta al parto. Maria Laterza non era stata salvata che dal coraggio e dalla freddezza d'animo del chirurgo che l'assisteva, mentre il povero marito, in piedi da due giorni, disfatto,

178

Suor Giovanna della Croce

stralunato, batteva i denti dal terrore ed era inetto a qualunque aiuto. Nel frattempo era giunta una balia, poiché mai Maria Laterza avrebbe potuto nutrire la sua creatura, anche se avesse avuto un parto felice: e si era installata nella stanza seguente, facendosi servire a bacchetta dalla piccola serva sbalordita. Il chirurgo aveva dichiarato che per tutto il puerperio, almeno per venti giorni, la malata aveva bisogno di una infermiera, di una monaca, ogni atto dell'inferma doveva esser sorvegliato, un nulla la poteva gittare di nuovo alla morte, il pericolo di una novella emorragia non era escluso. Il povero marito che vedeva già tutto il disastro finanziario di quella malattia, aveva subito pensato, poiché vi era una monaca nel palazzo e poiché si sapeva che era poverissima, che costei, che suor Giovanna della Croce si sarebbe contentata di un paio di lire al giorno, anche vegliando la notte: le avrebbero dato anche il pranzo. Le altre monache, le vere infermiere, chiedono cinque, sei, e persino otto lire al giorno. La vecchia monaca, a quella chiamata, restò confusa, incerta: non aveva mai assistito malati, non avrebbe resistito a non dormire, la notte, forse: e poi, una puerpera, ciò la metteva in imbarazzo, le dava un senso di pudore offeso, tutto il vecchio pudore di chi ha tolto, dalla sua vita, il sentimento dell'amore, l'idea del matrimonio, l'istinto della procreazione. Bisognò che, al solito, donna Costanza de Dominicis la sermoneggiasse, le dicesse che, fra gli obblighi di carità cristiana e di consolazione temporale, vi era pur quello di visitare e assistere gli infermi: che essa era da vario tempo nel mondo e che queste fisime di monaca se le doveva levare di testa, se voleva riunir qual-

179

che soldo, per farsi una tunica nera, un mantello nero, due bende bianche, due goletti bianchi. Senza volontà, abituata all'obbedienza, vinta oramai dal bisogno, piegata, oramai, malgrado la grande età, al lavoro servile, suor Giovanna della Croce andò rassegnatamente ad assistere Maria Laterza, al suo quarto giorno di puerperio. E quel povero volto magro di donnina minuta, leggiadra, estenuato dall'anemia, cereo sul guanciale, quel corpo immobile e costretto alla immobilità, ma così sottile come se non esistesse, sotto le coltri, quelle due mani più bianche del lenzuolo su cui si appoggiavano, inerti, con le dita allargate, con le unghie leggermente violette, tutto ciò commosse talmente il povero vecchio cuore pietoso della monaca, che ella si diede tutta quanta a quel dovere di carità, che non aveva mai compito.

– Come è disgustosa, quest'acqua, – mormorò la voce fiochissima di Maria Laterza.

– Il chirurgo ha detto che non potete bere acqua cruda, – rispose la monaca, china sul letto. – Volete qualche altra cosa?

– Sì, voglio che vi sediate più vicino a me.

Suor Giovanna della Croce trasportò il suo seggiolone proprio accanto al letto, presso al capezzale dell'inferma. Quella fece un piccolissimo atto della testa, per dire che andava bene. Un lungo periodo di silenzio susseguì. Un orologio sovra una tavoletta fece udire un ronzio, poi scoccò cristallinamente le nove.

– Che fa il mio piccino? – chiese la malata riaprendo gli occhi, fissando la lampada da notte che ardeva innanzi a una immagine della Madonna di Pompei.

– Poc'anzi dormiva nella culla. Debbo andare a vedere? – chiese premurosamente la monaca.

La puerpera annuì con un abbassamento di palpebre. Era così stremata di forze, che pronunziava il minor numero di parole possibili. Dopo pochi minuti la vecchia suora ritornò, si appressò al letto.

– Si è svegliato or ora: succhia.

– Succhia bene? – chiese con un po' d'autorità la madre.

– Pian piano, succhia, – mormorò suor Giovanna della Croce, con un tremito di emozione nella voce.

– È debole, poverino.

– Non pare, debole.

– Che ne sapete voi, sorella mia? Voi siete monaca.

Seguì un silenzio.

– E Gaetano che fa? – riprese la malata, sempre un po' inquieta.

– Vostro marito ha trasportato le sue carte di ufficio nella stanza da pranzo.

– Poveretto, poveretto! mormorò Maria Laterza, agitandosi.

– Calmatevi, calmatevi, sorella mia: non dovete parlare tanto, non dovete muovervi tanto.

La malata s'immobilizzò, chiuse gli occhi: ma la sua fine e gentile fisonomia restò turbata da un'espressione penosa. Parve che si addormentasse, giacché non si mosse per un'ora, con un respiro leggerissimo, ma regolare.

Anche suor Giovanna della Croce aveva un po' di sonno, malgrado avesse preso una forte tazza di caffè per tenersi sveglia. Per non lasciarsi vincere dalla stanchezza e

Matilde Serao

da quel torpore, cercava di rammentarsi tutte le orazioni che conosceva, specie quelle alle anime del Purgatorio, che sono proteggitrici tenere di tutte le persone malate. Sonnecchiava, quando la malata la chiamò sottovoce: suor Giovanna si riscosse subito, già avvezza, da due notti, a quel dormiveglia, in cui il pensiero della vigilanza non lascia mai addormentare completamente.

– Sorella mia?

– Che volete?

– Toccatemi le mani e la fronte.

Suor Giovanna le toccò la fronte: era fredda, con lievissime pulsazioni alle tempia. Le mani erano freddissime, ghiacciate. Glielo disse.

– Volevo sapere se avessi la febbre, – susurrò la malata stranamente.

– Impossibile, sorella mia. Temo, anzi, che siate troppo debole.

– Non ho la febbre?

– Ma che!

– Credevo di aver la febbre, – si ostinò a dire l'inferma.

Poi, tacque, chiuse gli occhi di nuovo, si riaddormentò. Il marito della malata venne più tardi, in punta di piedi, a vedere che facesse.

– Dorme? – chiese, con una voce che pareva un soffio.

– Dorme.

– Io vorrei andare a letto, muoio di stanchezza e di tristezza. Se vi è qualche novità mi chiamate subito, n'è vero, *zi monaca*?

– Non dubitate.

Suor Giovanna della Croce

– Il bambino riposa quietamente. Dio lo benedica: e mi conservi sua madre!

– Così sia, – rispose piamente la suora.

Gaetano Laterza si allontanò. Era quasi mezzanotte. Sempre con quel respiro piccolo, breve, ma eguale, la inferma, supina, con un viso assottigliato e ancor bello, dormiva. Lentamente, suor Giovanna della Croce, dopo aver riordinato, in silenzio, a passi cautissimi, la camera, era tornata al suo seggiolone; lentamente le sue labbra e la sua mente avevano finito di ripetere le sue giaculatorie; la stanchezza grande la vinse, l'addormentò come un piombo, con un respiro un po' pesante, un po' ansante, di vecchia.

Uno stridio della lampada da notte, lo stridio particolare che, nel convento di suor Orsola Benincasa, nel tempo dei tempi, l'aveva sempre svegliata, la destò di soprassalto. Con un batticuore, ebbe un momento crudele d'illusione: si credette ancora nella sua alta cella, sul colle, dove aveva passato trentacinque anni a servire il Signore, dove aveva sperato di vivere e di morire, Iddio servendo, serbando la fede e il rito: un minuto intenso d'illusione che precipitò subito, dinanzi alla verità, in quella realtà di una stanza di malata, di puerpera esausta, che un nuovo assalto del male poteva far morire, accanto a un'altra stanza dove dormiva, nella breve culla, il piccolo, fine neonato. Con passo vacillante, caduta nella realtà della sua opera servile, in un ambiente profano, dove tutte le ragioni fisiche della vita, del sesso, della generazione trionfavano, suor Giovanna della Croce andò a versare dell'olio nella lampada languente, il cui lucignolo fumicava. Così, nella

183

notte, lassù! Tutto era scomparso, finito per sempre, da tempo. Forse, neppure lei era più la medesima suor Giovanna della Croce, sotto il profondo mutamento delle cose. Quando ritornò accanto al letto, si accorse che erano già le tre e che Maria Laterza la guardava con un par d'occhi spalancati e vivaci, mentre tutto il giorno li aveva tenuti languidi e socchiusi, o chiusi addirittura.

– Avete dormito bene? – le domandò, china sul letto.

– Non ho dormito, – rispose con voce singolarmente forte, la malata.

Eppure, suor Giovanna della Croce l'aveva vista riposare quietamente, a lungo!

– Ho pensato, sorella mia. Ho pensato molto.

Il tono della voce era così alto, che la monaca si spaventò.

– Non parlate così. Vi stancate. Tacete. Cercate di dormire di nuovo. Il sonno vi guarisce.

– Il sonno mi uccide. Nel sonno posso morire senza che voi ve ne accorgiate, suor Giovanna della Croce. Quando dormo, ricordatevelo, voi dovete scuotermi, chiamarmi sempre, perché io non me ne muoia.

– Sì, sì, ma tacete, – disse la monaca, cercando di tenerla ferma sul letto, ove si muoveva sempre. La fronte e le mani della inferma erano sempre più fredde.

Quella obbedì per un poco. Ma non si riaddormentò, non richiuse gli occhi.

– Ho pensato una grande cosa, suor Giovanna mia, – le disse, prendendole una mano, stringendola, obbligando la monaca a curvarsi sul letto.

– Che cosa?

Suor Giovanna della Croce

– Voglio mettere il mio figliuolo in marina.

– Ah! – esclamò la monaca, trasognata.

– Sì, in marina. Il mio Vittorio, così si deve battezzare domani, col nome di Vittorio, perché ha vinto la morte per lui e per me, deve partire, per lunghi viaggi. Io piangerò molto quando andrà via; e sarò tutta tremante quando udrò il vento fischiare per le vie venendo dal mare e quando il mare inonderà la banchina di via Caracciolo, nei giorni di tempesta; e lo raccomanderò a Maria, stella dei naviganti, *Ave Maris stella*. E che gioia, *zi monaca* mia, quando egli ritornerà sano, salvo, bello, come un angelo, bello e forte come un eroe...

– Non parlate tanto, – mormorò la suora, tenuta ferma dalla mano della malata, immobilizzata, curva sul letto.

– Io farò altri figli, vedrete! Ora, ho cominciato, non finirò più di fare figli. Ogni volta, ogni volta tutto il mio povero sangue se ne andrà via, appresso ai figli: ma la Madonna di Pompei mi salverà, il chirurgo mi scamperà, voi mi assisterete e io guarirò. È vero, che mi assisterete? Non mi dovete abbandonare, con tutti questi altri figli che io debbo fare!

– Ma non parlate tanto, per amor di Dio!

– Perché vi spaventate? Io sto benissimo. Non lo vedete, come sto benissimo? Andate a dirlo a Vittorio, al mio piccino.

– Dorme, il poverino: e non capirebbe ancora.

– Un ufficiale di marina capisce tutto, mia cara suor Giovanna. Voi siete monaca e non le comprendete certe cose. Del resto, sto benone. Volete andar a dirlo a mio marito Gaetano?

Matilde Serao

– Anch'esso dorme, poveretto: era così stanco!

– Lo so, lo so, lo so. Ha scritto il romanzo, tutta la sera, lo so, l'ho visto di qua. Credete che sieno conti, quelli del Banco di Napoli, quelli che fa? No. È un romanzo, un bel romanzo, triste, triste, così triste, mia sorella!

– Non parlate, non parlate, vi volete rovinare.

– Sto proprio bene, suor Giovanna, e vi debbo dire tutto. Sapete che è quel romanzo? Quella storia così triste, che scrive il mio caro Gaetano? È la storia del nostro amore, tutta la nostra storia. Ora io ve la racconto...

– No, no, non la voglio udire, dovete tacere, fatelo per amore di quella Vergine!

– Lodata sia, la Vergine! Non la volete udire, la nostra storia? Vi vergognate di ascoltare una storia di amore? Non avete mai amato, voi, sorella mia? Non rispondete? Anche voi avete amato, e la vostra storia è stata, forse, più triste della mia.

– Vi farete venire un gran male, se continuate a parlare così presto, così forte. Volete ammalarvi gravemente, di nuovo, volete morire, forse? – disse la suora, angosciosamente, non sapendo come far tacere la inferma, non potendo ritrarre la sua mano da quella gelida piccola morsa, che era una gelida piccola mano.

– Io morrò, – soggiunse quietamente l'inferma.

– Che dite?

– Dico che morrò, – replicò quella, guardando la monaca con occhi vividissimi.

– Quando Dio vorrà, non ora, speriamo, per il bimbo, per vostro marito.

– Morrò. Così finirà la triste istoria, quel romanzo, sapete, di Gaetano. Con la mia morte, finirà. Il pover'uomo non lo sa. Ma lo so, io. Crede di scrivere una storia assai, assai triste, ma con un lieto fine. Ma io morrò, è certo.

– Chi vi dice queste cose? Perché le pensate? Calmatevi, tacete!

– Me le ha dette mio figlio Vittorio.

– Vostro figlio?

– Sì, mio figlio, l'ufficiale. È venuto poco fa, piccolo, piccolo, vicino al mio letto, e mi ha steso le manine, e una di esse ha toccato il mio viso. Ah, che ho sentito, quando quella mano di bimbo, di neonato, ha toccato la mia faccia! Voi non siete madre, non sarete mai madre, non potete intendere. E mi guardava, mi guardava, con certi occhi così dolenti, questo mio bambino, che io ho subito compreso che egli vedeva la sua madre morta.

– Se non tacete, vado a svegliare vostro marito, – esclamò la povera vecchia monaca, disperata.

– Non chiamate nessuno. Datemi dell'etere... dell'etere, subito...

Emesso un profondo sospiro, Maria Laterza svenne. Albeggiava. E solo allora suor Giovanna della Croce, tremando di terrore, comprese che la malata aveva delirato tutta la notte, senza febbre, gelide le mani e la fronte.

*

Il giudice Camillo Notargiacomo, colui che occupava il quarto piano, nel palazzotto di Vico Rosario a Portamedina, proprio in alto, mentre al primo vi era donna Costanza de Dominicis e suor Giovanna della Croce, al secondo

Concetta Guadagno e al terzo Maria e Gaetano Laterza, il taciturno e austero giudice di tribunale, aveva accettato di prendere al suo servizio la monaca, vivamente raccomandatagli da donna Costanza. Il puerperio di Maria Laterza era finito, da un paio di mesi; la gracile donnina si era levata, pallidissima, debolissima, con certi occhi dolci e stralunati, sempre rabbrividendo dal freddo, avvolta nei suoi scialletti di lana, facendo strillare il suo piccino, quando lo carezzava lievemente con le sue dita gelide: e suor Giovanna della Croce era stata licenziata bonariamente, con un pagamento di ventisei lire, giusto tredici giorni di assistenza. La suora non aveva potuto realizzare il suo desiderio tormentoso, cioè di avere una tonaca nuova e un mantello nuovo: anche a comperarli di una lanetta nera molto inferiore, erano così larghi, così ampi, la tonaca e il mantello, che ce ne volevano molti metri, almeno da quaranta a cinquanta lire di stoffa, più la fodera della tonaca e la manifattura. Impossibile, dunque: e il cruccio segreto più acuto lacerò l'animo pio della povera monaca, che vedeva riescire vana ogni sua servile fatica, ogni sua umiliazione morale e materiale, per poter riprendere i segni del chiostro. Potette, solo, ahimè, rifarsi la fascia pel capo e pel collo: candide, candidissime, esse facevano vieppiù risaltare la consunzione dei vecchi abiti monacali. E di nuovo ammiserita, ridotta a misurare i bocconi, con le sue trentanove lire, suor Giovanna della Croce piegò le antiche spalle e salì al servizio del giudice Notargiacomo, al quarto piano. Costui, anzi, non l'aveva presa, suor Giovanna della Croce, che dopo molte difficoltà; tre volte, la monaca era discesa dal quarto piano, lentamente, tristemente,

Suor Giovanna della Croce

scoraggiata dalla burbanza, dalla diffidenza, dal tono sospettoso con cui il giudice l'aveva interrogata, e anche redarguita nelle sue parole.

Questo magistrato faceva una vita molto singolare. Abitava in quel palazzotto da otto mesi, cioè dal quattro maggio dell'anno prima: viveva in quel quartino, solo, solissimo. Non riceveva là mai la visita di un parente, di un amico: il portinaio aveva severissimo ordine di rispondere, sempre, che il giudice Notargiacomo era uscito o che, stando in casa, non vedeva nessuno. A cercarlo, ogni tanto, qualcuno veniva: ma si comprendeva bene, dall'aspetto di quegli uomini, di quelle donne, dalle loro vesti, dal tono della loro voce, fra il plorante, l'insistente, il fastidioso, che erano imputati, o parenti, o amici d'imputati. Costoro erano rigorosamente cacciati dal guardaportone a cui il giudice Camillo Notargiacomo dava apposta dieci lire il mese, per tale servizio. I queruli, uomini e donne, andavano ad aspettare il giudice, poco lontano, all'angolo della via: era inutile, egli aveva un modo così glaciale e altiero di volger loro le spalle, di non rispondere né al saluto né alle parole, di continuare la sua strada, sino al portone dove il portinaio li fermava, che costoro restavano, per lo più, interdetti e confusi, alcuni lamentandosi, altri bestemmiando. Il giudice riceveva pochissime lettere e un paio di giornali giudiziarii: le lettere lo turbavano sempre un poco, egli ne guardava la soprascritta, sempre, con occhi smarriti. Ogni tanto il postino, sospirando e sbuffando, saliva al quarto piano, nelle ore prime della mattina; aveva una lettera, con *ricevuta di ritorno*, da consegnare al giudice Notargiacomo. Costui, ogni volta che questa lette-

189

Matilde Serao

ra arrivava, si agitava tanto, che non ritrovava più né la penna, né il calamaio che aveva davanti: balbettava qualche parola, guardando con gli occhi stralunati l'indirizzo della lettera di calligrafia sempre identica e a lui nota, certo; tanto che, un giorno, il postino gli disse:

– Vostra Eccellenza ha il diritto di respingere questa lettera; mi fa una piccola dichiarazione...

– No... no... non posso, – aveva mormorato fiocamente il magistrato.

Il più bizzarro era che il giudice Notargiacomo aveva portato seco, nel suo quartino solingo, un mobilio di uomo ammogliato. Il suo letto di legno scolpito, lavoro pretenzioso, era coniugale: così la stanza da letto aveva due tavolini da notte, un grande armadio a tre specchi, due alti *sécretaires*. Il suo salotto non era da celibe, ma da uomo che ha avuto, un tempo, in casa, una donna, moglie, amante, innamorata, serva padrona, una donna, infine, a lui legata: salotto pieno di mobiletti capricciosi, pieno di ninnoli in chincaglieria, che contrastavano con l'aspetto triste del silenzioso magistrato. Alto, scarno, con una testa a pera, calvo, con una corona di capelli castani, che si brizzolavano, con un viso scialbo e inespressivo e un paio di mustacchi castani, anche più brizzolati dei suoi pochi capelli, sempre chiuso in un *thait* nero, incravattato e inguantato di nero, il giudice Camillo Notargiacomo era funebre. Era ammogliato? Vedovo? Separato da una moglie, da un'amante, da una serva-padrona? Non era, forse, quella casa di aspetto coniugale, il covo singolare di uno scapolo? Egli ci viveva solo: il grande letto coniugale serviva a lui solo: sovra un angolo della tavola da pranzo, egli divorava, in perfetto silenzio, un pranzo venuto da una trattoria poco lontana, un pasto che egli inghiottiva senza guardarlo; nel salotto, pieno di mensolette, di tavolinetti, di ritratti nelle cornici, di statuine, egli non si fermava mai. Nella sua stanza da letto vi era, anche, presso la finestra, una piccola scrivania femminile, un mobile vezzoso e, sopra, tutti i minuti oggetti da scrittoio di cui una donna si serve, pei suoi bigliettini, per le sue lettere amorose: non solo il giudice Notargiacomo non si sedeva mai a quella piccola scrivania, ma, passandovi varie volte, innanzi, nella giornata, voltava gli occhi in là!

In complesso, il taciturno e triste magistrato menava la vita di un uomo avaro, sordido. Si conosceva bene la cifra del suo stipendio e si sapeva, anche, che aveva qualche proprietà immobiliare, dei titoli di rendita: la gente, persino, esagerava la sua agiatezza. Tra casa e vitto egli non giungeva neppure a spendere la metà del suo stipendio, in quel quartino, con quella trattoria di infimo ordine che gli mandava un cibo grossolano e disgustoso: non gli si vedeva mai un vestito nuovo, non prendeva mai una carrozza, non metteva mai piede in un teatro. Persino con la vecchia monaca, che doveva pulirgli la stanza e gli abiti, stirare la biancheria e rammendarla, fare tutto il servizio, infine, e custodire la casa nella sua assenza, persino con suor Giovanna della Croce egli aveva lesinato sul compenso. Voleva dare dodici lire, non più: a stento giunse fino a quindici lire, ma rimase inquieto ed irritato di questa concessione. Nel quartiere, si diceva che il giudice Camillo Notargiacomo aveva molti, ma molti denari da parte, lo si dichiarava il più duro fra i taccagni. Qualche parente di delinquente, anzi, aveva fatto circolare la voce che egli prestasse il denaro a usura. E nei dialoghi del vicinato, passava, ogni tanto, una di queste frasi:

— Un giorno o l'altro i ladri scassinano la porta del giudice, legano la monaca e portano via tutti i denari.

— Una notte o l'altra, i ladri scannano il giudice e si portano via tutti i denari.

Pareva, pareva che Camillo Notargiacomo temesse qualche cosa di simile! Rarissime erano le parole che scambiava con la sua persona di servizio, solo per qualche cosa di necessario; a tavola, mentre ella gli serviva il pranzo nuotante nel grasso freddo della trattoria, egli apriva un giornale forense, per non parlare. Ma ogni giorno, quando usciva per andare al Tribunale, era la stessa raccomandazione costante, insistente:

— Non aprite a nessuno.

— No, Eccellenza.

— A nessuno, avete capito? Neanche se dicesse di venire da mia parte.

— Neanche.

Talvolta giungeva sino alla minaccia:

— Poveretta voi, poveretta voi, se fate entrare qualcuno!

— Mi debbono uccidere, per entrare, — diceva con un fievole sorriso, suor Giovanna della Croce.

Ella stessa aveva finito per credere, la monaca, che il giudice temesse i ladri, fortemente: troppe erano le sue raccomandazioni e troppa era la sua inquietudine. Ogni volta che egli rientrava dal Tribunale, verso le cinque, la sua mano, toccando il campanello, rivelava la sua agitazione: ora, suonava fortemente, due o tre volte: ora, suonava

Suor Giovanna della Croce

a distesa: ora, suonava leggermente, debolmente e, sempre che schiudeva la porta, suor Giovanna della Croce, si vedeva innanzi un viso sconvolto e udiva una interrogazione precipitosa.

– Vi è qualcuno, è vero, vi è qualcuno?

– No, Eccellenza: non vi è nessuno.

– Proprio, non è venuto alcuno?

– Nessuno, è venuto.

– Ne siete certa?

– Ne sono certissima.

Un lieve sospiro dilatava il petto del triste magistrato ed egli entrava in casa col viso ricomposto. Doveva aver denaro, certamente, in uno dei due *sécrétaires* della stanza da letto: all'altro non si accostava mai, voltava gli occhi per non guardarlo, non lo apriva mai, il suo armadio, in presenza di suor Giovanna della Croce e vi teneva, in sua assenza, oltre la chiusura a chiave, un lucchetto con un segreto. Talvolta entrando in camera, la mattina, per portare i panni spazzolati e le scarpe lustrate, la vecchia suora lo trovava, il giudice, innanzi alla porta aperta di quel *sécrétaire,* col capo abbassato sovra uno dei cassetti e con le mani che vi frugavano dentro.

Si era sempre arrabbiato, con la sua serva, di queste sorprese, umiliandola con parole dure, come faceva spesso: e l'antica suora aveva chinato il capo, decisa a sopportare tutti quei maltrattamenti per amor di Dio. Però sempre, in queste volte, suor Giovanna della Croce aveva intravvisto il giudice a riporre del denaro nel suo portafogli, delle carte-monete rosse, da cento lire. Andava via, in queste giornate, il giudice Notargiacomo, più chiuso, più

193

Matilde Serao

triste, più lugubre di tutte le altre volte. Ritornava più tardi, a casa. Qualche volta, don Gaetano Laterza, quello del terzo piano, diceva che aveva inteso passeggiare avanti e indietro, tutta la notte, il tetro magistrato.

Ebbene, malgrado l'età che le rendeva grave il servire, malgrado quei quattro piani di scale molto erte, che suor Giovanna della Croce doveva fare tre o quattro volte al giorno, malgrado l'asprezza continua con cui il suo padrone la trattava, malgrado che ella non avesse neppure un boccone di pane, oltre quelle quindici lire mensili, malgrado che né i suoi occhi, più, né le sue mani, né le sue gambe l'aiutassero a servire bene, la monaca si contentava di quel suo stato e, quasi quasi, se ne compiaceva.

Preferiva quello che faceva, a vendere, sì e no, dei merletti a delle ragazze bizzarre, viventi nel peccato, come Concetta Guadagno, tanto più che poco le riesciva, oramai, ad avere sveltezza nel maneggio dei fuselli; preferiva quello ad assistere delle puerpere come Maria Laterza, in quell'ambiente di sgravi, di bimbi che succhiano, dove tutto odorava di mondo, di matrimonio, di procreazione, di maternità, confondendo il suo pudore di vecchia monaca che nulla sa di queste cose. Meglio servire! Quei dieci soldi al giorno ella li guadagnava a stento, specialmente nei giorni in cui doveva stirare la biancheria di liscio del magistrato: l'antica Trentatré si sentiva piegare le gambe, era troppo vecchia, oramai, per restare tanto tempo in piedi: ogni tanto si doveva buttare sovra una sedia, senza fiato, col capo abbassato sul petto. Non importa: quei dieci soldi al giorno aumentavano la sua misera pensione mensile: ella poteva mangiare un boccone di carne alla domenica: pote-

Suor Giovanna della Croce

va accendere la lampada innanzi al Crocefisso, ogni sera, ella che aveva portato, con tanta umiltà cristiana, il nome della Croce: ella poteva fare l'elemosina, di due soldi, ogni venerdì, alle anime del Purgatorio! La casa del giudice Notargiacomo era deserta, fredda e malinconica: il giudice era triste, rude, sempre sospettoso: non mai una parola buona esciva dalla sua bocca, non mai uno sguardo dolce partiva dai suoi occhi: tutto ciò avrebbe pesato sull'anima e sul corpo di qualunque altra serva, ma non sul corpo e sull'anima della vecchia Sepolta Viva. Ah non così, non così, certo, ella aveva sognato di trascorrere la sua vecchiaia, in servitù materiale e bassa, comandata con asprezza, mal compensata, maltrattata spesso, tenuta a distanza! Ma il tempo del rimpianto era trascorso: quello della lunga rassegnazione servile era cominciato, dal giorno in cui, per la seconda volta, suor Giovanna della Croce era stata cacciata da una casa, dalla casa di sua sorella, dove, finite le sue misere mille lire, finite le speranze di riavere la dote, Grazia Bevilacqua l'aveva messa alla porta. Certo, suor Giovanna della Croce era rotolata anche più giù, caduta al grado di una serva volgare, rientrando in casa sua di sera, stanca, morta, balbettando le sue preghiere nella stanchezza, digerendo, nelle orazioni, le amarezze fisiche e morali di cui era stata piena la sua giornata: ma asservita come era, il suo giogo le era diventato meno pesante. Tante altre serve, come lei, erano più bistrattate, dovevano lavorare di più, erano meno compensate, dovevano obbedire a cinque o sei persone, esser vittime di tutti i capricci dei padroni, malate, affamate, sporche!

Era alla metà del quarto mese di servizio, in casa del

giudice Camillo Notargiacomo, che suor Giovanna della Croce, di mattina, mentre spazzava il salotto, intese bussare alla porta. In generale, era difficilissimo che qualcuno bussasse, durante tutta la giornata: ma il ragazzo della trattoria veniva, verso quell'ora, a ritirare la stufa del pranzo, del giorno prima. Pure, non senza una certa emozione, suor Giovanna della Croce andò ad aprire la porta: in questi ultimi tempi, le raccomandazioni del suo padrone, contro coloro che avessero voluto entrare in casa, si erano fatte più pressanti. In verità, la vecchia monaca non aprì la porta completamente, ma ne schiuse una metà. E una voce sonora e dolce, insieme, una dolce e sonora voce femminile, disse:

– Vi è il giudice?

La monaca si vide innanzi un'alta e snella signora, che non poteva avere oltre i vent'otto anni, vestita con ricercatezza, con un viso bianco e fresco, dalle linee belle e non mancanti di nobiltà, con certi bei capelli castani folti e ondulati, una bella signora dalle mani guantate, dalla fine veletta abbassata sul volto.

– Non vi è, – disse la monaca, scossa, tentando di chiudere la porta.

– Benissimo. Io entro e lo aspetto, – disse nettamente e con la massima disinvoltura, la signora.

Schiuse la porta con atto tranquillo ma energico, scostò la monaca con la mano ed entrò in casa, chiudendosi la porta di entrata alle spalle. Allora la monaca, sconvolta, si pose a balbettare:

– Non dovete entrare... non dovete... il giudice non vuole nessuno... avete capito?

Suor Giovanna della Croce

– Io vi sono e vi resto, – disse la bella signora, avviandosi verso il salotto, sorridendo un poco.

La vecchia suora la seguì, coraggiosamente, prima che ella mettesse piede sulla soglia del salotto, l'afferrò per un braccio.

– Per amor di Dio... andatevene... questa non è casa vostra... il giudice non vuole nessuno!

E tirava la signora pel braccio, la tirava verso la porta. Costei si voltò, diventata freddissima a un tratto: sciolse il suo braccio e si ravviò la manica di seta, come se suor Giovanna gliel'avesse sciupata.

– Buona donna, – disse la signora, – tu fossi impazzita?

– Io non sono pazza, signora e voi ve ne dovete andare! – gridò la vecchia suora, in preda a una grande commozione.

– Va là, va là, sta zitta, vecchia matta!

– Questa non è casa vostra. Se non ve ne andate via, io mi metto a chiamar gente dalla finestra! – strillò la monaca, esasperata.

La giovane signora, lentamente, si accostò alla suora, la fissò negli occhi, con grande freddezza e le disse:

– Ma tu chi sei?

– Sono la serva: la serva! Ma ho ordini di non far entrare nessuno. Ora mi metto a strillare, dalla finestra.

– E sai chi sono, io?

– Non lo so. Ve ne dovete andare!

Più ancora si accostò alla vecchia, la bella signora, e con voce calma ed altera le dichiarò in viso:

– Io sono la moglie del giudice Camillo Notargiaco-

Matilde Serao

mo. Io sono sua moglie e sto in casa mia. Esci fuori, tu.

Esterrefatta, tremante, suor Giovanna della Croce guardava la signora, muta. Costei, a sua volta, prese per il braccio la povera vecchia e, aprendo la porta di entrata, la mise fuori.

— Questa è casa mia. Vattene. Via, via!

Alle cinque del pomeriggio, suor Giovanna della Croce aspettò il giudice Camillo Notargiacomo, sul pianerottolo del primo piano, innanzi alla propria porta. Costui, a vederla colà, in quel luogo insolito, a quell'ora, si arrestò e si mise a tremare, come tremava la vecchia.

— Di' la verità... di' la verità? – gridò il magistrato, dandole del *tu*, per la prima volta. – Vi è qualcuno, sopra?

— ...Sì, vi è qualcuno, – balbettò la infelice monaca.

— Una donna? Una signora?

— Sì, una donna, una signora, – replicò quell'altra, così smarrita, da non trovar altre parole.

— E l'hai fatta entrare! L'hai fatta entrare! – gridò lui, con tono più desolato che collerico.

— È entrata da sé. È entrata e mi ha cacciata. Ha detto che era vostra moglie.

Ed ella guardava il pover'uomo, infelice, misero, oramai, come lei; lo guardava, piena di strazio e di pietà.

— È vero, – disse il misero, il povero, l'infelicissimo uomo, a capo basso.

*

In quel pesante pomeriggio del cadente luglio, suor Giovanna della Croce tornava, lentissimamente, a piedi, dall'Ufficio dei Beneficii Vacanti, dove era stata a prendere la sua pensione mensile. La strada, non breve, doveva averla molto stancata, poiché la monaca trascinava il passo, come mai: la erta via e poi gli alti scalini della Via Settedolori le avevano tolto il fiato, completamente: ella dovette appoggiarsi al muro, per qualche minuto, prima di penetrare nel Vico Rosario Portamedina. Ordinariamente, quando camminava nella strada, non si guardava mai attorno, non dava retta alle parole dei monelli che ora la canzonavano, chiamandola *zi monaca*, *zi monaca*, che ora le chiedevano seriamente i numeri del lotto; crollando il capo a qualche esclamazione pia di femminuccia che si raccomandava alle sue preghiere; ma, in quella soffocante giornata di piena estate, suor Giovanna della Croce sembrava anche più distratta, anche più raccolta in sé: e andava curva, più dell'usato: e con gesto abituale la mano destra stringeva i grani del lungo rosario che le pendeva dalla cintura, li stringeva, con una mano quasi contratta da un'emozione interiore. Così pensosa, così assorta, suor Giovanna della Croce non si accorse di tre o quattro gruppi di persone che stazionavano innanzi al palazzotto, numero quarantadue, del Vico Rosario Portamedina: non si avvide di gente fermata, che parlottava vivamente nell'andito del palazzotto e né di alcuni che salivano e scendevano. Veramente, a capo chino, a spalle curve, reggendosi alla ringhiera di ferro delle scale, la monaca era salita, a stento, a quel primo piano, ove ella abitava ancora, insieme con donna Costanza de Dominicis: ella dovette sostare, reggendosi allo stipite della porta, come se le mancasse ogni forza, mentre toccava lievemente il campanello.

Matilde Serao

La bruttissima faccia di donna Costanza, dove brilla-
vano due occhi pieni di una divina bontà, quando ella
venne ad aprire, era stravolta: la sua chioma stirata e lu-
cente di contadina civilizzata, era tutt'arruffata: le sue labbra larghe e violacee erano gonfie, come di singhiozzi già
scoppiati e da scoppiare: il suo fazzoletto da collo era tutto spiegazzato. E a malgrado la sua distrazione in un grande pensiero o in una grande cura, suor Giovanna della
Croce si accorse di quell'aspetto nuovo e strano. Donna
Costanza era una donna coraggiosa e allegra: qualche volta andava in collera, ma triste non era mai. Le due donne
si guardarono in faccia, in quella nuda saletta di entrata,
senza scambiare una sola parola. E mentre donna Costanza si avviava verso la stanzetta che serviva da salotto, da
camera da pranzo, da dispensa, suor Giovanna della Croce, invece di ritirarsi nella sua camera, la seguì. Senza parlare, si sedettero una da un lato, l'altra dall'altro lato della
tavola, su cui era disteso un vecchio tappeto di lana: senza
parlare, si guardarono nuovamente in volto, e ognuna lesse nel volto dell'altra un dolore vivo e sincero, uno schietto dolore che non temeva più la folla della via, l'irrisione
degli estranei, degl'indifferenti: e ognuna si sentì, per sé,
per l'altra, triste sino alla morte.

– Che è stato? – fu la prima a rompere il grave e dolente silenzio, suor Giovanna della Croce.

– Oh guai, grossi guai, sorella mia! – esclamò desolatamente la salernitana, mordendosi le grasse labbra violacee, per non rompere in lacrime.

– Che guai, che guai? Voi state bene? Errico sta bene?

– Sì, sì, sta bene, povero bel figlio mio, sta bene, ma

200

non è questo, non è questo, *zi monaca* mia, il guaio che ci è capitato!

– Un grande guaio? – chiese, esitando, molto pallida, suor Giovanna della Croce.

– Grande, grande! Una cosa, Signore, Signore, che non ce la meritavamo, Errico e io, poveretti, che abbiamo lavorato e stentato, per tanti anni; non ce la meritavamo, suor Giovanna, con le privazioni e le cattive giornate, per cui siamo passati! – e la salernitana, ruvida nel suo dolore, si torse le braccia come per infrangersele.

– Un po' di pazienza, un po' di pazienza, donna Costanza mia, – soggiunse suor Giovanna della Croce, sempre con la sua voce incerta e un po' flebile, – e sopporterete meglio questa tristezza. Ditemi che è. Io... io sono una povera monaca... così povera, che nessuno più... ma, forse, una parola, potrò dirla per consolarvi...

– Ah! che voi non potete nulla, cara *zi monaca* mia, né voi né le vostre sante parole! Dio se ne è scordato, di noi, nel cielo: dorme, dorme, il Padre Eterno!...

– Zitto, per carità! – trovò forza di gridare suor Giovanna della Croce innanzi a quella bestemmia. – Non dite questo, che è peggio! È peggio! Scampate l'anima, almeno!

– Ah, sorella mia, sorella mia! – gridò donna Costanza, dando in un impetuoso scoppio di pianto.

Era un pianto ardente, rude, che scuoteva tutta quella complessione di donna avvezza alle pesanti fatiche, ai diuturni sacrificii, alle abnegazioni fisiche e morali: erano lacrime roventi sull'orrendo viso sconvolto dallo spasimo. Suor Giovanna della Croce si era fatta anche più smorta, nello scarno volto oramai solcato da mille rughe: e lascian-

Matilde Serao

do piangere donna Costanza, comprendendo che quello sfogo era necessario, era salutare, aveva, due o tre volte, con fervore, baciato il Crocifisso sospeso al suo rosario.

– Ditemi che è, donna Costanza, – soggiunse, come la vide più calma.

– Una rovina, *zi monaca,* una vera rovina! Sapete che Errico mio si doveva laureare in medicina, questo anno, e avrebbe subito fatto un esame per medico condotto in qualche paese, qua dintorno, e ce ne saremmo andati via, insieme, col mio bel figliuolo, infine dottore, a guadagnare lui la sua vita e la mia, io a servirlo sempre...

– Ebbene?

– Errico, stamane, è stato riprovato in due materie: le due ultime, le più importanti.

– Vuol dire che non gli danno più la laurea?

– Non gliela hanno data. Lo hanno riprovato! Capite, mio figlio che studiava nove e dieci ore al giorno, poveretto, che si alzava di notte per perdere la testa sui libri, e io che mi levavo per fargli un po' di caffè, e che mi sentivo stringere il cuore a vederlo patire: riprovato, un giovanotto simile, così bravo, così buono, capace d'insegnar la medicina a mille studenti e a mille professori: riprovato, riprovato in due materie!

– Ma come è stato? – domandò, confusa, triste, suor Giovanna della Croce.

– Ingiustizie, ingiustizie! Due assassini di professori, due bestie infami, due carnefici stupidi, *zi monaca* mia! Ah è una cosa da morire, da morire!

– Non vi è rimedio, è vero? – soggiunse timidamente, tristemente la monaca.

Suor Giovanna della Croce

– Che rimedio! Che rimedio! La *borsa* finisce con questo mese di luglio e a un riprovato, come il mio povero Errico, chi darà più niente? Come aspetteremo un altro anno? Di che vivremo? Come pagheremo la casa, come mangeremo?

Convulsamente suor Giovanna della Croce strinse le mani sul petto, come se vi avesse ricevuta una ferita.

– Un anno, un anno ancora, capite, suor Giovanna, poiché a novembre è impossibile riparare! Il mio ragazzo è disperato; stamane, quando è entrato in casa, grande, forte, come è, mi è svenuto fra le braccia. O figlio mio, ti hanno ammazzato! Un anno! Che sarà di noi?

– Che sarà di noi? – mormorò macchinalmente la monaca.

– Tutte le mie speranze erano in questa laurea di questo figlio, e faticavo e mi spezzavo le gambe e le braccia, suor Giovanna, per sostenerlo, per aiutarlo, per servirlo. È stato inutile, tutto è stato inutile! Quei due boia, dell'Università, hanno ucciso me e lui.

– Non parlate così; siate buona. Dio vede e provvede, – mormorò, sempre con quella sua voce incolore, monotona, la monaca.

– Dio dice: aiutati che ti aiuterò. Che possiamo fare più, per aiutarci? Siamo morti, suor Giovanna mia!

– Beati loro, i morti in grazia di Dio! – soggiunse, con un profondo sospiro, la monaca. – E dove è, ora, vostro figlio?

– È sul suo letto, povero ragazzo mio. Ho mandato a chiamare un dottore, io, quando l'ho visto svenuto: era nel cortile, per fortuna, questo medico, venuto per le altre

203

Matilde Serao

disgrazie del palazzo. E gli ha dato del *cognac*, in una tazza di camomilla. Abbiamo pianto insieme, Errico mio ed io, abbracciati. Io l'ho cullato, *zi monaca,* come quando era piccolo piccolo e lo tenevo, in collo, nelle fasce, e non voleva dormire, la notte. L'ho cullato un'altra volta, a ventiquattro anni, come se avesse pochi mesi, e mi si è addormentato addosso, dopo tanto spasimo, e l'ho posato piano piano sul suo guanciale, come se fosse una creaturina. Ah che pena, qui, qui, nell'anima, per questo figlio!

Tacquero. Si guardarono in viso, di nuovo, entrambe tristi sino alla morte.

— Quando cercavo il medico, dalle scale è venuta in casa Concetta Guadagno, — riprese donna Costanza de Dominicis, che aveva bisogno di espandere la sua straziante cura. — È venuta, perché passava innanzi alla porta e voleva salutarmi così, prima di andarsene e voleva salutare anche voi...

— Salutare, perché? — disse suor Giovanna della Croce che al nome di Concetta Guadagno, aveva abbassato gli occhi.

— Andava via.

— Via, dove?

— Non so: non lo sapeva ella stessa.

— Andava via, per ritornare? Partiva per un viaggio?

— No. Non torna più. Non la vedremo più, forse.

— Ha lasciato la casa, di estate?

— Non l'ha lasciata lei, poveretta. Gliel'hanno fatta lasciare. Sa Iddio, se se ne voleva andare! Ma ha dovuto farlo. I mobili erano già stati ritirati dal quartino ed ella doveva consegnarne la chiave a mezzogiorno.

Suor Giovanna della Croce

– Ma dunque, il suo... il suo sposo, – esclamò dopo una pausa di esitazione, la monaca, – è morto?

– No, non è morto. Sta benone. Si marita, con una ragazza onesta, a Roma. Ha abbandonato Concetta Guadagno.

– Oh disgraziata! – gridò suor Giovanna della Croce, congiungendo le mani.

– Disgraziatissima! Non era cattiva. Se l'aveste veduta, suor Giovanna, quando scendeva le scale a malincuore, voltandosi indietro: quando si è fermata innanzi alla mia porta, per dirmi *addio*, pareva un fantasma. Ah se non avessi avuto quel figlio, in quello stato, avrei cercato di consolarla un poco.

– Non le avete detto niente? – chiese, con voce fioca, la monaca.

– Che le potevo dire? Per me, Errico è tutto: non capivo più nulla, in quel minuto. Mi ha fatto pietà, misera giovane, con quel suo viso bianco. Vi ha mandato a salutare...

– ...io non vi ero.

– Non vi eravate. Mi ha detto che preghiate un poco, per lei: alla Madonna dei Dolori vuole che la raccomandiate.

– La raccomanderò. Che ne sarà di lei?

– Eh! – disse donna Costanza, stringendosi nelle spalle, rudemente. – Tornerà come prima...

– Vergine Santa, scampatela! – esclamò la monaca, nascondendosi il viso fra le mani.

Donna Costanza si levò dalla sedia e andò nell'altra stanza a vedere se il suo figlio dormisse. Tornò, dopo qualche minuto.

205

Matilde Serao

– Dorme, ma sospira, si agita nel sonno. O che mi hanno fatto, di questo figlio, quelle due belve dell'Università! Che sarà mai di questa povera madre e del suo ragazzo, suor Giovanna? E se mi si ammala? Poco fa, nel sonno, diceva delle parole sconnesse... mi ha fatto paura...

– Come donna Maria Laterza, – rispose suor Giovanna della Croce. – Poi, le passò subito. Queste cose passano.

– Non le è passato, – soggiunse tetramente, donna Costanza de Dominicis. – Anzi, le è ritornato...

– Che cosa?

– Il delirio, a donna Maria Laterza.

– Se è stata bene, dopo?

– Pareva che stesse bene, pareva! Ma non l'avete mai incontrata, così pallida, così debole, con quelle mani magre magre e sempre fredde, come diceva la nutrice del suo bimbo!

– L'ho incontrata. Ma non sembrava che dovesse ricadere malata.

– Non è ricaduta: non si è guarita, mai: è stata sempre malata.

– Col delirio!

– Ogni tanto, specialmente di notte, il delirio le ritornava. Poi, le passava. Il marito, spaventato, non ne diceva nulla a nessuno. Poi, questo delirio è venuto anche di giorno...

– Oh Gesù, Gesù! – soggiunse suor Giovanna, curvando anche più la testa sul petto.

– E infine, donna Maria Laterza è impazzita, mi ha detto il medico venuto per lo svenimento di Errico.

Suor Giovanna della Croce

– Impazzita?

– Sì. Alle donne che sgravano, talvolta, questo succede. Una mia amica, a Salerno, pure è impazzita così. Donna Maria Laterza pensa di esser una madre solinga e di aver suo figlio, Vittorio, per mare, in un mare in tempesta: pensa che egli chiama aiuto e che lei non può levarsi, perché è morta...

– Come quella notte, come quella notte!

– L'hanno portata via, ieri sera, in gran segreto. Don Gaetano Laterza piangeva. Ella non è al manicomio: è in casa di pazzi, privata, ove un medico la cura, pagando bene...

– E può guarire?

– Forse, dicono. L'amica mia guarì tre volte, ma ridiventò pazza. Donna Maria era una buona signora...

– Sì: era buona.

Un lugubre silenzio regnò fra le due donne. La monaca pareva oppressa, accasciata, piegata in due, verso la tavola: la salernitana si teneva la testa fra le mani, almanaccando dolorosamente sul proprio destino.

– Ah, suora mia, non ho mai mancato di coraggio, ma ora sono per terra. Quel figlio, quel figlio! Come gli darò da mangiare, io, per un anno? E se egli volesse lavorare, dove trovar lavoro e come farlo, quando deve studiare? Sentite, sentite, sono stata troppo ambiziosa, ho peccato di superbia, dovevo rimanere con mio figlio in paese, fargli fare il contadino, con quel pochissimo di roba che avevamo! Ho voluto farne un medico, un signore, ecco quel che mi è successo, Dio mio, che faremo mai? In questo grande paese, dove non vi è lavoro per nessuno, come vivremo?

207

Matilde Serao

Un singulto ruppe la voce di suor Giovanna, uno di quei singulti senza lacrime, dei vecchi.

– Ah se non avessi Errico, suor Giovanna, io farei come ha fatto il giudice Notargiacomo, al quarto piano... non ne posso più di patire, come lui.

– Che ha fatto?

– Si è ucciso. Si è buttato dal quarto piano, nel vico dello Splendore, stamattina.

– Ah! – gridò la suora, come se svenisse.

– Non ne poteva più, pare, con quella moglie. Essa era una birbante, una pessima donna, che lo copriva di vergogna, gli toglieva i denari, gli toglieva tutto, ed egli, così cattivo in Tribunale, non sapeva resistere a lei. Tre volte è fuggita; tre volte è tornata. Alla terza, il giudice non ha avuto la forza di vivere, con lei; vi è stato due mesi, soffrendo mille morti; stamane, all'alba, si è buttato dalla finestra.

– È morto?

– Sul colpo, sembra. Ma non se ne sono accorti, che due ore dopo: egli è caduto nel giardino dello Splendore. La moglie dormiva profondamente e non ha udito nulla. È ancora lì, non l'hanno tolto: ma io non ho avuto il coraggio di mettermi alla finestra.

– Non uno è scampato, non uno, in questo palazzo! – balbettò, sgomenta, suor Giovanna della Croce.

– Non uno! Ah, che il mio Errico non aveva fatto nulla di male, per essere così punito, e io, io che non ho avuto bene, per lui? Questa ragazza, di sopra, Concettina Guadagno, non voleva salvarsi, forse, non viveva del pentimento dei suoi antichi peccati? E la povera donna Maria

Laterza, così tenera, così cara, che non vedrà più né suo marito, né il suo bimbo, che aveva fatto, se non maritarsi, se non vivere come Dio comanda? E quello sventurato che si è ucciso, al quarto piano, non era un galantuomo, un magistrato? Ah *zi monaca*, suor Giovanna della Croce, la religione è una bella cosa, è una grande cosa, ma il Signore ci ha troppo castigati!

– Dio sa quello che fa, – mormorò la monaca.

– Ah voi parlate così, perché siete monaca; perché non avete mai né voluto bene a nessuno, né desiderato niente; perché non vi siete maritata e perché non avete avuto figli; perché non avete sofferto nella carne e nel cuore, *zi monaca*, perciò parlate!

– Forse, – soggiunse suor Giovanna della Croce, umilmente, – forse! Ma Dio sa!

– Dite questo, perché il Signore vi ha risparmiata, in mezzo a tante disgrazie, – esclamò duramente la salernitana.

– No, non mi ha risparmiata, – la monaca rispose, levando la testa, mostrando un viso scialbo e triste sino alla morte. – Anche io ho portato una triste notizia a casa.

– E che notizia? – replicò l'altra, scossa, cominciando a intendere.

– Non importa, non importa, – soggiunse suor Giovanna.

– Dite che è, ditelo! Non vi ho detto tutto, io? Voglio sapere.

– Non è né una morte, né una malattia, né un abbandono, né il ritardo di un anno, donna Costanza.

– Ma dite, che è, infine!

La monaca si passò la mano sugli occhi. Poi, riprese:

– Mi hanno comunicato... all'Ufficio della mia pensione, che essa era ridotta... – balbettò la suora.

– Ridotta?

– Sì, ridotta, per economia, – continuò senza levare la voce, la suora.

– E a quanto?

– Da quarantuna lire a ventisette lire il mese, – disse, semplicemente, suor Giovanna della Croce.

– Ventisette lire?

– Venticinque e mezzo, con la ritenuta.

– Ma voi siete all'elemosina, suor Giovanna della Croce! – gridò la salernitana, rabbrividendo.

– Sono all'elemosina, – soggiunse la monaca, aprendo le braccia, desolatamente.

Un più profondo silenzio. Si guardarono e stette, fra loro, un dolore forte come la morte.

IV

Prima di entrare nella Via Porto, la donna si fermò un poco, guardandosi innanzi, quasi esitasse a procedere. Erano le nove di sera e già la popolarissima strada appariva insolitamente deserta; i radi fanali a gas non poteano che dileguare fiocamente le tenebre; e nella grande ombra notturna si disegnavano bizzarri profili di ammassi pietrosi, biancheggiavano dei monticelli, si rizzavano dei pali di legno. L'opera di demolizione della vecchissima via, era

Suor Giovanna della Croce

cominciata da un pezzo, ma procedeva con lentezza; l'inverno piovoso ne impediva i costanti lavori e mentre tutti gli abitanti di Via Porto si venian ritirando nelle vie adiacenti, nei vicoli, nei vicoletti, nei *fondachi* non ancora tocchi, la grande arteria, abbandonata quasi completamente, era un ingombro di pietre, di calce, di rottami, di travi, disselciata, coi suoi fanali strappati e lasciati a giacere, lungo distesi sugli ammassi di terra, coi suoi vecchi marciapiedi diventati dei pantani di melma, d'immondizie, sotto la pioggia. La donna che doveva percorrerla, curva, guardava per terra, innanzi a sé, temendo qualche mal passo, che la facesse urtare contro qualche cumulo di pietre e cadere in qualche fosso pieno di mota: poi, con un piccolo sospiro, sollevando la gonna, si avviò con cautela. Camminava pianissimo e molto curva; ciò non le evitò di sdrucciolare malamente, due o tre volte; ogni volta si fermava, come indecisa di continuare, piccola figura perduta, in quel deserto, in quelle ombre, in quel tragitto così periglioso. Pure lo compì. Scantonò per la terza via a mano diritta e il passo della donna parve si facesse meno incerto, meno pauroso: il corpo, però, non si raddrizzò.

La donna fece pochi passi nella via Sedile di Porto e levò gli occhi in aria: scorse un fanale rosso che pendeva da un balconcino al primo piano e su cui si leggeva, distintamente: LOCANDA DELLA VILLA DI PARIGI. Il portone, non grande, era aperto: nel fondo dell'androne, innanzi a una immagine della Immacolata Concezione, ardeva una lanternina e rischiarava stranamente la figura scolorita della Vergine, sotto cui, sovra un piccolo piano di pietra, erano collocati due vasetti mezzo rotti con fiori

211

Matilde Serao

artificiali. La donna, passando innanzi a quella immagine pia, si arrestò, tenendovi gli occhi fissi: dopo essersi segnata, dal lieve moto delle labbra, sembrava che dicesse delle orazioni. Le quali non furono molto lunghe. Dopo un novello segno di croce, la donna si staccò dalla figura di Maria e intraprese l'ascensione di una oscurissima scala, a mano diritta. Il terreno, anche sulla scala, era umido e fangoso: la donna si reggeva al muro, strisciandovi contro, in mancanza di ogni altro appoggio. Mentre compiva questa salita, un passo si udì, alle sue spalle: qualcuno entrava nel portone, camminando presto, facendo le scale con una certa sicurezza. Era un uomo alto, giovane, a quanto si poteva distinguere. Passando presso la donna che, faticosamente, saliva, si curvò ad osservarla, curiosamente. Dovette riconoscerla subito, poiché l'uomo si rigettò indietro, come soddisfatto, e disse con una voce forte, ma roca:

– Buonanotte e salute!

– Buonanotte! – mormorò una voce bassa e affannosa femminile.

L'uomo oltrepassò la donna, lasciandosi dietro un puzzo di cattivo sigaro, e sparve dentro una porta aperta, sul primo pianerottolo. La donna non vi giunse che più tardi, estenuata, forse, da un lungo cammino fatto nella giornata a cui quella traversata di Via Porto e quella scala avevano dato l'ultimo tratto. Anch'ella entrò nella porta aperta, al primo piano, e si trovò in una stanza di entrata.

Una donna sedeva presso una tavola sgangherata e al chiarore di un piccolo lume a petrolio, dalla palla di cristallo verdastro, tutto unto, lavorava macchinalmente a

Suor Giovanna della Croce

una lunga calza di cotone rosso. Era una donna sulla cinquantina, enormemente grassa, con una grossa testa su cui si erano già fatti radi i capelli: il suo corpo non aveva più forma precisa, umana, femminile: era una massa di grasso, spalle larghissime, petto e ventre riuniti, fianchi amplissimi, braccia corte e goffe, mani rotonde, rossastre, dalle dita fiacche che si muovevano intorno ai ferri della calza. Anche il volto della donna, grosso, gonfio, con un doppio mento, con le guancie che affogavano il naso e i già piccoli occhi, era di un brutto colore vinoso, a chiazze: una espressione dura, indifferente, si distendeva su quel viso. Quando la donna udì rumore di passi, guardò verso la porta, senza curiosità, e crollò leggermente la testa, avendo riconosciuto la donna che entrava. Costei si accostò alla tavolaccia che, insieme a due sedie zoppe, formava il solo mobilio di quella stanza di entrata, e salutò, sempre a voce bassa, dove ancora restava il fiato corto della scala fatta:

– Buonanotte! donna Carminella.

– Buonanotte a voi! – rispose il donnone, con aria indifferente, senza neppure fissare colei che la salutava.

– Mi avete conservato il letto? – richiese l'altra, con non so quale timidezza.

– Ve ne sono quanti ne volete di letti, – borbottò donna Carminella. E soggiunse, subito, aspramente:

– E voi, avete portato i cinque soldi?

– Sissignora, sissignora, li ho portati, – rispose subito la donna, mettendo la mano in tasca.

– E cavateli, – disse donna Carminella, sogguardando con aria di diffidenza.

Matilde Serao

Dalla tasca della gonna la donna cavò, ad uno ad uno, i cinque soldi e li depose, dopo averli novellamente contati, sovra un tavolino, a cui si appoggiava, sempre un po' ansimante, la colossale padrona della locanda. Allora si vide, nel cerchio di luce del lume a petrolio, la mano della donna che deponeva i soldi: una mano lunga, scarnissima, dalla pelle indurita e grigiastra, su cui si disegnavano, molto grosse, violacee, le vene della mano dalle dita nodose, contratte, tremanti. La mano si ritirò, sparve, la donna restò in piedi, nell'ombra. Donna Carminella prese i soldi, li contò, li guardò ad uno ad uno, li fece anche saltare sulla tavola; poi, li intascò e soggiunse, quasi a dare una certa spiegazione:

– È impossibile fare *credenza*, capite? Qui si stenta giorno e notte, e che si ricava? Poco o niente. Se dovessimo far *credenza*, saremmo morti.

– Avete ragione, avete ragione, – mormorò l'altra, con un sospiro umile. – Vi è molta gente stasera?

– Così, così, – borbottò il donnone, sospirando anch'essa, cioè ansimando, ammansita un poco. – Ma siamo troppi. Vi sono troppe locande. Ve ne sono a quattro soldi, a tre soldi, proprio delle cantine, dei sotterranei, capite? Ancora un poco e vi saranno locande a due soldi, uomini e donne nella stessa stanza, e non se ne vergognano!

– Gesù! – disse l'altra, sonnolenta.

– Qui siete tutte donne, in una stanza, lo potete dire. Il timore di Dio, prima di tutto! Ci dormireste, voi, in una stanza dove si corica un uomo?

– Io preferirei dormire nella strada, sulle pietre, – soggiunse la donna, con un brivido di orrore nella voce.

– E perciò pagate cinque soldi! – esclamò trionfalmente donna Carminella. – Se volete andare, potete: sapete che è la terza stanza, la migliore.

– Chi vi è, stasera? – interrogò timidamente l'altra.

– Da voi? Vi è donna Fortunatina, sapete, la butterata, quella che sta a mezzo servizio: nel suo letto ho permesso che tenesse le sue due bambine. Che ci volete fare, un po' di carità ci vuole! Si stringeranno. Mi son presi solo cinque soldi; il mio cuore è troppo tenerello. Nel secondo letto, vi è una nuova, una giovane. Non la conosco. Si chiama Maddalena Sgueglia. È malata, pare. Ha una tosse, una tosse! Speriamo che vi lasci dormire. Gli altri due letti sono vuoti.

– Io vado, buona nottata! – disse la donna avviandosi.

– Buona nottata! Ho da vegliare come sempre. Faccio giorno notte e notte giorno. Dormo domani, io! Quel sonno che non mi va né per l'anima, né per il corpo.

– Non potreste dormire? – osservò dolcemente la donna, che voleva ingraziarsela.

– Voi scherzate! È impossibile. Se non faccio la guardia io, chi la fa? Possono succedere tante cose. Dio lo sa! – disse, infine, misteriosamente, donna Carminella.

– È vero, buona nottata, buona nottata!

Ancora, se ne andava.

– Il soldo pel caffè, me lo lasciate? – chiese la grossa femmina.

La donna esitò un poco.

– Veramente... non potrei...

– Ma che, volete crepare? Meglio il caffè che il pane. Un soldo di caffè, la mattina, vi accomoda lo stomaco.

215

Matilde Serao

La donna crollò il capo, come poco convinta: cercò per un certo tempo in tasca, ne tirò fuori un altro soldo e lo consegnò alla donnona. Costei, di nuovo, se lo studiò: poi se lo gettò in tasca, con soddisfazione: quella piccola industria della tazza di caffè le stava molto a cuore. E diede dei chiarimenti.

– Corrono tante monete false... – soggiunse, – domani mattina avrete una tazza di caffè, che vi consolerà. Buona nottata!

No, nella locanda della *Villa di Parigi* gli uomini non dormivano nelle stesse stanze delle donne, come in quasi tutte le locande, a tre e a quattro soldi la notte, del quartiere Porto: la *Villa di Parigi* conservava quest'ultimo lembo di decenza. Ma per raggiungere le stanze ove le povere donne che non avevano casa e, sopratutto, non avevano otto, dieci lire mai tutte insieme, per affittare un *basso* e sovra tutto, sovra tutto, non avevano né uno stramazzo né una sedia da mettere in questo *basso,* dovevano ricorrere a questa miserabile, sudicia, immonda e talvolta infame ospitalità notturna. Per raggiungere queste stanze, le donne vecchie e giovani, zitelle e maritate, note ed ignote, bisognava che attraversassero due stanze ove dormivano uomini. Le due grandi stanze dei maschi possedevano solo quattro letti ognuna e una sedia, accanto al letto, non altro mobilio: delle funi circondavano, in alto, questi letti, delle funi a cui erano sospesi dei lenzuoli di tela grezza che formavano tenda e dividevano, sempre per la decenza, un letto dall'altro. Ma non tutte queste tele giungevano a separare completamente i letti, troppo corte, troppo strette: altre erano mezze sollevate, rigettate indietro, non

216

Suor Giovanna della Croce

curandosi quegli uomini di celarsi agli altri ospiti notturni. Un lumicino fioco ardeva nella prima stanza della locanda; un altro ne ardeva nella seconda: e s'intravvedeva, al loro piccolo chiarore, l'abbandono, simile alla morte, di coloro che erano venuti a cadere là, immersi in un sonno di piombo, dopo una giornata di vagabondaggio o di lavoro, di fame, di stenti, forse dopo una giornata di vizio. Come cadaveri giacevano su quei sozzi e duri letti, ravvolti nelle coperte grigiastre e sporche che migliaia di corpi avevano coperto, ravvolti nelle aspre e male odoranti lenzuola, col capo immerso nel magro guanciale, come cadaveri, buttati lì, in un torpore, donde solo il respiro affannoso di qualcuno, il russar grave di qualche altro, il russare stridulo di un terzo, dava segno di vita, rompendo il silenzio. Vi era, nell'aria, un cattivo odore umano di corpi sporchi, di fiati graveolenti, di fiati malati, di tabacco fetido, fumato nelle pipe di creta e, malgrado il freddo di quella notte d'inverno, un tepore malsano, era nelle due camere, ove otto uomini dormivano.

La donna, per attraversare quelle due stanze, per recarsi alla terza ove si trovava il letto che le era destinato, insieme a due altri ospiti femminili, parve che avesse ritrovato un vigore che le mancava. Mentre per Via Porto, per le scale, aveva un'andatura lentissima, fermandosi a ogni passo, invece passando per quelle due stanze abitate da otto uomini dormienti, ella quasi quasi corse, rigida, fra le due file di letti, senza voltare la testa né a dritta né a sinistra. E malgrado che ella tentasse camminare leggermente, per non fare accorgere nessuno del suo passaggio, qualcuno si svegliò, si udirono scricchiolare gli assi di uno

217

Matilde Serao

o due letti, sotto i pesanti corpi che si rivoltavano; uno di questi uomini, forse quello giovane, che aveva salutato la donna nella scala e che essendo giunto da poco, coricato da poco, non aveva ancora preso sonno, si levò in mezzo al letto.

La donna si precipitò sulla porta della terza stanza che era chiusa con la sola maniglia e sparve lì dentro, affannando pel cammino fatto, o, forse, per altro.

Nulla di diverso aveva questa terza stanza, ove entravano e dimoravano solo donne, dalle altre due ove dormivano gli uomini. Vi erano i soliti quattro letti, con le sedie accanto, ove erano deposte le povere vesti delle dormienti: lo stesso lumicino vi dava un po' di luce. Donna Carminella non avrebbe, certo, fatto questo consumo inutile di olio puzzolente, se la Questura non l'avesse obbligata, con continue minaccie, a tenere dei lumi nelle diverse camere. Solamente, sui quattro letti, vi erano delle immagini sacre, di carta, attaccate con la colla al muro, una Madonna Addolorata, un Sant'Antonio, un San Gaetano: una immaginetta delle anime del Purgatorio era fermata a mala pena, con gli spilli, sul muro. In un letto dormiva Fortunata, detta la butterata, la serva, il cui marito era andato all'ospedale ed ella non aveva più potuto pagare la pigione di un *basso*. Fortunatina teneva abbracciata, nel letto, per stare meglio, la sua figliuola più piccola, una bimba di tre anni, e la più grande, di cinque anni, dormiva in contrario, con la testa verso i piedi del letto. Raggricchiate, strettissime, esse non potevano muovere un piede né una mano, senza far cadere una delle altre persone, o senza pericolo di cadere esse stesse. Ogni tanto, da quel giaciglio un

218

sospiro di donna veniva fuori: era la povera madre che non poteva distendere le sue membra, abbattute dal diurno lavoro servile; e un balbettio lamentoso infantile: era una delle due figliuolette che chiedeva qualche cosa, nel sonno, nel dormiveglia, che si lagnava, sovra tutto, di non potersi muovere. Nel secondo letto occupato, un'altra forma umana femminile si distendeva, ma non giaceva come le altre. Al chiarore incerto si vedeva che l'abitatrice di quel letto aveva sollevato contro il muro il suo origliere e vi aveva appoggiate le spalle e la testa. Guardando bene, fra la penombra, abituandosi a quella poca luce, si scorgeva che la giovane di cui aveva parlato donna Carminella, stava su e non dormiva, con un paio di occhi spalancati.

Rincantucciandosi dietro il terzo letto, che era vuoto, la donna cominciò a spogliarsi, senza fare alcun rumore. Fra i letti delle donne non era distesa nessuna tela, per separarli, come se il pudore, fra donna e donna, non esistesse. La donna deponeva i panni, man mano, sulla unica sedia, presso il letto: e infine vi si appoggiò un poco, come se pregasse. E, in quel momento, dal letto ove stava colei che aveva dichiarato chiamarsi Maddalena Sgueglia alla padrona della locanda, venne un secco, continuo, crescente rumore di tosse. Fra un urto e l'altro, si udiva un sospiro fischiante di colei che tossiva e, in un più lungo intervallo, un gemito:

– Oh Madonna mia!

A quel rumore fastidioso e continuato, la serva Fortunata si mosse nel suo letto, le due bimbe si svegliarono anch'esse, spingendosi, dandosi dei calci, disputandosi, infine, quel pochissimo posto che avevano.

– Zitto, zitto, – mormorava la madre, fra il sonno,

stringendosene una al petto, cercando l'altra, con la mano, per farla quietare.

La giovane, più lentamente, più straccamente, seguitava a tossire, con la voce roca e bassa, con uno stridio del fiato fra i denti: e qualche lamento, ancora, le usciva dal petto, insieme con la invocazione alla Vergine. Poi, quando l'accesso fu calmato, ella dette proprio in un grido di dolore.

– Che avete? Che vi sentite? – chiese, dal suo letto, ove si era messa sotto le pesanti coltri, la donna giunta l'ultima.

– Ah, io sono malata! sono malata! – gemette la giovane, battendo la testa sull'origliere, convulsamente.

– E statevi tranquilla, allora: se no, è peggio, – soggiunse la donna, vedendo che quella continuava ad agitarsi nel suo letto.

– A che serve? A che serve? Tanto, non dormo più la notte. Mi corico per coricarmi. Appena sento il calore del letto, mi viene la tosse, questa brutta tosse e non dormo, non dormo più.

Parlava piano, Maddalena Sgueglia, perché le mancava il fiato e perché temeva di risvegliare la povera serva che si ravvoltolava nel letto, con le due figliuolette: e molto piano le rispondeva la donna, venuta in ultimo.

– L'avete da molto tempo, questa tosse? – chiese alla giovane, con un senso di pietà.

– Da sei mesi e più. Non mi dà pace. Con questa tosse, io me ne moro.

– Speriamo di no, speriamo di no, – soggiunse pietosamente l'ignota.

– E non è meglio? Non è meglio che io muoia? Che ci campo, io, su questo mondo? Che ci resto a fare, io?

Suor Giovanna della Croce

– La volontà di Dio, la volontà di Dio!

Maddalena Sgueglia si chinò a guardare bene colei che le consigliava l'obbedienza. Ma non arrivò a scorgere che un poco del viso, la parte alta, di colei che le parlava: non vide che delle rughe profonde, scavate in una pelle giallastra: il resto della testa scompariva in qualche cosa di nero, un fazzoletto, forse, che la ignota aveva tenuto sul capo, per ripararsi dal freddo.

– Eh, proprio di me, si deve occupare il Padre Eterno? Io sono una miserabile, che campo di nascosto dalla sua volontà!

Qui un altro accesso di tosse secca, irritata, irritante, scosse il petto della giovane; e fu più lungo dell'altro. La ignota guardava, ascoltava, senza dir nulla.

– Mammà, mammà, la tosse di questa giovane non mi fa dormire, – si mise a singhiozzare una delle bimbe di Fortunatina.

– Ficcati sotto le lenzuola, turati le orecchie, dormirai, – borbottò, sempre piena di sonno, la madre.

– La sento, la sento sempre. Dille che si stia zitta, dille che lasci dormire la gente, – gridò la bimba.

– Hai ragione, hai ragione, creatura mia, – rispose la malata. – Pure il sonno a quest'anima di Dio, mi toccava di togliere! Ah che castigo, che castigo!

E un sospiro straziante le uscì dal petto.

– Non ti puoi stare zitta? – domandò la bimba dal letto, donde levava la piccola testa, con gli occhioni spalancati. – Perché non vai da un medico? Quello ti ordina una cartina e tu ti guarisci.

– Sono andata dal medico, quando aveva denari. Mi

Matilde Serao

ha ordinato la cartina: l'ho presa e non mi ha fatto niente.

— E perché non hai preso le altre cartine?

— Perché non avevo denari.

— Ah tu pure, tu pure, non hai denari, come noi?

— Io pure. Se no, non starei qua.

La malata sospirò di tristezza, questa volta. Anche la donna ignota, dal suo letto, dove non dormiva, sospirò: e la bimba, dai piedi del letto ove giaceva, curva come un punto interrogativo, emise un sospiro. Tacquero. Ognuna, forse, cercava di riprendere sonno, o di addormentarsi. La bimba dovette essere la prima, poiché il suo respiro leggiero si unì a quello di sua madre, più grave, più forte, a quello leggerissimo della sua sorellina. La malata anche parve che si assopisse un poco, sempre sollevata sul suo gramo guanciale, con le coperte ammucchiate sul petto e avendo gittato sui piedi tutte le sue vesti, per avere più caldo; ma si udiva, sempre, dal suo letto, un fiato breve e fischiante. Dal letto della donna ignota non giungeva né un forte russare, né un grosso respiro; se ella si era addormentata, doveva avere il respiro corto e mozzo dei vecchi e dei bambini.

Il silenzio in quella terza stanza della locanda *Villa di Parigi* durò oltre due ore, senza che nulla venisse a turbarlo. Ogni tanto, dalle due stanze attigue veniva qualche rumore, scricchiolio di letti su cui pesanti corpi addormentati si voltavano e si rivoltavano; qualche parola forte, detta nel sonno: una grossa scarpa cadde, da una sedia, a terra e qualche bestemmia giunse, farfugliata da coloro che erano mezzo svegli; ma la porta chiusa impediva di udir bene. Dalla via, ogni tanto, qualche rumore attenuato giungeva:

era un passo grave, di qualcuno che rientrava in quegli sporchi e oscuri paraggi intorno Via Porto; era qualche passo incerto e strascinato di mendicante, di trovatore di mozziconi, di cenciaiuolo disperso in quell'intrico di straducole: era il canto balbettato di un ubbriaco che gridava raucamente il ritornello di una canzone sentimentale: ed era, più spesso, qualche fischio lungo, espressivo, a cui un altro fischio lontano, debole, rispondeva, il fischio tradizionale dei malandrini, il fischio dei ladri, che, nella notte, fa fremere di sgomento anche coloro che sono chiusi e difesi nelle loro case, al sicuro, nei loro letti. Ma tutto ciò arrivava affiochito dalla distanza. Due volte, quando si udirono dei fischi più vivaci, più lunghi, nella strada, Maddalena Sgueglia si svegliò dal suo sonno di persona infermiccia e tossicchiò un poco, sordamente: poi ricadde nel suo torpore. Così, sulle teste, sui corpi di quegli uomini sconosciuti che dormivano nelle stanze seguenti, sui corpi e sulle anime di quegli uomini certamente miseri, forse viziosi, forse criminali, si distendeva, nell'ambiente di una povertà estrema, di ospitalità duramente venale, di comunanza umiliante e repugnante, di contatti pericolosi sotto ogni rapporto, si distendeva il beneficio del sonno. E nella camera ove le tre donne e le due bimbe giacevano, sulle tre donne e sulle due creaturine venute da opposte vie, da miserie differenti e pure eguali, venute da una giornata di fatica, di delusioni e di stanchezze mortali, venute da tutte le torture umane, ignote torture, in quella camera che esse usavano insieme, non conoscendosi, nulla sapendo l'una dall'altra, costrette a quell'unione e a quel contatto, su quei letti duri, fra quelle lenzuola aspre che appena ne covriva-

Matilde Serao

no i corpi, sotto quelle coltri pesanti che non davano calore, in quella camera, anche, si distendeva il sonno, divino beneficio di ogni creatura umana, la più infelice, la più abbandonata, la più dispersa, nel mondo.

A un tratto, la maniglia della porta che metteva in comunicazione le due stanze, si schiuse: qualcuno comparve nel vano.

– Chi è? – chiese Maddalena, la giovane malata, che aveva un sonno leggerissimo, alzandosi sul letto.

– Zitto! sono io, donna Carminella...

E il donnone, la cui voce era molto turbata, si accostò ai letti, traballando sulle sue gambe corte e grasse.

– Che cosa è? Che cosa è? – chiese Maddalena, agitatissima.

– Non abbiate paura: è cosa da niente; – balbettò la padrona di casa, parlando più forte, quasi per risvegliare le altre persone dormienti.

– Che è successo? – domandò Fortunatina, la serva, levandosi sul letto, con la figliuola più piccola attaccata al collo. L'altra si era già levata dai piedi del letto e si guardava intorno.

– Ci vuole pazienza, ci vuole... sono disgrazie... – balbettò ancora donna Carminella.

– Che disgrazie? Che disgrazie? – chiese, tutta tremante, la donna, l'ultima arrivata, dal suo letto.

E quando vide che tutte erano sveglie, l'enorme donna pronunziò la frase spaventosa:

– Vi è la polizia.

Maddalena Sgueglia dette in un grido stridulo e si nascose la faccia fra le mani; Fortunata si mise a piangere, ti-

224

Suor Giovanna della Croce

randosi le due figliuole accanto; l'altra donna non parlava, ma si udivano battere i suoi denti dal terrore.

– Ma perché fate questo? – esclamò donna Carminella. – Perché strillate? Perché piangete? Che vi può accadere? Che vi può fare, la polizia?

– Madonna mia, Madonna mia! – seguitava a gridare Maddalena.

– Pure questo, pure questo! – esclamava, fra le lacrime, Fortunata, la povera serva.

L'altra, la terza donna, allibita, certo, non proferiva verbo, ma si comprendeva che il suo terrore doveva essere più grande di quello delle altre.

– Ma infine, se non avete fatto nulla, la polizia vi lascia in pace! – gridò donna Carminella che cercava, ella stessa di dominare la sua inquietudine.

– E che ci viene a fare, dunque, la polizia, se non abbiamo fatto nulla? – esclamò Maddalena, che non si dava pace.

– Ci viene... ci viene... perché ci deve venire, – mormorò la donnona: – queste visite si fanno sempre...

– Sì, quando si cerca qualcuno per arrestarlo! – gridò Fortunata, che era più esperta.

E Maddalena, Fortunata, le due bambine, si misero a gemere, come se fossero sul punto di essere ammanettate e condotte in carcere. La donna ignota taceva, taceva; ma, probabilmente, era irrigidita dal terrore.

– Non si arresta nessuno! – sentenziò donna Carminella. – Nessuno, capite, alla *Villa di Parigi*! Qui, ladri e assassini non ce ne vengono.

Ma il tono era più audace che sicuro; si scorgeva che la

Matilde Serao

grossa tenitrice della locanda, non era certa di quello che dichiarava.

– E, intanto, la polizia è qua! – gridò Maddalena. – Ci possiamo alzare almeno? Ci possiamo vestire?

– Non vi è tempo: il delegato è nella prima stanza, – disse donna Carminella, a bassa voce, per rispetto.

– Pure in letto, ci dobbiamo far vedere? – strillò Fortunatina, la serva, battendosi la faccia con le mani. – Oh, che mala sorte! Che mala sorte!

– E zitto, zitto, Fortunatina! Non gridate, che è peggio! Un poco di pazienza, un poco di pazienza!

– Mammà, mammà, io ho paura della polizia, – mormorò con voce soffocata, una delle bambine a sua madre.

– E questo ci manca, che le bambine si mettano a strillare!

Intanto, dei passi si udirono nella stanza attigua. Immediatamente, vi fu un silenzio di terrore nelle stanze delle donne. Macchinalmente donna Carminella aveva acceso un piccolo lume a petrolio, che era sovra un *comò* e nella stanza si era diffusa una luce più viva. Le tre donne erano tutte sollevate sui letti; Maddalena Sgueglia mostrava un viso consunto, affilato, sotto una massa di capelli castani disciolti e un par d'occhi stralunati; Fortunatina aveva un volto tutto divorato dal vaiuolo, a trent'anni, mostrandone cinquanta, rotta dalle fatiche, dalla fame, dalla mancanza di riposo: e la terza donna col lenzuolo tirato sulla figura, quasi a nascondersi tutta, lasciava vedere solo la sua fronte giallastra e rugata e un par di occhi infossati sotto le orbite, occhi di umiltà, di tristezza e di spavento. Adesso, dall'altra stanza, dei rumori si udivano, un parlot-

Suor Giovanna della Croce

tar concitato, un affrettarsi di esclamazioni fra ironiche e rabbiose, un andare e venire di passi. Donna Carminella, immobile, rigida, vinta anche essa da un terrore che non giungeva più a nascondere, tendeva l'orecchio, ma non osava muoversi dal centro di quella stanza. Tutte sembravano impietrite: e le due bimbe avevano nascosto il viso sul petto della madre, chiudendo gli occhi.

Di nuovo, la porta si aprì: entrò il delegato seguito da due guardie in divisa. Il delegato era un giovanotto trentenne, alto, con un paio di mustacchi sottili, di lineamenti non brutti, ma con un'aria così dura di sbirro, con un aspetto così seccato e irritato di quelle visite, a quell'ora, che tutto il suo viso ne diventava ripugnante. Senza salutare nessuno, si avvicinò al letto di Fortunatina, la serva: costei lo guardava, senza fiato, pallidissima.

– Che fai, qui, tu? – egli chiese con voce forte e rude.

– Dormo... dormo... Eccellenza...

– Non hai casa?

– Mi mancano i mezzi, Eccellenza... non ho nulla...

– Sei vagabonda, eh? – disse il delegato, con un ghigno di disprezzo.

– Nossignore, nossignore, io lavoro, io sono serva...

– Dove servi?

– Dal cavaliere Scarano, tutti lo conoscono, a San Giacomo... Potete domandare...

– E ti chiami?

– Fortunata Santaniello, a servirvi.

– Sono figlie tue, queste?

– Sissignore, sissignore, Eccellenza!

– Non hanno padre, eh?

227

Matilde Serao

– Voi che dite! – esclamò la poveretta, offesa. – Non hanno padre? È all'ospedale, povero Pasquale, all'ospedale... mio marito...

E si stringeva convulsamente le figliuole al petto, singhiozzando. Ma il delegato, senza curarsi più di lei, aveva girato sui tacchi e interrogava metodicamente la giovane malata, guardandola con maggior curiosità, ma con maggior disdegno.

– E tu, che sei venuta a fare qui? – le domandò, a sopracciglia aggrottate, masticando il mozzicone di un sigaro.

– A riposarmi un poco, signor delegato, – disse a voce bassa, tremante, Maddalena.

– Non hai casa?

– Non ho casa.

– Come vivi?

– Faccio la piegatrice di giornali.

– Neh! Guarda un poco! E quanto ti danno, al giorno?

– Quindici soldi, – e sempre più le tremava la voce, alla misera.

– Come ti chiami?

– Maddalena Sgueglia, ai vostri ordini, signor delegato.

– Padrona mia! – disse l'altro, ironicamente. – A crederti, che fai la piegatrice di giornali! A me pare che tu faccia qualche altra cosa.

– Nossignore, nossignore! – gridò disperatamente la giovane. – Io non sono quel che dite! Domandate di me, domani, alla tipografia del *Giornale di Napoli,* Maddalena, Maddalena, la malata, tutti mi conoscono. Per amor di Dio, questo ci mancava!

– E non ti offendere! Non ti offendere! – disse brutal-

228

mente il delegato. – Qua siete tutte degli angioli, in questa locanda. A sentir voi, campate tutte onestamente, come tante Madonnelle... già... già...

– Signor delegato, signor delegato! – esclamarono Fortunatina e Maddalena, piangendo ambedue.

Egli aveva ancora girato sui tacchi, avendo fretta, forse, di finire quella visita, in quelle stanze puzzolenti, fra tutti quei cenci sordidi, in mezzo a quella miseria. E si trovò dinanzi donna Carminella che lo guardava, immobile, con gli occhi sbarrati, piena del più grande sgomento.

– Voi prendete sempre i nomi di chi viene, qui, la notte? – le chiese, con le mani in tasca, cercando i fiammiferi per accendere il suo mozzicone.

– Ma come, Eccellenza, ma come! Sempre voglio sapere i nomi...

– Dovreste tenere un libro... un registro.

– Io non so né leggere né scrivere Vostra Eccellenza...

– Ci vuole un registro... se no, pagate la multa... e vi chiudo la locanda.

– Va bene, va bene... – mormorò la grossa donna.

– E chi altro, avete, adesso? – chiese il delegato, che credeva di aver finito e faceva questa domanda per scrupolo di coscienza.

– Quest'altra donna, – disse donna Carminella, scostandosi e scovrendo il terzo letto occupato.

– Oh! E voi che fate qui? – domandò, monotonamente, il delegato alla donna.

– Sono venuta per dormire, – rispose la donna con voce fiochissima, trepida, infranta.

– Ci venite spesso?

Matilde Serao

– Da qualche tempo. Non ho casa, – replicò la donna, sempre con lo stesso tono di voce debole e rotta.

– Siete vagabonda?

– No, no.

– E come vivete?

– Ho una pensione... – mormorò la interrogata.

– Di quanto?

– Di diciassette soldi al giorno.

– E chi ve la dà, di grazia?

– Il Governo, – disse la donna e voltò la testa in là.

Il delegato girò gli occhi verso donna Carminella, come per interrogarla. Costei, incoraggiata, si piegò verso il delegato e gli sussurrò una parola all'orecchio. La donna teneva sempre la testa rivolta dall'altra parte. Il delegato le chiese, di nuovo, ma più piano:

– E volete dirmi il vostro nome?

La donna tacque. Non aveva udito, forse?

– Vorrei sapere il vostro nome...

Ella non rispondeva. Esitava forse?

– È necessario che mi diciate il vostro nome, – ripetette, per la terza volta, il delegato, ricominciando a seccarsi.

– Io mi chiamo... mi chiamo Luisa Bevilacqua, – fu la risposta, infine, della donna, debolissima, come un soffio.

– Non avete nessun soprannome?

– No, nessuno.

– Non avete mai portato altro nome?

Ancora, ella esitò. Poi d'un tratto, come se si fosse decisa, con un gran sospiro, disse:

– Mi chiamo Luisa Bevilacqua. E non ho mai portato altro nome.

*

Le campane della Pasqua di Risurrezione allegramente risuonavano per l'aria tiepida primaverile, in quella domenica bella di mezzo aprile. La gente entrava ed usciva dalle chiese, dove finivano i canti delle messe solenni e seguitavano le orazioni delle messe piane: alla porta delle chiese si vendevano immagini e mazzi di umili violette pasquali, da vecchi e da bimbe: agli angoli delle vie più aristocratiche i fiorai offrivano delle rose tea e dei lillà fragranti, fiori più ricchi. Il viavai era grande, dovunque, per le strade piene di sole, lungo i magazzini che ancora non si decidevano a chiudere le loro imposte, vedendo la folla che si fermava innanzi alle vetrine scintillanti. Donne giovani e giovanette andavano lente, lungo i marciapiedi, guardando innanzi coi loro begli occhi dolci e fieri, napoletani, ove si alternano, seducentemente, il languore e la vivacità; uomini e giovanotti venivano loro incontro, o le fiancheggiavano o le seguivano, in cerca di un'occhiata, di un sorriso, di un cenno tenero. Il movimento delle carrozze padronali e da nolo era continuo, crescente; fra due giorni vi erano le corse dei cavalli, il grande spettacolo a cui partecipano, animatamente, nobili e popolani, in Napoli. Tutto, intorno, aveva un'aria di gioia, che veniva dalla luce bionda del sole, dalla carezza dell'aria, dalla giornata di festa, da quel sentimento di liberazione e di giocondità onde è presa la folla, dopo le tristezze della Settimana Santa. Da ventiquattr'ore le campane che avevano taciuto, risuonavano, con toni gravi e con toni cristallini, in liete volate, ora lontane, ora vicine: e il mondo godeva quel

Matilde Serao

millenario anniversario della Resurrezione del suo Redentore.

In alto della via Toledo, proprio in alto, ove essa finisce nella piazza Dante e vi perde il nome, diventando, dopo, la salita Museo, sul lato sinistro di chi ascende verso piazza Dante, è una strada che conduce al palazzo di Tarsia. Strada di transito, per andare verso le vie di Pontecorvo, di Montesanto e della Pignasecca, la via Tarsia è molto frequentata nei giorni feriali: poco, nei giorni festivi. Invece, in quella domenica di Pasqua, lungo i due suoi marciapiedi, uno che rasenta le case che sporgono, dall'altra parte, in piazzetta Latilla, l'altro che rasenta il piccolo e popolare teatro Rossini, molta gente andava in su, verso il palazzo di Tarsia. Qualche gruppetto già si vedeva dove sbocca la grande rampa di via Pontecorvo, gruppetto di gente fermata che aspettava, in silenzio: altrove, sotto il portone del palazzo dirimpetto a quello di Tarsia, altri piccoli gruppi erano fermi. È il palazzo di Tarsia, palazzo municipale, dalla architettura che vorrebbe imitare, malamente, il disegno di una delle deliziose case pompeiane, tutta la facciata di questo palazzo, a un piano, era adorna di trofei di bandiere: piccole bandiere abbastanza grame, in verità! Anche il peristilio che arieggia, come ho detto, quello della villa di Diomede a Pompei, aveva, lungo i muri bianchi, alcune piante verdi, messe colà in maniera di addobbo. Innanzi al peristilio e fra le sue bianche colonne, degli uomini andavano e venivano, dando degli ordini, parlottando fra loro: ognuno di quegli uomini portava una lunga *redingote* e il cappello a cilindro: più, all'occhiello della sua *redingote,* portava una coccarda di seta rossa e gialla, come segno di riconoscimento.

Suor Giovanna della Croce

E in verità, una singolare differenza vi era fra quei signori affaccendati che entravano ed uscivano dal grande salone severo del palazzo di Tarsia, con i gruppi di uomini e di donne, gruppi sempre crescenti, che si andavano formando nella via, intorno al palazzo; folla, infine, di uomini e di donne, che tenean gli occhi fissi sulla porta del salone terreno, quasi ansiosamente. Mentre i signori erano correttamente chiusi nella *redingote,* alcuni, più civettuoli, mostranti dalla *redingote* aperta il panciotto bianco, e alcuni, persino, desiderosi di sembrare della persona elegantissimi, stringenti nel pugno un paio di guanti tortorella, non calzati, la piccola folla che attendeva, muta e pure inquieta, tranquilla e pure ansiosa, aveva tutto un altro carattere.

Era una folla di poveri, di mendichi, quella che si era già raccolta, quella che si veniva raccogliendo: e mentre, qua e là, la povertà delle vesti di qualcuno appariva decente, in generale, quelle vesti e quegli aspetti rivelavano la povertà annosa, passiva, oramai di nulla vergognosa, caduta nell'abbiezione della massima sudiceria, del massimo sbrandellamento. Non solo i vestiti erano laceri, ma nessuna mano provvida era più venuta a rammendarli, a mettervi una toppa: non solo i vestiti erano stracciati, sbrandellati, sfilacciati, ma erano scoloriti, pieni di macchie, fangosi, trascinati per le vie piene di melma, sporcati addosso di notte, su giacigli ignoti, sporcati di notte, forse, nelle notti ove quella gente dorme all'aria aperta, accoccolata sui gradini di una chiesa, accoccolata sugli spiragli di una cucina, di un sotterraneo. Alla luce del sole, alla chiarissima luce primaverile, quelle vesti che erano dei cenci, mostravano tutto l'orrore della lunga povertà, della lunga incuria, della crescente degenerazione: dicevano non solo la miseria, ma l'abbandono; dicevano non solo l'abbandono, ma l'oblio di ogni decenza e di ogni pudore; dicevano non solo tutto questo, ma dicevano il profondo cinismo del vizio, il cinismo fatale, assoluto, che viene dall'aver troppo digiunato, dall'aver troppo avuto freddo, dall'aver troppo patito, dall'aver troppo disperato della vita, degli uomini e di Dio.

Le donne portavano delle gonne stinte, cariche di toppe di altri colori, che si erano consunte e lacerate alla lor volta e che non erano state rammendate; delle gonne pendenti da tutte le parti, tenute su a stento, battenti contro i piedi, a frangia di fango; portavano delle vite di altre vesti, che mostravano il luridume della fodera, sotto le braccia, ai gomiti, al collo: vite senza bottoni sul petto, con le maniche troppo corte che lasciavano vedere i polsi nodosi, rossi, nudi; vite guarnite ridicolosamente, in tanta miseria indecente, di vecchi ornamenti scolorati, provenienti, queste vite, da lontani atti di carità che non si erano più rinnovati; e portavano, le donne, al collo, sul petto, qualche straccio di fazzoletto colorato e stinto, annodato come una fune, qualche straccio di scialletto di lana, tirato invano da tutte le parti, a covrire le macchie e gli strappi del vestito. Due o tre di quelle donne erano scalze addirittura, venute dalla più nera miseria, dai sobborghi estremi della città, che confinano con la campagna; molte portavano gli zoccoli di legno, in uso ne' quartieri popolarissimi e poverissimi napoletani; molte, i così detti *pianelli*, di grossolano cuoio, senza calcagno; altre avevano delle scarpe da uomo, con chiodi grossi.

Suor Giovanna della Croce

In quanto agli uomini, ai poveri, ai mendicanti, la repugnanza che ispiravano le loro vesti, era anche più grande. Pantaloni macchiati orribilmente, cento volte rattoppati, tenuti su con lo spago, troppo larghi per chi li portava o troppo corti, lasciando vedere delle ignobili calzature, dei piedi calzati da scarpe rotte e senza calzette, gabbani da neri diventati verdi, da verdi diventati gialli, senza bottoni, senza mostre, senza orlature; camicie – qualcuno la mostrava, solo qualcuno – di cotone a scacchi, dove mancava il colletto, camicie di flanella, scure, grosse, che avevano l'aspetto così lurido da fare schifo, e sovra queste camicie delle cravatte che sembravano delle corde. Molti, col bavero della giacchetta, del gabbano, alzato, nascondevano ogni traccia di camicia e probabilmente non ne avevano. I covricapo più bizzarri erano sulla testa di questi poveri, di questi mendicanti: cappelli un tempo neri e ora sparenti sotto strati di polvere e di untume; berretti senza visiera; cappelli a cencio, sfondati, messi di traverso; un vecchio pezzente portava persino un cappello a cilindro, diventato marrone e tutto a pieghe.

La faccia e la persona di quelle donne erano singolari. Quasi tutte erano vecchie o sembravano tali, affrante dalla indicibile povertà, dal cibo scarso o nocivo, dai giorni senza pane, dalle stamberghe dove dormivano in quattro o cinque, in una sola camera: molte erano vecchissime con una grossa gobba, venuta dall'età e non dalla costituzione, quasi piegate in due; poche erano le giovani e queste, a occhi bassi, si erano andate a rincantucciare negli angoli, voltando la testa in là; e fra le giovani, anche, qualcuna si celava un poco con un fazzoletto annodato

235

Matilde Serao

sotto il mento e che si abbassava sulla fronte. Molte di queste donne apparivano malate, alcune scialbe e flosce di pelle, per anemie che non si guariscono, per perdite di sangue nei miserabili parti fatti all'ospedale, donde le mandavano via dopo due giorni, per mancanza di nutrizione; altre gialle e gonfie per malattia del sangue, per malattie cardiache, per la soverchia grassezza; alcune obese, sformate. Una era ributtante, con gli occhi cerchiati di rosso, sanguinolenti; un'altra nascondeva male un enorme gozzo, sotto una sciarpa; un'altra aveva un *tic* nervoso, per cui, ogni tanto, il viso le si torceva ed ella dava in uno scoppio di risa frenetico; un'altra si appoggiava su due gruccie tutte scorticate. La comune espressione di queste donne era un'apatia profonda, che si stendeva sui loro visi e sui loro corpi stanchi, come rilasciati, sulle mani abbandonate in grembo, o lungo la persona; ma su questo fondo gemente, si manifestavano delle diversità. Alcune fra queste donne avevano l'aria truce e giravano intorno degli sguardi feroci; altre avevano l'aspetto timido, raccolto, quasi volessero sparire dalla bizzarra riunione; altre avevano il contegno dolente di un dolore quieto, oramai, oramai costante e inconsolabile; altre avevano l'aspetto provocante e cinico.

Quasi tutte tacevano: si appesantiva su queste pezzenti un silenzio, molte incapaci, oramai, di più lamentarsi, molte incapaci di pettegoleggiare sulla loro sventura, alcune oppresse, alcune vergognose di trovarsi colà. Erano riunite in gruppo, ma tacevano. Parecchie erano sedute sul marciapiede: una si era sdraiata lungo il muro appoggiandovisi e si era addormentata; altre portavano dei pal-

236

Suor Giovanna della Croce

lidi, queruli e laceri bimbi, al collo; alcune ne avevano due o tre in collo e per mano; una ne teneva cinque, attorno.

Negli uomini, le stimmate della miseria, della malattia e del vizio, erano più spiccate, massime nei vecchi, nelle loro rughe, nel colore della loro pelle, nella lacrimosità degli occhi, nei nasi adunchi, nei menti rincagnati, in quelle bocche violette, in quelle bocche livide, dalle labbra rientrate, sulle gengive senza denti; lunghe storie apparivano, di decadenze fisiche e morali, di degenerazione dei sensi e della coscienza, di traviamenti in tutte le sudicerie della persona e delle abitudini.

I più giovani – non ve n'erano di giovanissimi – erano o storpi, qualcuno zoppo, qualcuno cieco, uno col braccio rattrappito e cavato fuori dalla manica della giacchetta, o malati, con certe faccie sbiancate, con certe orecchie esangui di persone divorate da infermità fatali, con certi visi chiazzati di sangue ai pomelli, con certe guance plumbee dove la barba non rasa, metteva fuori dei peli ispidi, incolti, brizzolati, sudici anche essi. Vi era un lunatico che si riconosceva alla bocca storta, stirata verso un orecchio e agli occhi stralunati; vi era un cionco che, pure, andava e veniva, sulle sue mezze gambe, trascinandosi con le mani, e alle cui mani erano infilati degli zoccoli di ferro; uno di essi aveva il viso mangiato da un *lupus*, tutto fasciato con sporche bende, che si annodavano sull'alto del capo. Molti avevano il naso rosso degli ubbriaconi, con le guance rovinate dalla salsedine; qualcuno fumava un mozzicone; qualcuno fumava in una pipetta corta, di creta, da due centesimi; qualcuno ciccava. Fra gli uomini dominava, più che fra le donne, l'apparenza ignobile, quasi indegna di pietà, tanto era ributtante; quasi nessuno di quei mendichi aveva l'aspetto timido, dolente, come si riscontrava fra le donne, e in quasi nessuno vi era l'aspetto vergognoso di essere lì, innanzi al palazzo, riuniti in corporazione di pezzenti, in quell'attesa del giorno pasquale. Bensì, vari avevano l'aspetto duro e feroce, l'aspetto di coloro che, di notte, all'angolo di una strada, mettono il coltello al petto di un viandante, per togliergli il portafogli; molti affettavano la sfrontatezza, con le mani in tasca, il labbro piegato in una linea di disprezzo, le spalle che si levavano ogni tanto, in atto di sfida. Non discorrevano fra loro, guardandosi, anche con occhi diffidenti, con sguardi obliqui, come se l'uno dovesse rapire all'altro, non so che cosa. Qualcuno si appoggiava al bastone, a capo basso, aspettando; molti si erano messi al sole, verso Pontecorvo, per riscaldarsi; qualcuno tossiva e sputava, ansimando, sotto la sorda tosse cronica dei vecchi. Taluni, fra loro, borbottavano a voce bassa, sogguardando verso il palazzo di Tarsia.

Quando tuonò il cannone di mezzogiorno, fortemente, poiché il rione di Montesanto è posto sotto la collina di San Martino, donde spara, dalla fortezza di Sant'Elmo, il regolatore, vi fu un doppio movimento. Tutti i signori in tuba e *redingote* si misero, in due file, sulla porta di entrata del palazzo di Tarsia, sul peristilio, persino nella via, fiancheggiati da alcune guardie di pubblica sicurezza, da qualche guardia municipale e da quattro carabinieri: dall'altra parte, i pezzenti, maschi e femmine, si avviarono verso quella porta, chi camminando presto, chi trascinandosi appena, secondo la loro età, i loro acciacchi, le loro malattie. Ognuno di essi, maschio o femmina, portava nelle mani un cartoncino bianco, su cui era stampato: *pranzo per i poveri*, e il posto e l'ora e lo stemma del Municipio di Napoli, che, per festeggiare la Pasqua di Risurrezione, dava pranzo a trecento mendicanti, centocinquanta uomini e centocinquanta donne. Con grande garbo, anzi con la esagerazione del garbo, quattro signori, in tuba e *redingote*, due da un lato, due da un altro, osservavano se le carte di ammissione erano in perfetta regola, e le ritiravano man mano. La sfilata era regolata, anche, dalle guardie e dai carabinieri che non lasciavano passare più di un mendico, o più di una mendica, alla volta; e nulla era più strano che quel passaggio di gente lacera, lurida, inferma, curva dalla vecchiaia o dagli stenti, fra quelle due file di correttissimi e persino eleganti signori, dalle tube rilucenti. Quasi tutti i mendichi e le mendiche, anche i più cinici, anche le più sfrontate, in quel momento del passaggio, abbassavano gli occhi, fra la timidità e lo scorno. Qualcuno addirittura non trovava la strada, per la soggezione e incespicava. Con le mani guantate, anzi, un bel signore dai grossi mustacchi castani, con la decorazione di cavaliere all'occhiello, raddrizzò una mendicante, che stava per cadere. Era una donna, vecchissima, magra, magrissima, che portava la testa tutta avvolta in un fazzoletto di cotone nero. Per la vergogna o per la debolezza, questa mendicante era stata lì lì per cadere.

Qualche contrasto accadde. Un giovane idiota, dal sorriso puerile sulla faccia imberbe, zoppo, con un grosso piede voltato contro l'altro, aveva perduto il biglietto del pranzo: egli fu respinto cortesemente, ma freddamente, da un gentiluomo in *redingote*. L'idiota piangeva, come un

Matilde Serao

bimbo, mentre la sua bocca seguitava a sorridere: e invano un altro povero testimoniò che, un quarto d'ora prima, il giovane idiota aveva il biglietto, che glielo avevano dovuto rubare, vista la sua imbecillità. Una donna voleva entrare, coi due figli: e combattette coi signori alla porta, singhiozzando, dicendo che li avrebbe tenuti sulle sue ginocchia, giurando che sarebbero stati tranquilli: fu inutile. Ella carezzò i suoi figli, promise loro che non avrebbe mangiato, che avrebbe portato loro fuori, tutto; disse loro di non muoversi da vicino al cancello: ed entrò, ancora tremante di emozione. L'altra, quella che ne aveva cinque di figli, portava due biglietti: non voleva entrare, lei, voleva mandare i suoi cinque figliuoli, con quei due biglietti, si contentava di non mangiare lei, purché le sue creature mangiassero; e parlamentava, scongiurava l'uno, scongiurava l'altro, fino a che permisero, per eccezione, che entrasse lei e i due più piccoli, con due biglietti. Ma lo permisero per impazienza, quei signori, perché già si faceva tardi, ed essi, in *redingote* e tuba, con la coccarda dai colori partenopei all'occhiello, già avevano consumata una lunga pazienza e una lunga amabilità, con quella processione di mendichi, di mendiche, di poveri veri, di poveri falsi, di viziosi ipocriti, di viziosi sinceri, persino di delinquenti.

Quando tutti i trecento banchettanti furono entrati nella vastissima sala terrena di Tarsia, erano quaranta minuti dopo mezzogiorno: la lenta teoria dei miseri non era durata meno di due terzi d'ora. Le mense erano disposte in due file, sul lato destro e sul lato sinistro del salone centrale, lungo i due colonnati quasi pompeiani, che divido-

240

no il salone dalle sale adiacenti: nel mezzo, fra le due mense, intercedeva un larghissimo spazio libero, per lasciar circolare le persone. Alla lunga mensa di mano dritta dovevano sedere tutte le povere, femmine; alla mensa a mano sinistra, tutti i poveri, maschi. Le mense erano messe senz'alcun lusso, ma con decenza: tovaglia e tovagliolo bianchissimi: bicchiere di vetro, ma nitido: cucchiaio e forchetta di stagno, nuovissimi, quindi luccicanti come se fossero di argento; coltello col manico di osso nero. Una grossa fetta di pane bianco e fresco era accanto a ogni coperto: una bottiglia di vetro, di poco meno d'un litro, piena di un vinello rosso chiaro, fiancheggiava anche ogni coperto. Alle spalle delle tavole imbandite, vi erano altre tavole, semplicemente coperte di tovaglie candide, ove i camerieri doveano dividere le vivande, tagliare altre fette di pane. L'aspetto delle mense, così, era semplice, non mancante di una certa gentilezza. Ma il vasto salone aveva sempre l'aria sua solita, di deserto agghiacciante e triste, malgrado le quattrocento persone, circa, che vi si agitavano dentro.

Poiché, adesso, tutti quei signori ben vestiti erano rientrati nella sala grandissima e, unitisi ad altri che già vi erano, si occupavano, con grande premura a far sedere quei trecento poveri. Altri signori, molto ben vestiti, andavano e venivano dai colonnati, dirigendosi alle sale adiacenti o tornandone, poiché, lì dietro, pareva fossero disposte la dispensa e la cucina. Fra quei gentiluomini vi erano anche delle signore, qualcuna elegantissima, qualcuna meno elegante, ma tutte vestite con una certa ricchezza e portanti sul petto, come gli uomini, una coccar-

Matilde Serao

dina gialla e rossa. Anch'esse avevano l'aria un po' misteriosa e un po' affaccendata, di chi compie una missione piena d'importanza e piena di dignità. Esse erano le patronesse, le ispettrici, le sorvegliatrici di quel banchetto dei poveri: e nel loro sentimento di sacrificio avevano, in quel giorno di Pasqua, lasciata ogni altra occupazione, ogni altro svago e avevano voluto benignamente, caritatevolmente, presenziare quel pranzo d'infelici, di mendichi. Un paio di esse, anzi, si toglievano lentamente i guanti bianchi e denudavano le mani cariche di anelli, poiché la loro ferma intenzione era di servire a tavola i poveri. Forse era un voto che avevano fatto; forse volevano imitare il Redentore, che lavò i piedi agli apostoli. Una di esse, la più elegante fra tutte, alta, sottile, con certi magnifici occhi verdi in un volto bianco, con una ricca capigliatura di un castano dai riflessi rossastri, portava alle delicate orecchie due solitari da diecimila lire, guardava tutto questo con una curiosità stupita e un certo senso di lieve paura. Questa bella giovane si tratteneva più indietro delle altre signore, come ritrosa, come schiva: e si appoggiava sull'artistico manico del suo ombrellino, un manico di oro, tutto disseminato di piccole turchesi. Essa vedeva entrare i poveri ad uno ad uno, e restare in gruppo, a mano dritta, a mano sinistra, ed inarcava le sottili, gentili sopracciglia castane, come per un crescente stupore. Due volte, ella portò la mano guantata alla bocca. Odorava una fialetta di cristallo smerigliato bianco, dal coverchio formato da una grossa opale tutta circondata di diamanti: aspirava gli effluvi sani e vivificanti dell'aceto inglese.

Del resto, altre persone vi erano nella sala. Sulle galle-

242

rie del primo piano sbucavano teste di signore, di uomini, di bimbi che guardavano giù, con una curiosità grande. Erano famiglie di consiglieri comunali, di grandi elettori, d'impiegati municipali che, non avendo nulla da fare in quella giornata di festa e avendo udito a parlare, con una certa pompa, di questo banchetto dato ai poveri, erano venuti là a passare un'oretta. Vi era anche qualche ragazzo, venuto fuori dal collegio, per le vacanze di Pasqua. Lassù, nella galleria, come nei palchetti dei teatri, vi erano delle seggiole e dei seggioloni: le signore spettatrici, nei ricchi vestiti serici della Pasqua, ma portanti già i chiari cappelli primaverili, si curvavano sul parapetto della galleria, chiacchierando fra loro, comunicandosi le loro impressioni, dando in qualche piccolo grido di sorpresa, di pietà: il piccolo grido artificiale, delle persone ben pasciute, sane, ben vestite, cui appare il fantasma del povero, mezzo morto di fame, lacero, sudicio, in tutto il suo reale orrore. I collegiali, i bimbi, gittati sullo sporto delle gallerie, s'indicavano fra loro qualche pezzente e davano in qualche risata infantile. Le giovanette stavano diritte, sulle loro sedie, con la stessa immobilità, con la stessa distinzione, come in teatro.

Dopo qualche tempo di viavai, di agitazione, di ordini dati a voce bassa, coi cenni, da vicino, da lontano, la squadra dei signori in *redingote* e tuba aveva, man mano, fatto sedere i trecento poveri, centocinquanta per parte, ai posti loro assegnati. La fatica non era stata poca, materialmente parlando, per collocare tanta gente diversa, impacciata, lenta, malata, trascinante i passi, che non trovava la sua sedia, che esitava, intimidita, imbrogliata, innanzi a

Matilde Serao

quella funzione del pranzare, in pubblico, a una mensa pulita, servita da camerieri in marsina e da signori rispettabili in *toilette* irreprensibile. A un certo momento, vi fu un istante di sosta. Tutti i trecento poveri erano seduti, aspettando: i signori erano in ordine sparso, alle loro spalle, nel centro della sala, in aspettativa, anch'essi, di riprendere il loro lavoro e qualcuno di essi, più affaticato, si metteva e si toglieva la tuba, dalla testa bollente: le signore caritatevoli, pietose, erano raccolte in un gruppetto, a un angolo, pronte anch'esse a lavorare per il massimo buon ordine di quel banchetto e due di loro, anzi, interessatissime, guardavano i poveri con le lunghe lenti, essendo miopi, e una di queste lenti, era in pesante argento cesellato alla maniera antica e l'altra di queste lenti era in tartaruga biondissima con un lungo monogramma in brillanti. Le due mense erano al completo: i poveri attendevano il loro pranzo, sotto gli sguardi delle persone che si spenzolavano dalle gallerie, giunte al colmo della curiosità, sotto gli sguardi tranquilli e sorvegliatori dei signori in *redingote* e tuba, sotto gli sguardi fissi delle poche signore che eran venute per presenziare, per ispezionare, per sorvegliare quel banchetto, persino sotto gli sguardi indifferenti e forse sprezzanti dei camerieri che dovevano servire a tavola quei poveri.

Ebbene, in quel lungo istante in cui si aspettava la prima pietanza, molti di quei mendichi e di quelle mendiche avevano curvato la testa, per evitare tutti quegli occhi, curvato la testa verso il loro piatto vuoto; molti tenevano semplicemente gli occhi chini, fissi in un punto, non volendo guardare in giro; qualcuno aveva steso la mano ver-

Suor Giovanna della Croce

so il pezzo di pane bianco, ma non aveva osato di spezzarlo o di portarlo alla bocca; qualcuno vi teneva la mano sopra, come se temesse di vederselo portar via; quasi nessuno aveva preso il tovagliolo e lo aveva spiegato. Ebbene, in tutti quei poveri, a capo basso, a occhi bassi, insieme all'imbarazzo, alla confusione, di trovarsi in quell'ambiente, fra quelle persone, oggetto di curiosità e non di tutta curiosità benigna, oggetto di pietà e non di tutta pietà sincera, oggetto forse, senza forse, di ripugnanza e di ribrezzo: ebbene, in tutti quei miseri ignoti, affamati, luridi, fra tante espressioni serie, una sola risaltava, invincibile: la umiliazione, la umiliazione umana, la umiliazione dell'uomo avanti l'altro uomo, a lui simile, fatto simile da Dio e gittato all'estremo posto della vita dalla nascita, dalla fortuna, dalla sfortuna, dall'errore, dal dolore, dal vizio: la umiliazione di trecento creature umane, fatte di carne e di ossa, con cuore e con coscienza, con sensazioni, impressioni e sentimenti: la umiliazione di trecento creature umane innanzi alla fortuna altiera, alla carità altiera, alla pietà altiera, alla elemosina altiera, pomposa, inutile e sprezzante.

Ma già, sulle tavole laterali, dove erano solo le tovaglie candide, arrivavano dei piatti, in cui una larga e grossa fetta di timballo di maccheroni fumava, con una crosta di pasta ben cotta nel forno, mentre, dentro, i maccheroni erano conditi al sugo di carne, rossastri, imbottiti di *mozzarelle,* di formaggio, d'interiora di pollo. Il servizio cominciò, rapido, silenzioso, deponendosi la pietanza innanzi a ogni povero dai camerieri, sotto gli ordini di quattro signori, che più si affaccendavano intorno alle mense. E allora, anche due delle sette signore che erano venute a pre-

245

Matilde Serao

senziare, a ispezionare, a sorvegliare il banchetto, in quella sentimentalità forse vera, forse falsa, metà vera, forse, e metà falsa, due di queste signore, molto ricche nelle vesti, se non eleganti, quelle due che si erano tolte i guanti, facendo scintillare le molte gemme sulle dita bianche, si diedero minutamente a servire, intorno, intorno, i poveri. Andavano, le due signore, dall'uno all'altro, curvandosi verso loro, spiegando loro il tovagliolo, offrendo loro il pane, mescendo il vino: quei mendichi appena levavano il capo, sempre più confusi, ancora più umiliati, non rispondendo, lasciandosi servire, sentendo perfettamente, in quell'abbassamento volontario e altiero dei signori e delle signore, l'orrore della povertà data a spettacolo, l'orrore di quel cibo offerto per la carità di un'ora soltanto, l'orrore di quel banchetto pubblico, di cui tutti s'interessavano, come di un divertimento singolare, bizzarro, ma non somigliante a nessun altro.

Adesso, tutti i pezzenti mangiavano la loro fetta di timballo di maccheroni. Alla espressione di confusione e di umiliazione, un'altra se ne sostituiva, tutta materiale, tutta fisica: quella di una lunga fame mai completamente sazia e che stava per saziarsi, almeno per un giorno: quella di un palato lungamente disabituato da cibi succosi e copiosi e che poteva, per una volta, sentire il sapore di una pietanza gustosa. L'espressione dei volti diventò anche più volgare, anche più bassa, in quel lento divoramento di cibo, fatto da mascelle di vecchi, di malati, di esseri deboli; qualcuno mangiava voracemente, senza guardarsi intorno, come una bestia affamata che trangugia il suo pasto, nel cantuccio della sua tana; qualcuno masticava rumoro-

246

samente, in fretta, facendosi rosso per inghiottire troppo presto; qualcuno, con la forchetta, golosamente ricercava l'imbottitura prima, per poi mangiare i maccheroni e infine arrivare alla crosta; qualcuno s'imbrattava la bocca, il mento, senz'asciugarsi col tovagliolo, per la urgenza grande della fame. Tutti mangiavano goffamente, mal seduti, col cappello o col berretto sugli occhi, con la testa curva, con le mani deboli, tremanti o impacciate, che non sapevano maneggiare la forchetta e il cucchiaio. Le due signore cercavano di aiutare quella goffaggine, quella debolezza, quell'impaccio: ma, ogni tanto, innanzi a un mendico più lurido, più puzzolente degli altri, innanzi a qualche vecchissima mendica, la cui bocca senza denti, non arrivando a masticare i maccheroni, li lasciava sporcamente ricadere nel piatto, esse si arretravano, scoraggiate. Qualche mendico, qualche mendica, mangiava piano e poco: erano quelli, quelle, che misuravano la loro fame, avendo fuori la porta, avendo a casa, qualcuno che aspettava la sua parte del timballo di maccheroni. Era stato detto loro che, dopo, avrebbero potuto portar via gli avanzi, anzi la pietà comunale dava loro anche il tovagliolo e la posata, qualche cosa che costava cinquanta centesimi e che si poteva rivendere per cinque o sei soldi. Nella grande sala si allargava un odore di maccheroni conditi, un rumorio di forchette e di piatti: i trecento poveri seguitavano a mangiare, serviti benignamente dai ricchi, dai fortunati, dalle eleganti donne, dalle belle donne, mangiavano con tanta ingordigia, con tanta realtà di atti goffi e sconci, con tanta ignobilità di ventricolo affamato, che lo spettacolo cresceva di tristezza, infine, e di nausea.

Matilde Serao

La signora giovane, alta e snella, vestita di uno squisito abito color grigio-tortora a gentili riflessi di argento, portante intorno al collo un lieve, vaporoso boa di piume grigie dalle punte argentee, macchinalmente, si mosse anche essa dal gruppo delle altre cinque signore, che erano ferme e si dette a girare intorno alla mensa delle donne, dalla parte esterna, fermandosi, ogni tanto, a guardare qualcuna di quelle poverette, chinandosi, un momento, e dirigendo la parola a una di esse. Chi sa, la sua inazione, in un angolo della sala Tarsia, le era parsa poco cortese, poco pietosa, mentre era venuta per fare atto di carità cristiana e tanti occhi la osservavano; forse, un desiderio di impressioni più forti, più profonde, più ignote a lei, giovane, bella, ricca, probabilmente felice, la spingeva verso quella mensa a guardare meglio, a interrogare, a conoscere; e chi sa, poiché tutto accade, un desiderio di viva e di vera carità la spingeva verso quelle donne, verso quel suo prossimo, verso quelle donne create a sua somiglianza, come lei cristiane, la spingeva verso quelle creature che mangiavano il pasto pubblico, gittato loro in elemosina.

La leggiadra e fine signora, i cui begli occhi verdi sorrideano dolcemente dietro la sua veletta bianca, si curvava un poco sulle mense delle donne, per poter loro parlare, mentre esse appena levavano la testa per risponderle, tutte intente al piacere del cibo e forse infastidite da quelle domande. La giovine signora, dal volto bianco ove un sottile colorito roseo si diffondeva teneramente, parlava con una voce bassa e toccante, ove pareva che corresse, sempre, un lieve fremito di emozione. Forse non era emozionata, forse era tutta fisica quella vibrazione della voce, che

248

dava a ogni sua frase una portata sentimentale assai più profonda di quello che non avesse; ma niuno poteva udire quella voce, senza scuotersi. Ella si era curvata, adesso, verso una donna cinquantenne, dal viso freddo e ostile, che divorava con rapidità gli avanzi della sua grossa fetta di timballo.

– Siete contenta, è vero, buona donna, della vostra Pasqua? – chiese la giovine signora, con un tono di bontà.

La mendica levò gli occhi, li riabbassò subito e a voce bassa, breve, come mortificata di quella richiesta, rispose:

– Sì, Eccellenza.

L'altra restò alquanto interdetta da quella secchezza di povera orgogliosa. Fece qualche altro passo, sempre dalla parte esterna della mensa, da cui, ora, i camerieri andavano sparecchiando i piatti vuoti del timballo, che i poveri avevano anche ripuliti, intorno intorno, con la mollica del pane. E la signora, in questo intervallo, in cui quei miseri e quelle misere si sollevavano un po', guardandosi intorno, in attesa della seconda pietanza, interrogò una donna già vecchia dall'aspetto, piccola, scarna, con la testa ravvolta in un fazzoletto rossastro, come una contadina.

– Voi non siete napoletana, è vero? – le mormorò, con molta dolcezza.

La povera la guardò, con due occhi tristi, timidi, di animale ferito e malato.

– No, sono di Basilicata, – disse, con un forte accento di quella regione.

– E che fate? Che fate? – replicò la giovane leggiadrissima, con voce anche più insinuante.

Matilde Serao

– Facevo... facevo la serva... venni con una famiglia, di
là, molti anni fa...

– E ora?

– Mi hanno mandato via... da molto tempo...

– E perché? E perché? – chiese la signora che pareva
piena del più vivo interessamento.

– Perché ero malata... aveva una malattia al cuore... e
non potevo servire...

– Avete questa malattia, poveretta?

– Sì, – disse la mendica, con un lieve rossore sulla faccia scialba, senza soggiungere altro.

E allora la signora si trovò incerta, senza saper che dire di più. Forse, in un istante, comprese quanto fosse inane quel suo interessamento, innanzi a certe sventure inguaribili, poiché vengono dall'essenza della vita istessa,
dalle cose, dagli uomini: comprese, forse, a volo, che quelle domande, fatte, certamente, con molta pietà, non gio-
vassero che a rinnovare, in quelle infelici, tutti i dolori di
cui era contristata la loro esistenza. E restò muta, qualche
tempo, pensosa, come preoccupata, ferma presso la mensa, con le mani appoggiate sull'elegantissimo manico del
suo ombrellino.

La seconda pietanza appariva sulle tavole posteriori
ed era distribuita nei piatti, rapidamente, per essere messa
innanzi ai trecento poveri. Si trattava di una larga porzione di carne, cucinata napoletanamente a *ragù*, cioè nuotante in un sugo scuriccio e denso, dove son mescolati lo
strutto, la cipolla e la conserva di pomodoro: intorno a
questa porzione di *ragù*, per ogni piatto, vi erano tre o
quattro patate, cotte nel medesimo brodo di *ragù*. E la vo-

250

racità suscitata dalla lunga astinenza, la golosità di chi, da anni, non ha mangiato carne, fece ridiventare animalesche, novellamente, quelle faccie di banchettanti. Moltissimi inghiottivano la carne, senza tagliarla, lacerandola coi denti, mentre il restante del pezzo si abbandonava sulla bocca o rimaneva sospeso alla forchetta; moltissimi non sapevano adoperare il coltello e si vedevano confusi e taciturni, guardanti silenziosamente il loro pezzo di carne; altri ne avevano tagliato un frammento e dopo averlo lungamente assaporato, riponevano il rimanente, per conservarlo a qualcun altro, per mangiarlo, loro, chi sa, l'indomani. Adesso, all'odor del timballo che ancora fluttuava nell'aria, si univa quello del *ragù*, insieme ai poco buoni odori di tutta quella umanità povera e sudicia; ma gli uomini in *redingote* e tuba seguitavano, imperturbabili, il loro affaccendarsi, ma le signore continuavano il loro giro, prendendo i piatti con le loro mani gemmate, a forza, da quelle dei camerieri, perché i poveri fossero serviti più presto.

La signora snella e fine, dalla voce che esprimeva una costante commozione di bontà e di dolcezza, si era fermata, in quel momento, di fronte a una povera, che stava aspettando la sua seconda pietanza, a testa china. Era una donna dall'apparenza vecchissima; la sua pelle del volto, fra giallastra e brunastra, aveva i solchi che vi possono mettere, forse, settantacinque e più anni di vita, ma di vita tormentata, torturata, fra tutti gli stenti. Cento storie di tristezza si leggevano in quel volto di decrepita, attraversato da tutte le tracce che lo sconvolsero. L'antichissima mendica era molto curva, con le spalle ad arco e col mento aguz-

Matilde Serao

zo, che quasi le batteva il petto: non doveva avere quasi nessun dente, poiché le labbra erano rientrate completamente sulle gengive e la bocca era rincagnata, il naso scarno dei decrepiti piegandovisi sopra. Portava, indosso, questa vecchissima mendica, uno straccio incolore di veste nera, dalle maniche troppo corte, che lasciavano vedere due mani cadaveriche: al collo aveva un cencio di scialletto di lana bianca, ma non annodato, sibbene bizzarramente tenuto fermo con uno spillo sotto il mento quasi con un singolare criterio di castità, ridicola a quell'età e in quella condizione: sulla testa che doveva esser canuta e forse rasa di capelli recenti, era curiosamente annodato un fazzoletto di cotone nero, messo in tale foggia che pareva ella si fosse voluta bendare, poiché il fazzoletto le nascondeva anche le orecchie, annodandosi sotto il mento. Era collocata, questa vecchissima donna, quasi in fine della mensa dei poveri, verso l'alto della sala Tarsia, verso l'emiciclo: e colà, lontano, il movimento era molto meno vivo, la gente vi accorreva con minor premura. Essa stessa, la mendica, si era messa in un posto dimesso e non moveva le braccia per paura di urtare i suoi vicini, e non si voltava né a dritta né a sinistra, come raccolta nell'aspettativa.

In verità, adesso, il viso candido dai fugaci chiarori rosei della giovane signora, si era trascolorato sotto una espressione di malinconia: come un velo torbido ne aveva leggermente appannato lo scintillio glauco degli occhi verdi grandi. Quello spettacolo di miseria, di sporcizia, di sventura, di vizio, di abbandono, aveva finito per turbare la sua secura coscienza di donna bella, amata, felice, inebbriata di vita. Forse, ella era già pentita di esser venuta, in uno

Suor Giovanna della Croce

slancio spontaneo e ingenuo, ad assistere a quel banchetto di povertà e di dolore; forse, già affrettava col desiderio il momento di andarsene. E prendendo il suo piccolo coraggio a due mani, si piegò verso l'antichissima donna, dal corpo curvato in due, dalla testa bendata di nero e china sul petto; tentò l'ultima interrogazione a quella povera più solinga, più taciturna e più abbandonata delle altre.

– Avete fatto una buona Pasqua, è vero? – le chiese, non sapendo trovare nulla di nuovo, nulla di meglio.

La vecchissima mendicante levò il viso tutto tagliato dalle rughe, dalle pieghe, dalle deformazioni dell'età, fissò sulla signora un paio di occhi castani, velati dall'umidore della vecchiaia, dalle ciglia arse, ma conservanti, questi occhi, una dolcezza triste e umile. Pure, non rispose.

– Non vi è piaciuto, di aver questo pranzo? – insistette la signora, con uno sforzo, sentendo che doveva strappare una qualche parola alla poverella.

– Sì, Eccellenza, – mormorò la vecchia, dalla benda nera che le fasciava la fronte e il collo.

– Sono molto buoni... tutti quanti... molto buoni, – soggiunse la signora, con un intenerimento nella voce, per sé, per le altre signore, per i gentiluomini.

– Sì, Eccellenza, – rispose, ancora, fiocamente la vecchia dal fazzoletto fermato sotto la gola con uno spillo, in intenzione singolare di castità.

E tacquero. Pareva che nulla più si dovessero dire, che nulla vi potesse essere di comune, fra quella vivente immagine di grazia, di eleganza e di ricchezza, e quell'emblema di ogni decadimento; fra la giovane signora e la misera che aspettava il suo pezzo di carne.

253

Matilde Serao

– Ora avrete la carne. Vi piace? – le domandò, con un tremolio d'interesse.

– Sì, Eccellenza: mi piace.

– Sarà molto tempo, è vero, che non ne mangiate più, povera donna?

– Molto... molto tempo... – balbettò la infelice.

– Siete senza famiglia, è vero, povera donna?

– Io non ho nessuno... nessuno, – replicò la vecchia, con voce smarrita.

– E che ne è, della vostra famiglia? Che ne è?

– Saranno morti... – disse la vecchia, a occhi bassi, – saranno partiti... non lo so...

– E siete così, abbandonata, povera donna? – disse la voce, un po' emozionata, della signora.

– Sì, abbandonata, – disse, sottovoce, l'altra, a capo basso.

– Come vivete, allora, povera donna? Come vivete?

– Mi danno... mi danno diciassette soldi al giorno, – e parve che un ultimo bagliore di rosso, salisse a quel viso consunto.

– Chi? Chi ve li dà? – chiese la donna bella, chinandosi ancora, in preda a una curiosità più forte.

– Il Governo, Eccellenza.

– Ah sì! E perché?

– Perché... perché ero monaca, – e la confessione fu fatta tremando.

– Monaca? Monaca? Eravate monaca! – gridò la signora, in preda a uno stupore doloroso.

Ora mettevano innanzi alla vecchissima donna che era stata monaca, tanti anni prima, mettevano il piatto della carne, ove il pezzo rossastro, brunastro del *ragù* era circondato da quattro o cinque patate rossastre anche esse, perché cotte nel sugo del *ragù*. Ma la poverella non lo guardò neppure, il piatto: teneva le due mani scarne, gialle, cadaveriche, dalle vene gonfie e violacee, collocate ai due lati del piatto e non si muoveva. Sì, un rossore estremo le bruciava i pomelli.

– E dove, dove eravate monaca? – chiese la signora, con una pietà grande nelle sue parole.

– Nel monastero delle Sepolte Vive, – rispose la vecchia.

– Me ne ricordo, me ne ricordo, io era piccina! Molti anni fa, è vero?

– Sì, molti anni... molti anni, – disse la vecchia, vagamente, dolentemente.

– Quanti anni? Quanti?

– Forse venti anni. Forse: non mi ricordo bene.

– Vi danno diciassette soldi al giorno, è vero? Che potete fare, con diciassette soldi? Cercare l'elemosina, è vero? – e la tenerezza triste, metteva quasi delle lacrime nella voce della signora.

– No, – mormorò, subito, la vecchia. – Io non cerco l'elemosina.

– E perché? – chiese candidamente la giovane.

– Perché mi vergogno.

– Ah! – esclamò l'altra. – Qualcuno vi aiuta, allora?

– No, Eccellenza; nessuno mi aiuta.

– Nessuno? Nessuno?

– Dicono che ho la pensione dal Governo: e nessuno mi aiuta.

Matilde Serao

– Oh, povera donna! Voi, forse, eravate una signora?

La vecchia donna crollò il capo, come se si trattasse di una cosa assai lontana:

– Sì... sì... ero una signora.

– E come vi chiamate? Come vi chiamate? – soggiunse la bella giovane, con una grande dolcezza.

– Io mi chiamo Luisa Bevilacqua.

Un silenzio.

– Mangiate la vostra carne, – disse la giovane.

Con mani tremolanti, la vecchia afferrò il coltello e la forchetta e si diede a tagliare la sua carne: la giovane la guardava, commossa, con l'interesse vano e inane che si prova innanzi a un caso straziante e sorprendente, ma a cui nulla si può fare. Poi, una novella curiosità la punse, mentre la vecchia sminuzzava il suo pezzo di carne.

– Ditemi: non avevate un altro nome, in convento?

L'altra si fermò dal tagliare e stette pensosa.

– Non portavate un altro nome? Un nome di religione?

La vecchia taceva. Non, forse, il viso si era cosparso del pallor plumbeo delle creature vecchissime?

– Ve lo siete dimenticato, forse, il vostro nome di religione, dopo tanti anni?

Ella non rispondeva, a occhi bassi, immobile.

– Possibile? Possibile che abbiate scordato il vostro nome di religione?

La bocca della vecchia, infine, si schiuse, a stento e disse:

– Mi chiamavo... mi chiamavo suor Giovanna della Croce...

E col suo antico nome, uscito quasi per forza dalle sue

256

labbra, dagli occhi velati della vecchiaia, sul volto consunto, due lacrime lente scesero, caddero nel piatto della carne. Col capo sul petto, invece di mangiare, la vecchia lasciava scorrere le più amare lacrime della sua vita, col suo nome.

INDICE

Matilde Serao *di Henry James*	5
Introduzione *di Rosa Casapullo*	25
Nota al testo	57
L'anima semplice Suor Giovanna della Croce	67
Parte I	77
Parte II	120
Parte III	166
Parte IV	210

Finito di stampare nel settembre 2006
presso il Nuovo Istituto Italiano d'Arti Grafiche - Bergamo
Printed in Italy

ISBN 88-17-01247-5